Lebe nahe bei dir Tag um Tag

RAINER MARIA RILKE
UND
CLARA WESTHOFF

Ronald Fricke

Lebe nahe bei dir Tag um Tag

RAINER MARIA RILKE UND CLARA WESTHOFF

Ronald Fricke

GMEINER

Bei Fragen zur Produktsicherheit gemäß der Verordnung über die allgemeine Produktsicherheit (GPSR) wenden Sie sich bitte an den Verlag.

MIX
Papier | Fördert gute Waldnutzung
FSC® C014496
FSC
www.fsc.org

Besuchen Sie uns im Internet:
www.gmeiner-verlag.de

Im Ehnried 5, 88605 Meßkirch
Telefon 07575/2095-0
info@gmeiner-verlag.de

1. Auflage 2025

Satz: Mirjam Hecht
Umschlaggestaltung: U.O.R.G. Lutz Eberle, Stuttgart
unter Verwendung des Bildes von: © Paula Modersohn-Becker, Public domain, via Wikimedia Commons; https://commons.wikimedia.org/wiki/File:Paula_Modersohn-Becker_-_Zweist%C3%A4mmige_Birke_vor_Landschaft_(1899).jpg?uselang=de
Druck: GGP Media GmbH, Pößneck
Printed in Germany
ISBN 978-3-8392-0854-0

Figuren

Clara Westhoff, Bildhauerin (1878–1954)

Rainer Maria Rilke, Dichter (1875–1926)

Paula Becker (später Modersohn), Malerin (1876–1907)

Heinrich Vogeler, Maler und Tausendsassa (1872–1942)

Otto Modersohn, Maler (1865–1943)

Dr. Carl Hauptmann (Bruder von Gerhart Hauptmann), Dramatiker (1858–1921)

Lou Andreas-Salomé, Schriftstellerin (1861–1937)

Phia Rilke, die Mutter des Dichters

Herr Westhoff, der Vater von Clara

Frau Westhoff, die Mutter von Clara

Ruth Rilke, die Tochter von Clara und Rainer (1901–1972)

Dr. Hetsch, Kunsthistoriker (1903–1946)

TEIL 1
Worpswede 1900

Ein Jahr, ganz voll von neuen Dingen:
Ein neues, nie gekanntes Jahr, –
(von welchem jene Engel singen,
die sich auf ausgewachsnen Schwingen
erheben aus der Schwesterschar) –
ein Jahr, das bauen will und bringen,
das von zwei Händen und zwei Ringen
und wie sie zueinander gingen,
erzählt –; halb Märchen, wunderbar,
und halb schon wirklich wird das Jahr;
und seine reifen Stunden klingen
für das, was wird, von dem, was war …

(Rainer Maria Rilke. aus Neujahrs-Segen zu 1901, aus: In und nach Worpswede)

Kapitel 1

Clara saß aufrecht auf ihrem Schemel. Vor ihr stand der Tisch mit dem Tonklumpen, aus dem sie erste Formen herausmodelliert hatte. Stirn und Nase waren bereits derartig charakteristisch geworden, dass es nur die von Paula sein konnten. Anfangs hatten beide Künstlerinnen im Schatten des Ateliers, einer umgebauten Scheune, gesessen, doch nach und nach war das Modell in die Fänge der Sonne gerutscht, die nun ihr heißes Gleißen über Paulas Profil ergoss. Paula spürte, wie sich auf ihrer Stirn eine Schweißperle sammelte. Ziemlich genau über der Nasenwurzel. Es kitzelte bereits. Der Schweißtropfen, so dachte sie, hatte die Möglichkeit, über den Nasenrücken zu balancieren oder davor abzugleiten und in ein Auge hineinzulaufen. Das würde brennen. Sie musste dem unbedingt Einhalt gebieten. Clara wäre natürlich nicht erfreut, dass sie sich bewegte. Wenn die Freundin angespannt war, konnten manchmal kleinste Störungen sie zu heftigen Reaktionen veranlassen. Deshalb zögerte die Malerin und versuchte, das Kribbeln zu ignorieren – nur leider half es nicht. In ihrer Vorstellung wurde der Tropfen immer größer, schwoll an.

»So halten Sie doch endlich den Kopf still, Paula!«

Clara sprach teils ernst, teils scherzend. Wenn es teils, teils war, dann überwog die ernste Seite, und Paula bemühte sich deshalb, den Kopf erhoben zu halten – graziös! – und ohne zu wackeln in die Richtung zu schauen, aus der soeben der Bauer mit einer Fuhre Mist herannahte, während der »Tropf«, wie sie ihn nun für sich nannte, über den Nasenrücken schlich.

»So ist gut …«, sagte Clara, und es klang darin eine Entschuldigung.

Clara war völlig versunken in ihre Arbeit. Eifrig formte und knetete die Bildhauerin an dem Ton-Kopf, der von einer Armierung gehalten wurde. Dabei musste die Künstlerin darauf achten, ihn nicht austrocknen zu lassen. Deshalb feuchtete sie ihre Hände immer wieder mit einem nassen Lappen an, der in einer Schüssel schwamm. Manchmal schwenkte ihr Blick zum Modell hinüber und vergewisserte sich der Richtigkeit dessen, was die Hände bearbeiteten. Jetzt nahm sie einen Spachtel zur Hand, um eine Fläche zu glätten.

Paula schielte gerade auf ihre Nasenspitze, als Clara treuherzig fragte: »Ich glaube, Sie haben einen Schweißtropfen auf der Nase. Juckt es nicht?«

Erleichtert wischte Paula den armen Kerl weg.

Clara war – ganz im Kontrast zu ihrer ungewöhnlichen Größe – von einer besonderen Weichheit und Zartheit im Umgang. Manchmal brach es allerdings aus ihr heraus, wie eben. Dann wieder war es geradezu rührend, zu sehen, wie sie eine einzelne Blüte trug und sich etwas Kleinem mit geradezu zärtlicher Aufmerksamkeit widmete. Paula nahm sich vor, später einmal ein Porträt der Freundin anzufertigen, in dem diese eine leuchtend rote Rose halten müsste. Sie bewunderte die Freundin, denn sie konnte ermessen, wie schwer es für eine Frau war, als

Bildhauerin zu reüssieren, wo es schon als Malerin beinahe unmöglich war. Clara traute sie es zu, es zu schaffen. Sie saß ihr nun schon zum zweiten Mal Modell. Die Büste vom letzten Jahr war in Bronze gegossen auf der Bremer Kunstausstellung gezeigt worden und hatte Beifall erhalten. Paulas Bilder dagegen hatte man mit Hohn und Spott überzogen. Sie war nicht neidisch auf Claras Erfolg, denn sie glaubte fest an ihre Kunst und war davon überzeugt, dass man eines Tages ihren Wert erkennen würde, nur musste sie noch besser werden. Sie war auf dem richtigen Weg. Und im Übrigen hatte sie keine andere Wahl, denn sie malte so, wie sie sah.

Clara erhob sich abrupt, drapierte ein feuchtes Tuch eng über die rudimentäre Büste. War die Sitzung zu Ende? Oder hatte die Künstlerin sich gestört gefühlt? Paula verbrachte oft Stunden in stickigen Gesindestuben, um Mägde zu malen, und ließ sich nicht so leicht stören. Clara war sensibler. Jetzt rauschte sie ab, den Rock raffend, in Richtung des Bauernhauses. Neben dem Haus standen ein Mann und eine Frau mit Fahrrädern.

Claras Eltern!

Der Vater trug Knickerbocker, die Mutter ein Reformkleid. Die Eltern waren in dieser Hinsicht fortschrittlich. Überhaupt waren sie eher liberal gesinnt. Ihr Vater betrachtete sich selbst als eine Art Freizeitkünstler und hatte Clara immer gefördert. Selbst als sie zur Bildhauerei wechselte, versagte er ihr seine Unterstützung nicht. Paula fiel das veränderte Verhalten von Clara auf. Sobald ihr Vater auftauchte, benahm sie sich wie ein kleines Kind, wurde aufgeregt und sprach sogar mit einer helleren Stimme. Sie begrüßte ihre Eltern. Paula wusste nicht, ob sie sich ebenfalls zu den Eltern begeben sollte. Nein. Sie wollte erst einmal abwarten. Sie nahm ihren Stuhl, setzte sich in den Schatten, den das Atelierdach warf, und rieb unwillkürlich über die Nasenwurzel.

Claras Vater war imposant. Groß, schlank, sportlich, mit gestutztem Vollbart und buschigen Augenbrauen. Wo er war, war der Mittelpunkt. Ihre Mutter nahm sich dagegen immer bescheiden aus. Sie lehnten ihre Fahrräder an die Hauswand. Sonnenlicht ballte sich auf der Stirnglatze des Vaters, was seine Erscheinung noch imposanter machte. Die Mutter zupfte ihre Handschuhe ab.

»Soll ich Tee kochen?«

»Nein, nein. Wir fahren gleich weiter«, sagte der Vater.

»Wir machen gerade eine schöne Tour«, erklärte die Mutter. Es klang beschwichtigend, oft sprach sie so: beschwichtigend. Clara konnte gar nicht sagen, wieso es ihr so vorkam, vielleicht deshalb, weil sie dem Offensichtlichen zusätzliche Bedeutung einräumte.

»Ja, und da dachten wir, wir schauen mal bei dir vorbei. Du scheinst beschäftigt?«, ergänzte der Vater. Er zeigte mit einer Handbewegung in Richtung des Ateliers, wo Paula im Schatten saß und ihnen zuwinkte. Die Mutter winkte zurück, der Vater nicht. Das war nicht seine Art. Claras Vater bewegte sich viel. Und obwohl er das tat, wirkten seine Bewegungen eigentümlich steif. Selbst sein Gang, vielleicht wegen der ungewöhnlich langen Beine. Beim Radfahren trug er gerne diese bequemen Knickerbockerhosen.

»Lass uns ein wenig den Weg dort entlanggehen.«

Clara folgte ihm, während die Mutter blieb, wo sie war, die Hand auf dem Sattel des Fahrrads, als könnte sie nicht mitgehen, da sie ja das Fahrrad vorm Umkippen bewahren musste.

Sie gingen einen dieser Wege, die links und rechts von Birken flankiert wurden. Clara hätte sich gern zuvor die Hände gewaschen, denn an ihnen hafteten noch Tonfitzelchen; aber der Vater schien es eilig zu haben. Schon nach wenigen Metern platzte er mit seinem Anliegen heraus.

»Es ist doch nun so. Bald wirst du zweiundzwanzig Jahre alt.«

Bald? Im November. Das war noch lang hin, doch das war natürlich unerheblich.

»Ich will dir gestehen, dass ich mir Sorgen mache.«

»Weshalb?« Sie senkte unwillkürlich den Kopf und sah zu Boden. Es war ihr peinlich, Ursache seiner Sorgen zu sein, und zugleich ärgerte es sie, dass seine Sorgen sich gerade sie ausgesucht hatten.

»Na ja. Ich bin nicht sicher, ob Worpswede so das Wahre ist.«

Ihr lagen tausend Fragen auf der Zunge, aber sie verkniff sich jede davon. Stattdessen rieb sie mit den Fingern der rechten Hand über die linke Handfläche, um die lästigen Tonkrümel abzustreifen.

»Dieses Fräulein Becker … die ist doch kein Umgang für dich.«

»Warum?« Sie unterdrückte jeden Protest. Auch hier gab es viel zu entgegnen. Warum sollte eine Tochter aus derjenigen Sphäre, der sie selbst angehörten, kein richtiger Umgang sein?

»Sie wird niemals etwas werden. Und die anderen Maler! Nun gut, der Mackensen, der hat Erfolg. Aber das ganze

Leben hier auf dem Dorf, es schließt dich zu sehr aus. Du kapselst dich ab, vom Leben.«

»Von welchem Leben?«

»Vom bürgerlichen Leben. Vom wahren Leben.«

»Es gibt auch andere Formen zu leben. Der Heinrich Vogeler zum Beispiel, der ist auch sehr erfolgreich und lebt hier.«

»Ach, der Herr Vogeler. Gewiss. Einer von uns. Er hat es geschafft. Aber das heißt nicht, dass du es auch schaffst. Im Übrigen sind Männer eben … Männer. Ihr Frauen … Ich will nicht, dass du … endest wie die Malerin. Sie ist, glaube ich, bereits fünfundzwanzig. Hat keinen Mann, keine Aussichten. Na ja, das ist deren Problem. Aber du, du hast noch alle Möglichkeiten. Also … ich würde dir vorschlagen, wieder nach Bremen zu ziehen. Man könnte dir ein hübsches Atelier einrichten. Und …« Er überlegte. Es waren wohl wichtige Worte, die er im Kopf auf die Goldwaage legte. »Du würdest Menschen treffen.«

»Herren?« Das Wort sprang ihr geradezu aus dem Mund.

»Gewiss. Herren. Heiratskandidaten. Aus unseren Kreisen. Erst kürzlich fragte Johann … du weißt noch, wer das ist? Er erkundigte sich nach dir. Fragte, ob du immer noch malst.«

Johann, sie erinnerte sich an ihn. Sie hatte Johann vor vier Jahren ein paarmal gesehen, er hatte ihr den Hof gemacht. Ein schrecklicher Mensch, machte sich über die »Malweiber« und Suffragetten lustig.

Sie waren stehen geblieben. Der Vater sah sie an, nicht direkt in die Augen, das tat er nie. Aber so von oben. Er hatte die Augen mit seiner Hand beschirmt, da die Sonne blendete. Clara schaute auch weg. Nicht weit entfernt war ein Kanal, dessen Wasser aufblitzte. Ein schwarzer Kahn wurde vorbeigezogen. An Land war eine Frau und zog an einem Strick den Kahn hinter sich her, tief gebückt. Sie hatte eine weiße Haube auf und eine braune Schürze an. Clara glaubte, sie ächzen zu hören, und spürte geradezu, wie die Sonne, die heute so heiß war, die Flüssigkeit aus ihrer Haut wrang. Der Schiffer im blau-weiß gestreiften Hemd hielt den Staken mit einer Hand und grüßte jemanden, indem er mit der anderen Hand an den Schirm seiner Mütze tippte. Was geladen war, konnte sie nicht erkennen, auch tat ihr der Sonnenglast weh, der die Luft zum Flimmern brachte. Um Torf konnte es sich nicht handeln, dafür war noch nicht die Zeit. Erst im Herbst begann die unentwegte Prozession der schwarzen Kähne mit den braunen Segeln gen Bremen, die Hamme hinauf bis zum Findorff-Hafen, damit die Häuser der Städter nicht kalt blieben.

»Überlege es dir. Man muss nichts übers Knie brechen.« Sie gingen den Weg zurück, der Vater etwas vorgebeugt, die Hände nun auf dem Rücken. Beide gingen schnell. Sie hatte wohl diesen Gang von ihm übernommen. Er war ihr immer ein Vorbild gewesen. Sie musste etwas sagen. Nur was? Sie konnte ihm unmöglich ein Nein anbieten. Natürlich auch kein Ja. Vielleicht erwartete er keine Antwort.

»Überlege es dir in Ruhe. Einstweilen kannst du natürlich hierbleiben. Bis zu deinem Geburtstag erwarte ich eine … Geste. Vielleicht gibt es einen Menschen. Man lernt doch auch hier sicherlich nicht nur Künstlervolk kennen.«

Beim Abschied überreichte ihr die Mutter ein Paket mit Tee aus dem Hause Westhoff, wieder mit diesem Beschwichtigungsblick. Dann waren sie nicht spontan hier vorbeigekommen, sondern hatten es geplant, wie Clara es vermutet hatte. Der Vater tat, als hätte es das Gespräch nicht gegeben, und stellte ihr noch schnell sein neues, sehr sportliches Fahrrad vor: »Das ist aus Amerika, ein Cleveland-Rad.« Dann schwang er sich etwas hüftsteif hinauf.

Als Clara zu ihrem Arbeitsplatz zurückkam, erhob sich Paula, um ihren Stuhl wieder einzunehmen. Clara aber trug den Tisch mit der verhüllten Büste in das Atelier hinein, legte ein weiteres nasses Leinentuch über den Ton und band die Schürze ab.

»Was ist, meine liebe Schwester?«, fragte Paula. Sie ahnte etwas.

Clara versuchte, gegen ihre Bedrücktheit anzukämpfen. Sie zwang sich ein Lächeln ab. Von hier aus konnte sie zwar nicht zum Kanal sehen. Doch das Bild des Paares mit dem Kahn hatte sich in ihr eingehakt. Zwiespältig. Die harte Arbeit. Die Unbarmherzigkeit der Natur. Das Treidelseil, eine Kette, die an der Frau hing.

»Mir können Sie nichts vormachen, Clara«, beharrte Paula.

»Ach, mein Vater will, dass ich heirate.« Indem sie es sagte, erschlaffte sie geradezu wie eine Puppe an Fäden.

»Mein Vater redet auch beständig davon.« Es sollte tröstlich klingen, verstärkte aber nur die Wirkung, denn es bewies, dass ihr Vater nicht einfach einen Spleen besaß, sondern dass es die Regel war, dass die Väter – und die Mütter – es von ihren Töchtern erwarteten. Es bewies, dass es keinen Ausweg gab.

»Was kümmert es uns?« Paula zuckte demonstrativ mit den Schultern. War sie wirklich so unbekümmert, wie sie tat?

»Er will, dass ich Worpswede verlasse …«

»Was?«

Paula sprang auf. »Das ist gemein!«

Clara sah in Paulas Gesicht und erkannte in ihrer ganzen Haltung jene Empörung, die sie selbst nicht fähig war aufzubringen, obgleich es in ihr brodelte.

»Was soll ich denn tun?«

»Was du tun sollst? Du bleibst hier! Clara, du bist niemandem gegenüber verpflichtet. Einzig deiner Kunst gegenüber. Ziehst du hier weg, dann … dann wäre es eine Niederlage für dich. Und nicht allein für dich. Eine Niederlage für alle Frauen, die nun endlich auch versuchen, in der Kunst etwas Anständiges zu vollbringen. Man nennt uns Malweiber. Ja, das sind wir, und wir sind stolz darauf. Und es verpflichtet uns. Gerade dich. Du bist eine der wenigen Bildhauerinnen. Eigentlich die einzige. Komm … Komm! Stell dich neben mich.«

Sie forderte Clara mit den Händen wirbelnd auf. »Komm …« Paula konnte schnell Feuer fangen und sich an ihren eigenen Ideen begeistern. Clara stellte sich zögerlich und unsicher neben sie. »Siehst du?«

»Was soll ich sehen?«

»Wie groß du bist! Du bist stark. Du lässt dir von niemandem vorschreiben, wie du zu leben hast!«

Clara empfand die Nähe Paulas immer als angenehm. Sie hätte sie sehr gern umarmt, ja geküsst, aber das ließen die bürgerlichen Regeln und insbesondere die hanseatische Zurückhaltung nicht zu. Was hanseatische Zurückhaltung anbelangte, waren ihre Eltern geradezu beispielhaft.

»So, und nun machen wir etwas Verrücktes. Etwas, das ich schon immer machen wollte. Dafür müssen wir uns umziehen.« In Paulas Augen sprang die Vorfreude auf Schabernack koboldartig herum.

Sie hatten die weißen Kleider beim selben Schneider anfertigen lassen, kurz nachdem sie aus Paris zurückgekommen waren. Es war Paulas Idee gewesen, diese Gewänder, die leicht, luftig und strahlend weiß waren, bei den Sonntagabendveranstaltungen im Barkenhoff zu tragen. Sie hatten sich keine Rechenschaft darüber gegeben, weshalb sie gerade diese Kleider trugen. Sie ließen sie jedenfalls wie Schwestern wirken. Und seit Paris waren sie das auch, Schwestern im Geiste. Sie hatten sich zusammen in dieses Abenteuer in der großen, fremden Stadt gestürzt, sich gegenseitig unterstützt, und jede auf ihre Weise hatte sich fortentwickelt im vibrierenden Kunstzentrum der Welt, Paris. Clara hatte bei Rodin studiert, wenn sie ihn auch nur selten zu Gesicht bekommen hatte und während der ganzen Zeit nur wenige Worte mit ihm hatte wechseln können. Sie war derart eingeschüchtert gewesen von diesem Künstler, dass ihr einmal beinahe das Herz stehen geblieben wäre, als Rodin eine ihrer Figuren in die Hand nahm, sie drehte, um sie sich von allen Seiten zu besehen, und ein Wort sagte: »Qui!« Dann zog er weiter.

Sie gingen zu Paula. Clara nun im weißen Kleid. Paula rückte nicht damit heraus, was sie plante. Clara kamen alle möglichen Vermutungen, sogar Bedenken. Während Paula sich umzog, sagte Clara unvermittelt: »Wenn es wenigstens hier im Dorf einen Mann gäbe, einen, der mir gefiele. Aber das sind doch alles alte Männer, die gar nicht passen, und fast alle sind bereits verheiratet. Otto wäre ... aber der ist noch im Trauerjahr.«

Clara hatte sich aus Schicklichkeit vor das kleine Butzenfenster gestellt und damit der Freundin den Rücken zugedreht, während sich diese in der Tiefe des Zimmers, nahe dem Bett, umkleidete.

»Otto? Wie kommen Sie auf Otto?«

»Warum nicht Otto?«

»Nein, Sie brauchen einen jüngeren Mann, einen ... ich weiß nicht. Vielleicht taucht ja bald einer auf. Wer weiß?«

»Nun sagen Sie endlich, was Sie vorhaben«, rief Clara voller Ungeduld, als sie sich umdrehte und die Schwester vor sich sah in ihrem weißen Batistkleid, das bis fast auf den Boden reichte und unterhalb der Brust abgesetzt war. Es stand ihr besser, fand Clara, denn es ließ einen größer wirken, und Clara empfand sich selbst als zu groß. In Paris, als sie einmal bei Paula zu Besuch war und durch die Tür trat, erschrak eine weitere Besucherin, eine allerdings sehr kleine Französin, ob der Größe Claras. Natürlich hatte sie nichts gesagt, aber das Erschrecken hatte sie wahrgenommen.

»Also? Sagen Sie, was haben Sie vor?«, wiederholte Clara ihre Frage.

»Wir. Beste Schwester. Wir haben es vor.« Wieder blitzten Paulas Augen.

Die beiden Frauen brachen auf. Der Abend sank über den Weyerberg, es war ein glutroter Juliabend, sterbensschön. Sie gingen in Richtung des Dorfes, begleitet vom Zirpen der Zikaden, kamen an Ottos Haus vorbei, bogen links ab und erklommen den kleinen Hügel, auf dem die Kirche stand. Clara befürchtete – was?

»Wir machen doch nichts Unbedachtes?«

»So wie Sie damals auf Rømø? Aber nein. Nichts dergleichen ... oder vielleicht doch.« Sie kicherte. Mit der

Erwähnung der dänischen Insel hatte sie auf eine kleine, etwas peinliche Episode angespielt, die sich letztes Jahr ereignet hatte, als Clara mit Heinrich und Marie Bock, einer Malerin, mit Zug und Fahrrad unterwegs gewesen war. Clara mochte nicht daran denken.

Sie waren nun an der Zionskirche angekommen. Die Kirche thronte standesgemäß auf dem höchsten Punkt des Dorfes. Es war eine kleine Kirche aus rotem Backstein mit einem bräunlichen Dach. Der Glockenturm saß weiß getüncht auf dem Dachfirst und trug ein spitzes Häubchen in eben derselben Farbe wie das Dach der Kirche. Und dieser Turm war das Ziel Paulas und nicht, wie Clara selbstverständlich angenommen hatte, der Kirchenraum. Die Tür zum Kirchturm ließ sich öffnen. Was sollten sie hier? Paula hatte es eilig und lief die Treppe hinauf, Clara folgte rennend und holte sie oben ein. Außer Atem gelangten sie in den Glockenturm. Das Licht des Sonnenuntergangs lohte schattenwerfend im Dachstuhl. Die beiden Frauen lehnten sich aus dem Fenster. Paula rief, die Hände zum Trichter geformt: »Juchhe! Wir leben!«

Clara hielt sich zurück. Es konnte sie doch jemand hören.

Paula stieß sie an. »Nun Sie, meine Liebe!«

»Was soll ich denn sagen?«

»Nicht sagen, rufen! Meinetwegen schreien. Schrei es heraus, Clara!«

»Was denn nur?« Clara war ungehalten und bockte.

»Dass du bleibst! Hierbleiben!«

Clara war die Situation unangenehm. Jeden Moment konnte jemand vor der Kirche auftauchen. Der Pfarrer. Der Küster. Irgendjemand. Es war auch nicht einfach, so aus dem Stand heraus zu rufen, gar zu schreien. Sie brauchte Anlauf, musste überlegen. Sie tanzte sehr gern – so wie auf Rømø. Manche sagten, sie tanze wild. Dr. Carl Hauptmann war nach einem Tanz mit ihr völlig erschöpft gewesen und hatte nach Luft gejapst, dennoch bat er sie immer wieder um einen Tanz, wenn sich die Gelegenheit bot. Und dass Paula nun so fordernd auftrat, passte ihr nicht. Das war anmaßend. Außerdem hatte Clara Angst davor, sich gehen zu lassen. Sie verfiel dann manchmal in eine Grenzenlosigkeit, die sie später bereute.

Paula stupste sie freundlich und aufmunternd an. Machte es vor, um sie zu animieren, formte die Hände zum Trichter und rief: »Wir bleiben hier!«

Vielleicht hatte Paula recht. Vielleicht würde es ihr guttun. Paula war oft mutiger als sie. Und schneller. Oft erkannte sie schon etwas, was Clara noch nicht begriff.

Sehr zögerlich und mit beinahe schmerzendem Gesichtsausdruck sagte sie: »Ich bleibe hier.« Auch Paula rief den Satz noch einmal, wesentlich leidenschaftlicher. Jetzt kam sich Clara dumm vor. Was für ein klägliches Stimmchen sie hatte. Und ehe sie noch recht überlegte, erscholl es aus ihrem Mund: »Ich. Bleibe. Hier. Ich bleibe hier.« Sie erschrak über ihre eigene Stimme. Horchte, ob etwas Schlimmes passierte. Nein. Es passierte nichts. So rief sie von Neuem.

Je öfter sie den Satz rief, desto mehr Zutrauen fand sie und desto lauter erschallte er. Sie variierte die Betonungen des Satzes. Mal war es das »Ich«, das betont wurde, dann das »bleiben« und schließlich das »hier«. Nun vergaß sie vollends, dass jemand kommen könnte. Sie vergaß alles. Es war einfach nur herrlich, die Stimme zu hören, den Schall zu spüren und wie ihr Ruf übers Dorf hallte. Es hatte etwas Magisches und Beschwörendes, als könnte sie damit tatsächlich irgendetwas beeinflussen. Sie sah zum Himmel hinauf, dessen Blau nun ganz in einer roten Feuersbrunst versank, und sie glaubte, ihre Stimme würde da hinaufschallen und sie selbst, sie würde auch da hinauffliegen, grenzenlos frei.

Schließlich ließen die beiden sich auf dem Holzboden des Glockenturms nieder und lachten, lachten unbändig. Paula trampelte mit den Füßen und giggelte. Sie sahen nach oben, wo die Glocken hingen mit ihren Strängen. Die baumelten geradezu verführerisch über ihren Köpfen. Das Sonnenlicht malte die Glocken bronzefarben, der Sonnenuntergang spiegelte sich im Metall der Glocken und ließ lange Schatten bizarre Formen annehmen.

Paula sprang auf und hüpfte. Sie bekam einen Strang zu fassen. Ein Gongschlag ließ den Glockenturm erzittern. Clara erhob sich ebenfalls, fasste den Strang der zweiten Glocke. Anstatt jedoch die Stränge loszulassen, hielten die beiden sie fest. Sie wurden hochgezogen, beinahe hochkatapultiert, ließen aber nicht los. In einem Auf und Ab hingen sie an den Seilen, war die eine unten, so fuhr die andere in die Höhe. Es kam zu keinem Gleichklang. Der Lärm war enorm. Die einander gegenseitig brechenden Schallwellen der Glocken erzeugten einen Krach, der sich aufschaukelte zu einem berstenden Dröhnen. Wie in Rage ließen die beiden nicht locker. Hüpften auf und ab. Der Klang donnerte in ihre Körper hinein und trieb sie zur Ekstase, bis Paula die Kraft verließ und zu Boden fiel. Clara, die gerade hochgezogen wurde, getraute sich nicht, loszulassen. Es war ihr, als müsste sie sich festhalten, um nicht zu stürzen. Paula war wieder aufgestanden und rief: »Aufhören!«

Sofort ließ Clara den Glockenstrang los. Über ihr schwang der schwere Glockenkörper und sie glaubte, den Luftzug im Nacken und an der Stirn zu spüren. Sie sackte zusammen und saß auf den Knien. Der Glockenklang wurde mit jedem neuen Hämmern des Schlegels schwächer, bis der letzte Ton verflogen war. Die Stille war enorm. Sie ragte wie eine Kathedrale über ihnen, aber sie war gewissermaßen auch noch tönend, ein langsam verwehendes Summen. Dann hörten sie Schritte. Ihnen blieb das Herz stehen.

Es öffnete sich die Tür zum Dachstuhl. Der Küster. Zornig, geradezu außer sich, schimpfte er los. Die beiden Frauen zwängten sich an ihm vorbei und liefen die Treppe hinab. Seine Schritte und seine Stimme polterten ihnen hinterher. Als sie die Tür öffneten, um ins Freie zu gelangen, schraken sie zurück.

Vor ihnen stand eine aufgebrachte Menschenmenge. Ein Spritzenwagen raste eben heran. Die Menge teilte sich, ließ den Wagen durch. Die Männer der Freiwilligen Feuerwehr sprangen eilfertig aus dem Wagen, um ein Feuer zu löschen, in ihrem Eifer zunächst nicht begreifend, dass es kein Feuer gab.

Paula und Clara drückten sich so nahe an die Kirchenmauer, als wollten sie darin verschwinden. Gerade die Beflissenheit der Leute von der Spritzmannschaft ließ ihnen das Ausmaß der Katastrophe bewusst werden. Der nächste Gedanke war: Flucht. Clara eilte voran. Paula folgte ihr. Sie liefen über den Friedhof, dann den Berg hinauf in ihren langen weißen, wehenden Kleidern. Noch war es nicht ganz dunkel und ihre Kleider waren schemenhaft sichtbar. Der Pfarrer folgte ebenfalls mit fliehenden Schößen. So sah man zwei weiße Punkte, die, von einem schwarzen Punkt verfolgt, den Hügel erklommen. Der Geistliche rief ihnen nach, aber sie verstanden ihn nicht. Die beiden waren nur überrascht, wie schnell der Mann auf seinen kurzen dicken Beinen war. Schließlich blieben sie stehen. Sie sahen ein, dass es lächerlich war, was sie taten. Triumphierend erreichte der Pfarrer sie. Er fasste sie an den Schultern, als gehörte das zu einem Spiel oder als wären sie seine Trophäen. Clara riss sich wütend los und machte durch einen stechenden Blick deutlich, dass er das zu unterlassen habe. Es wirkte. Er ließ sie und Paula los, trieb sie aber mit drohendem Gebell hinab. Stolz kam der Diener Gottes mit seiner Beute zurück. Der Feuerwehrwagen war wieder fort. Die Menge hatte sich halbiert. Trotzdem vernahm man ein Schimpfen, das nun noch drohender klang. Man sprach von kindischem Verhalten. Die Stimmung war aggressiv. Die beiden jungen Frauen sahen sich einem Mob gegenüber. Von einer Tracht Prügel war die Rede.

»Aber ordentlich!«

»Auf den nackten Mors!«

Der Pfarrer, der hätte einschreiten können, stand an der Kirchenmauer und tupfte sich mit einem Taschentuch das gerötete Gesicht. Er schnaufte zum Gotterbarmen. Der Einsatz in Sachen Nächstenliebe hatte sich aber gelohnt. Die Menge rückte näher. Einige Gesichter kannten sie. Keines davon war ihnen wohlwollend gesonnen.

Da trat jemand aus der Menge heraus, fasste Paula am Arm, zog sie mit, als hätte er ein Anrecht auf sie. Clara folgte. Es war Modersohn, der Maler. Die Leute ließen es geschehen. Modersohn besaß Autorität im Dorf, er war seit Kurzem Witwer, und Pietät verlieh Würde. Man ließ die drei mit einem Murren ziehen.

Er war ihr Retter! Zusammen gingen sie zu seinem Haus, das ganz in der Nähe war. Sie sprachen nichts. Paula hielt sich dicht an ihn, als müsste er sie weiterhin beschützen. Im Haus hatten sich schon einige der Maler versammelt. Mackensen schüttelte den Kopf. »So etwas Törichtes hätte ich Ihnen nicht zugetraut. Sie bringen uns alle, den ganzen Verein, in Verruf!«

Mackensen, sein Verein und dessen Ruf. Immerzu fürchtete er, dieser könnte Schaden nehmen, besonders im Sommer, wenn allzu viele Schülerinnen und sonstiges Volk im Umkreis der Künstler das Dorf in Beschlag nahmen. Die Kaufleute profitierten davon, besonders ein Laden wie der von Netzel, der Malerutensilien verkaufte. Aber die Torfbauern, die hatten nichts davon.

Paula verteidigte sich gegen den Angriff von Mackensen. »Ach, das war doch nur ein Spaß. Man muss auch mal über die Stränge schlagen dürfen. Jetzt kocht den verschlafenen Bürgern mal so richtig das Blut hoch!«

»Unmöglich!« Das war Otto mit seiner sonoren Stimme. Von Otto hätte Paula Beistand erwartet. Doch Otto, ihr Retter, war aufgebracht. »Da hat der gute Mackensen recht, Paula. Die meisten Menschen haben schon ein schweres Leben. Denen muss das Blut nicht hochkochen. Und wenn da die Glocken läuten, als würde die ganze Stadt in Flammen stehen, dann ist das kein Spaß. Nein, dann ist das dumm und unbedacht, eben die Tat verzogener Bürgerstöchter.«

Das saß. Paula war tief getroffen und unfähig, sich zu wehren. Clara hätte den Männern gern entgegengeschleudert, dass ihnen kein Vater im Nacken sitzen und auf eine Heirat drängen würde, sie hätten keinen, der ihnen rundheraus den Wegzug aus dem Künstlerdorf empfahl. Doch sie war keine, die große Reden schwang. Stattdessen schickte sie stumme, aber wütende Blicke in die Runde.

Paula und Clara wurden zu einer Geldstrafe wegen groben Unfugs verdonnert. Nur, sie hatten nicht genug Geld, sodass ihr Gegenvorschlag angenommen wurde, stattdessen die Kirche mit Putten und Bildern zu schmücken. Die Arbeit machte sogar Spaß. Zwei Wochen verzichteten die beiden auf ihre Auftritte am Sonntagabend im Barkenhoff, damit sich die Gemüter in der Künstlergemeinde beruhigen konnten. Heinrich, der Herr des Barkenhoff, war zwar der Einzige gewesen, der sich über die Sache amüsieren konnte – er soll lauthals gelacht haben –, aber letztlich waren seine sonntäglichen Gäste entscheidend. Schließlich war es Otto, der die beiden Damen bat, wieder zu erscheinen, und sich entschuldigte, zu heftig gewesen zu sein.

Das Leben ging für die beiden Künstlerinnen wieder weiter. Clara vergaß sogar für eine Weile die Drohungen des Vaters. Nur der Gedanke an einen jungen Mann, der im Dorf auftauchen würde, ließ sie nicht los, denn Otto war wirklich nicht der Richtige für sie. Es kam Clara auch langsam der Verdacht, dass Otto um Paula buhlte und diese nicht abgeneigt war.

So tat Clara also ihre Pflicht und arbeitete ihre Strafe ab. Sie fuhr täglich von Westerwede zur Kirche. Während die Hinfahrt den Hügel hinaufging und beschwerlich war, vergalt es ihr die etwas über fünfzig Meter hohe Verwerfung bei der Rückfahrt. An dem Tag, als sie den Dichter traf, hatte sie die letzte Putte fertiggestellt und kam auf ihrem Fahrrad die abschüssige Bahn hinabgerast. Sie trug, wie immer, wenn sie Rad fuhr, eine Pumphose, eine Herrenjoppe und Herrenschuhe. Ihr Haar flatterte im Strom des Windes. Sie trat kräftig in die Pedale und flog dahin. Sie fuhr ein Sicherheitsniederrad für Damen mit Dunlop-Reifen. An der Kirche war sie gestartet und würde, wenn sie die Beschleunigung optimal ausnutzte, die ihr die Steigungswinkel schenkten, bis fast nach Westerwede getragen werden. Leicht und beinahe schwerelos, zumindest pneumatisch gefedert und zugleich ganz Körper und seltsam außerhalb davon, segelte sie die Dorfstraße hinunter.

Sie kam an Ottos Haus vorbei. Sie kam am Atelier von Paula vorbei. Sie kam an Heinrichs Barkenhoff vorbei. Vorbei an der Gaststätte von Kück. Dann bog sie in den Pfad nach Westerwede ein. Außer Atem, beglückt – ihre Brust flatterte, ihre Beine wurden schwach. Sie lehnte den Oberkörper nach vorn, hielt Kopf über den Lenker hinaus und trat, bis sie die letzten Meter zu ihrer kleinen Bleibe erreicht hatte.

Clara stellte das Fahrrad ab. Ihre Knie zitterten und sie japste nach Luft. In diesen Minuten, da sie zu Kräften kam, verwandelte sich der Glücksrausch allmählich in ein sattes Wohlbefinden, auch wenn jetzt der Schweiß auf ihrer Stirn brannte und in Tropfen die Schläfe hinabrann.

Sie ging in ihr Atelier. Die ersten Schritte kamen ihr unnatürlich vor, staksend und hohl. Bevor sie sich der Arbeit widmete, zog sie die Joppe und die Bluse aus. Sie wusch sich das Gesicht und die Achselhöhlen. Im Kopf kreiselte der Gedanke. Er war ihr vorhin gekommen, oben an der Kirche. Diese Idee wollte sie nun am Material prüfen.

Das Figurenpaar stand auf einem Podest, nahe dem großen Fenster, das sie hatte einbauen lassen, und saugte das Licht geradezu an. Es gab den Konturen Klarheit, zeigte jedoch leider auch das Ungenaue und die Stellen, die von ihr noch nicht ganz erfasst worden waren. Darum ging es nicht im Kern. Es war etwas Grundsätzliches. Es betraf das Zusammenspiel der beiden Figuren. Sie fragte sich, ob sie die Mädchen lieber trennen sollte, denn es gelang ihr nicht, die Figuren als Einzelne darzustellen und zugleich das Verbindende zwischen ihnen zu betonen. Nur dadurch, dass sie auf derselben Plinthe standen, war noch nichts ausgesagt. Das wurde ihr immer klarer. Es war ein hockendes Mädchen, dessen Füße gerade auf dem Boden auflagen und dessen Oberkörper ganz an die Knie geschmiegt war. Daneben ein stehendes Mädchen, das die Arme vor ihrer Brust verschränkte und den Kopf zur linken Schulter neigte. So wie sie sich zueinander verhielten, nämlich gar nicht, wirkte jede nicht bloß einzeln, sondern vereinzelt. Indem jede einen Raum um sich schuf, von der die andere ausgeschlossen war, wurde der Abstand zwischen ihnen zur bloßen Leere. Andererseits wollte sie die beiden Figuren nicht zu stark aufeinander beziehen, sondern sie in ihrem Auf-sich-selbst-bezogen-Sein belassen, welches sich unter ihren modellierenden Händen ergeben hatte.

Clara zog den Bildhauerkittel an, ging einmal um die Skulptur herum. Routiniert griff sie nach einem Spachtel. Sie setzte an der Ferse an, dann ließ sie ihre Hand sinken. Nein. Es ging heute nicht. Idee und Intuition passten nicht zusammen. Das Wechselspiel von tätiger Hand und beurteilendem Auge war durch die hinzugetretene Idee unterbrochen. Sie zog den Kittel wieder aus und verließ das Atelier.

Clara brühte sich auf einem Spirituskocher eine Tasse Tee auf und setzte sich vor das Haus auf eine kleine Bank. Es war ein warmer Tag, leicht windig. Die flockigen Wolken im weiten Blau zerfaserten zu gazeartigen Gespinsten. Sie schaute übers Land, den Weyerberg hinauf. Hinter ihm schielte der Kirchturm hervor. Wie, dachte sie, kann man einzeln sein? Wie kann man bei sich sein und dennoch offen für den anderen? Sie ahnte, dass sie eine gute Frage aufgeworfen hatte, und sie spürte, dass sie weit davon entfernt war, eine künstlerische Antwort dafür zu finden.

Sie wurde aufgeschreckt aus ihrem Gedanken durch ein scharfes Rollen. Es war der Bauer, der mit einer Schubkarre an ihr vorbeiging. Die Karre war länglich und aus Holz, auch das Rad war aus Holz, mit einem Eisenreif verstärkt, wie bei Fässern. Der Eisenreifen holperte über das Kopfsteinpflaster, mit dem der Hof ausgelegt war. Wieso nahm man nicht einfach einen Fahrradreifen? Er müsste natürlich kleiner und gedrungener sein und der Mantel aus dickerem Gummi. Die neuen Fahrradreifen waren eine gute Erfindung. Ihr Vater war noch vor ein paar Jahren mit Vollgummireifen gefahren. Allein bei dem Gedanken tat ihr der Steiß weh.

Der Bauer grüßte mit einem Kopfnicken. Sie grüßte übertrieben zurück. Was musste der Bauer von dieser faulen Person denken? Dabei arbeitete sie doch, nur gerade jetzt nicht, sie war nicht zum Arbeiten im Atelier aufgelegt. Die Hiesigen hatten sich ja längst an das Künstlervölkchen gewöhnt. Auch an sie.

Für Clara war Arbeit der Weg zur Anerkennung. Vor sich selbst und den anderen. Ihr Vater hatte ihr dieses Ethos eingeimpft. Das wusste sie. Er hatte ihr keine Steine in den Weg gelegt. Hatte akzeptiert, dass sie Künstlerin werden wollte, hatte sogar akzeptiert, dass sie von der Malerei zur Bildhauerkunst gewechselt hatte, obwohl es dafür praktisch kein Vorbild gab. Obwohl er sie also gewähren ließ und finanziell unterstützte – oder gerade deswegen! –, hatte sie immerzu das Gefühl, arbeiten, also Leistungen erbringen zu müssen.

Sie betrachtete wieder den Bauern und fühlte sich schuldig. Er schob die Karre voran, immer wieder ausbalancierend, weil sie sonst umgefallen wäre. Was konnte sie tun? Spontan rief sie dem Bauern nach: »Kann ich helfen?«

Der Bauer blieb stehen und schaute sie belustigt an. »De Steern sünd to swaar för dat jung Fräulein.«

»Dat maackt mi nix«, erwiderte sie und krempelte symbolisch die Ärmel auf. Sie stellte die Tasse ab und ging stracks auf ihn zu.

Die Karre war voller Ziegelsteine. Er grinste und setzte die Schubkarre ab, ging einen Schritt beiseite, maß sie von den Füßen bis zum Scheitel mit einem Blick ab: »Groot sünd ji ja, aver se schullen weer de Jungs un Deerns gahn. Dat is ok wichtig.«

Er anerkannte also ihre Arbeit! Das warf sie beinahe um. Die Jungen und Mädchen – das ist auch wichtig. Er wusste also genau, woran sie arbeitete. So einfach und so schön, so hatte noch nie jemand ihre Arbeit gerechtfertigt! Sie konnte ein Hüpfen kaum unterdrücken. Gerade als sie sich anschickte, die Arbeit wieder aufzunehmen, kam Paula. Ihre Freundin klopfte an die Tür, obwohl diese offen stand.

»Sie kommen doch heute Abend zur Veranstaltung?«, platzte sie heraus.

»Nein … ich möchte lieber arbeiten.«

»Sie müssen sich auch einmal erholen, um Kraft aufzunehmen für die schwere Arbeit, meine liebe Schwester.«

»Gerade heute …«

»Nein, Clara. Gerade heute Abend sollten Sie kommen. Heinrich verkündet schon seit Tagen, sein Gast sei ein bedeutender Dichter und lese heute Abend vor.«

»Ach, am Ende liest wieder Dr. Hauptmann.«

Sie mussten beide lachen und wussten, wieso, und wussten es doch nicht.

»Kommen Sie, wir ziehen unsere weißen Kleider an.«

»So wie kürzlich, als wir den Glockenturm besuchten?«

»Ja, beste Schwester. Wir amüsieren uns. Die Herren sind nun einmal alle so … bieder und so steifleinen.«

Sie waren sich im Gespräch immer näher gekommen, überschritten aber einen bestimmten Abstand nicht. Dabei wäre es Clara sehr angenehm gewesen, die kleine brünette Frau im Arm zu halten.

»Vermutlich wird er auch nur ein Langweiler sein«, sagte Clara.

»Vielleicht. Vielleicht nicht.« Sie wandte sich zum Gehen. »Sie kommen?«

»Ja, ich werde da sein.«

»Im weißen Kleid?«

»Ja, im weißen Kleid.«

»Es wird bestimmt schön.«

»Kulinarisch wird es schön, wie immer.«

»Dann essen wir, bis wir platzen!«

Kichernd ging Paula aus dem Atelier hinaus. Clara sah ihr nach, sah, wie sie ums Haus herumging und verschwand.

Schließlich widmete sie sich wieder dem Mädchenpaar. Was sollte sie mit den beiden Mädchen anfangen …

Kapitel 2

Spätestens jetzt wurde ihm klar, dass heute nicht *sein* Abend war. Er hätte die ersten Anzeichen noch ignorieren können. Etwa, dass selbst Heinrich, der doch als Gastgeber gewissermaßen von Natur aus Gefallen finden musste an seinem Vortrag, ein Gähnen nicht unterdrücken konnte. Da und dort wurde ein Wort gewechselt, was eigentlich ungehörig war. Die beiden Damen in Weiß, sonst eine sichere Bank, ließen sich von allem Möglichen ablenken und kicherten hinter vorgehaltener Hand und manchmal sogar frei heraus. All das hätte er ignorieren können. Er verlangte ja keine Andacht, keine Ehrfurcht. Nein, er erwartete kritische Aufmerksamkeit. Doch als ihm, aus dem Takt gekommen, ein Blatt vom Pult rutschte, wusste er, dass heute zu viel schieflief. Es segelte fort, und er vermeinte, es auch schon auf dem Boden aufkommen und zwischen Füße und Stuhlbeine schliddern zu sehen – da fing eine Hand geistesgegenwärtig das Blatt auf. Es war eine der beiden Damen in Weiß, die das taumelnde Blatt flugs aus der Luft geschnappt hatte. Clara war es, die, mit der er so gerne das Tanzbein schwang, nur tanzte sie ihm manchmal gar zu stürmisch. Sie gab ihm das Blatt zurück mit einer Art Knicks und einem nachsichtigen Lächeln.

Er aber hatte nun vollends den Faden verloren. Er las den Rest schnell weg, so wie er als Kind den Haferbrei hinunterschluckte, der ihm noch nie geschmeckt hatte. Der Applaus war dünn wie Wassersuppe. Stühle wurden geschoben. Der allgemeine Rumor setzte ein. Otto kam mit einer Flasche und goss sein Glas voll, was Hauptmann dankbar annahm, bevor er den Wein die Kehle hinunterstürzte. Dann packte er seine Blätter zusammen mit dem Ausdruck von Enttäuschung, die er zu vertuschen trachtete, was ihm nicht recht gelang. Aus dem Stimmengewirr tauchte ein paarmal wie ein Signalwort der Name des anderen auf. Er hatte noch nie von ihm gehört.

Heinrich Vogeler, der Hausherr, ließ diesen Namen mehrmals verlauten. Warum hatte er Hauptmann gebeten zu lesen, wenn ein anderer Vortragender vorgesehen war? Sehr unüblich! Es las immer nur einer pro Abend. Das war eine Regel, die der Hausherr ihm sogar einmal auseinandergesetzt hatte. Er wolle damit die Einzigartigkeit des Autors unterstreichen. Nun hatte Heinrich die Regel gebrochen. Hauptmann hatte schon öfter gelesen und immer als Einziger! Freilich zumeist aus seinen naturalistischen Dialektstücken, nicht wie heute Aphoristisches, Lyrisches und Philosophisches. Als Heinrich von Genie sprach und nicht ihn meinte, sondern jenen anderen, wusste er, dass es nicht nur nicht sein Abend war, sondern ein kompletter Reinfall, ein Desaster.

Um sich zu trösten, ging er zum Büfetttisch und tat sich eine geräucherte Forelle auf. Er schaufelte sich den Fisch mit einem gewissen Trotz auf den Teller und sah, während er kaute, hinüber zu diesem dunklen Fleck. In der hintersten Ecke des weißen Saals saß jemand auf einem der Empirestühle, die wie alles in diesem sogenannten weißen Saal erlesen waren. Etwa die belgischen Kandelaber oder die Gemälde an den Wänden – die nicht von Heinrich selbst stammten, sondern an Boucher erinnerten. Dazu das Geschirr, das Besteck, teilweise vom Hausherrn selbst gefertigt, ebenso wie die Vasen und Fayencen. Heinrich war ein Tausendsassa, der nicht nur malte. Er ließ seine verschlungen-fließenden, vegetabilen Motive, oftmals märchenhaft verkitscht – gewiss ein hartes Urteil, aber Hauptmann neigte dazu, die Dinge nüchtern zu betrachten, vor allem, wenn er getrunken hatte –, in allen möglichen Künsten aufleben. Nicht zuletzt die Architektur des Barkenhoff und dessen Garten legten Zeugnis davon ab. Und natürlich genügten die Speisen höchsten Ansprüchen, vielfältig und exquisit.

Hauptmanns Auge hing also nun an diesem Fleck. Er hatte ihn bisher nicht besonders beachtet. Der Mann hatte sich den ganzen Abend über nicht unter die Gäste gemischt, mit niemandem gesprochen und auch an dem üppig aufgetischten Mahl nicht teilgenommen. Er, Hauptmann, griff nun schon zum dritten Mal zu und würde auch noch eines der Desserts probieren, etwa diesen Fisch aus grünem Wackelpudding. Das passte zur Forelle. Dieser Mann im Halbschatten, so vermutete Hauptmann, musste der andere sein. Nur, warum las er dann nicht? Den ganzen Abend über hatte der Hausherr diskret im Hintergrund darum gebeten, den Mann nicht zu stören. Hatte er ihn *Meister* genannt? Jetzt stand Heinrich mit einigen Malern und deren Gattinnen zusammen. Hauptmann spitzte die Ohren. Er werde, so Heinrich, schon den rechten Zeitpunkt finden und seine Gedichte vortragen, die wirklich außerordentlich seien. Wieder überlegte Hauptmann, wieso er dann ihn gebeten hatte zu lesen. Er war schließlich kein Ersatzmann! Sollte er Heinrich darauf ansprechen?

Hauptmann bekam gerade noch den letzten Rest des Wackelpudding-Fisches, löffelte ihn vom Tablett, schaufelte ihn auf seinen Teller und bemerkte, dass der Pudding wirklich wackelte. Oder war es seine Hand? Er musste seine Hand zwingen, nicht zu zittern. Wieder oder immer noch beobachtete er diesen Mann im Halbschatten. Auch ein stummer Fisch. Was der wohl dachte? Lauerte er? Jetzt war Hauptmann amüsiert. Ihm ging die ganze Absurdität des Abends auf! Er hätte loslachen können, beließ es aber bei einem breiten Grinsen. Da hockt so ein Nachtschattengewächs und alle ignorieren ihn, behandeln ihn wie einen Geist, den zwar jedermann sieht, dessen Existenz aber niemand zugeben würde, dachte er. Hauptmann überlegte, ob er diese Szene in einem Theaterstück verwenden könnte. Jemand, der auf der Bühne im Halbschatten auf einem Empirestuhl sitzt. Ja, auf jeden Fall auf einem Empire- oder gar Louis-Quinze-Stuhl. Fischstumm, und alle Figuren, die sich auf der Bühne bewegen, schauen durch ihn hindurch. Und der dumme Zuschauer fragt sich: Was will der Autor mir damit sagen? Wäre zwar nicht sein Stil. Symbolistisch, nicht naturalistisch. Aber warum sollte er nicht einmal etwas Neues probieren?

Er kam nicht dazu, den Gedanken weiterzuspinnen, denn die beiden Damen in Weiß traten fröhlich zu ihm hin. Die jungen Frauen tänzelten den ganzen Abend über wie beschwipste Feen durch den weißen Saal. Vermutlich wollten sie sich bei ihm entschuldigen. Er war noch unentschlossen, ob er die Entschuldigung annähme.

»Das war heute leider nicht Ihr Abend, lieber Doktor«, sagte die Rotbraune. Sie hieß Paula. »Wo Sie doch sonst so souverän lesen. Sie, ein Mann …«, sie suchte nach dem richtigen Wort, »mit Statur.« Und die andere, die Clara hieß, ergänzte: »Beim nächsten Mal lesen Sie wieder eines Ihrer Stücke vor. Ich bin jetzt schon gespannt.«

Der Schriftsteller versuchte, gleichzeitig beleidigt und geschmeichelt zu sein, was ihm auch misslang. Es war eben nicht sein Abend.

Heinrich Vogeler, der Hausherr des Barkenhoff, konnte nur mit Mühe seine Nervosität bezwingen. Er spürte, dass die Spannung im weißen Saal anstieg, sich geradezu hochschaukelte. Jetzt musste Rainer auch noch die Scharte auswetzen, die Dr. Hauptmann hinterlassen hatte. Es wäre deshalb noch fataler, wenn Rainer nicht lesen würde. Am liebsten wäre er nah an den sitzenden Dichter herangetreten, um ihn flüsternd aufzufordern, etwa mit den Worten: »Ich denke, es ist Zeit, dass Sie das Wort ergreifen, mein lieber Rainer.« Allerdings erinnerte er sich mit Unbehagen an das Gespräch, das er mit ihm am Nachmittag auf der Terrasse geführt hatte.

Man trank russischen Tee, den Rainer mitgebracht und zubereitet hatte. Alles schien bestens. Die Spätsommersonne schüttete ihr Füllhorn golden über den großen Garten, der an dem östlichen Hang des Weyerbergs lag und hinter dem sich, von hier aus nicht sichtbar, eine weite, karge Landschaft erstreckte und in der sich die Bauern und Landarbeiter ins trockengelegte Moor hineingruben.

Der Maler sprach von seiner Freundin und deutete an, dass die Verlobung bald anstünde. »All das hier«, und er wies mit dem Arm über sein Anwesen, indem er einen Halbkreis beschrieb, »ist nur für meine Birkenfee gemacht. Sie wird heute Abend leider nicht kommen können. Ach, ich freue mich auf Ihre Lesung, Rainer.«

Da antwortete Rainer: »Machen Sie nicht viel Aufhebens von meiner Anwesenheit, Heinrich. Ich möchte langsam in das bestehende Geflecht der Beziehungen hineinwachsen.« Rainer sprach in diesem sanften, bedächtigen Ton, der aber keinen Widerspruch zuließ. Und dann fügte er den fatalen Satz hinzu: »Nur keine Förmlichkeiten, Heinrich!«

Heinrich war getroffen. Er setzte sogar die Teetasse wieder ab. Wie denn? »Form«, wollte Heinrich entgegnen, »Form, mein Lieber, ist doch alles. Das wissen Sie so gut wie ich, Rainer!«

Aber Rainer ließ sich nicht überreden. Diskussionen mit ihm waren sinnlos. An seiner Sanftheit zerschellten jedes Argument und jede noch so inständige Bitte. Also ließ Heinrich ihm seinen Willen und verzichtete auf eine große Ankündigung oder eine einleitende Rede.

Jetzt verließ Heinrich das Fest, ging hinaus, über die Terrasse und in den Garten hinein. Er musste einen Moment allein sein. Für sich. Er lauschte. Der Wind spielte mit den Blättern. Der Nachthimmel funkelte. Der Heliotrop dünstete seinen Vanilleduft aus. Die Fackeln im Garten warfen geheimnisvolle Scherenschnitte an die weiße Fassade der Villa. Diese Abende am Sonntag waren ihm wichtig. Sie dienten dem Zusammenhalt der kleinen Künstlergemeinde. Gerade seit dem Streit mit Mackensen und den anderen. Er war aus dem Verein ausgetreten, weil er sich nicht vorschreiben lassen wollte, wie er zu malen hatte, und das Credo, das letztlich die Malweise Mackensens beschrieb, nicht wie eine Monstranz vor sich hertragen wollte. Aber gerade deshalb war es wichtig, dass sie sich hier sonntäglich trafen. Aßen und tranken. Musik hörten, die die wunderbare Milly mit ihrem Gesang bot. Er hätte Hauptmann nicht auffordern sollen zu lesen. Im Nachhinein betrachtet, war das ein Fehler, gewiss. Aber er hoffte, auf diese Weise Rainers seltsames Verhalten überspielen zu können. Hoffentlich las er bald. Womöglich überlegte er es sich anders. War nicht in Stimmung. Erhob sich einfach, wortlos, und verschwand. Und später, ja später würde er ihm darlegen, dass es auf keinen Fall möglich gewesen sei zu lesen, denn er habe partout nicht in die Gemeinschaft »hineinwachsen« können. Wie denn auch?

Heinrich musste sich beruhigen. Er betrachtete die Giebelfassade der Villa mit ihren vielfältigen Symmetrien, die Freitreppe mit den beiden Urnenvasen und den Oleanderbüschen. Das war Ordnung. Form. Ja, lieber Rainer. Form! Das Herz ging ihm über, obgleich auch der innere Motor sofort ansprang. Es war noch so viel zu tun. Gerade wenn er die Nebengelasse betrachtete und die Beete und die Wege und …

In diesem Moment kam Otto heraus. Er rief ihm gedämpft zu: »Kommen Sie, Heinrich. Ich glaube, es geht gleich los!«

Heinrich sputete sich, ohne ins Laufen zu verfallen. Das wäre würdelos gewesen. Dieser Rainer war einfach unberechenbar! Hoffentlich erfüllte er auch die Erwartungen.

Er hatte sie gegenüber der kleinen Gemeinde ganz schön hochgeschraubt.

Als er zurückkehrte, las Rainer nicht, sondern hockte immer noch stoisch im Fuchsbau des Halbschattens. Otto! War es einer seiner Schabernack-Späße? Er war auch wieder mit anderem beschäftigt und stieß mit Hauptmann an, der bestimmt ein wenig gekränkt war, Heinrich aber angeheitert zunickte, während ihm Otto auf die Schulter klopfte.

Heinrich schenkte sich von seinem Wein ein und vermied es, zum Dichter im Halbschatten zu blicken – und da begannen mit einem Mal die Kerzenlichter aus belgischen Kandelabern zu flackern und warfen zitternde Schatten an die weißen Wände und Türen. Eine weiche, volle und schöne Stimme ertönte:

»Hörst du, Geliebte, ich hebe die Hände –
hörst du: es rauscht ...«

Heinrich wäre vor Schreck fast das Glas aus der Hand geglitten. Dieser Dichter! Heinrich wollte böse auf ihn sein. Allein, wie ging das? Bei einem so feinen Mann, dessen Säuseln ihn sofort erfasste. Er wusste nicht, wie Rainer es machte, aber er war sofort da, als wäre er immer da gewesen.

»Hörst du, Geliebte, ich schließe die Lider,
und auch das ist Geräusch bis zu dir.
Hörst du, Geliebte, ich hebe sie wieder ...
... aber warum bist du nicht hier?«

Rainer hatte sich vom Stuhl erhoben. Da und dort hörte man ein Rascheln, einen letzten Gesprächsfetzen oder ein kurzes Lachen – aber dann waren alle Personen im Raum, ob sie standen oder saßen, ganz ausgerichtet auf den Mann, der, wie es schien, seine Gedichte auswendig vortrug, obwohl er ein kleines Notizbüchlein in Händen hielt. Dr. Hauptmann lästerte »Ach, das Dichterlein ist wohl aufgewacht, wie?« und erntete ein Zischen von Paula, die eingehakt neben Clara stand.

Während Rainer vortrug, schaute er manchmal zu den beiden jungen Frauen hinüber, die bei Hauptmann so unaufmerksam gewesen waren. Nun waren sie mucksmäuschenstill, gebannt, ja verzückt. Die beiden Damen standen so dicht beieinander, als müssten sie sich gegenseitig stützen. Ohne innezuhalten, gingen die Gedichte ineinander über. Auch Heinrich war hingerissen, der die Gedichte kannte, aber nur aus eigener Lektüre und nicht durch den Vortrag Rainers.

»Ich lebe mein Leben in wachsenden Ringen,
die sich über die Dinge ziehn.
Ich werde den letzten vielleicht nicht vollbringen,
aber versuchen will ich ihn.
Ich kreise um Gott, den uralten Turm,
und ich kreise jahrtausendlang;
und ich weiß noch nicht: bin ich ein Falke, ein Sturm
oder ein großer Gesang.«

Spätestens jetzt trat im weißen Saal jene geradezu andachtsvolle Stille ein, die der Hallraum seines Gesangs war. Diese Stille war inwendig, wie in einer Muschel. Nur seine Stimme tönte, rauschte. Seine Stimme war weich, aber voll und melodiös, sie schmeichelte dem Ohr und sie entführte, getragen von den Worten, in eine andere Welt, in der Sinn, Klang und Stimme zu einem Ereignis verschmolzen.

Rainer zelebrierte seine Verse, und die Anwesenden hatten sofort das Gefühl, bei etwas Großem dabei zu sein.

Manchmal wurde er leiser, als wären seine Verse äußerst zerbrechlich und ein zu lauter oder unachtsamer Ton könnte sie beschädigen oder gar erschrecken, als könnten sie aus der Stimme fallen und auf dem Boden zerspringen wie gläserne Kelche. Alle hielten die Luft an. Auch Heinrich. Bis Rainers Stimme wieder lauter wurde. Alle atmeten aus. Auch Heinrich.

Als der Dichter geendigt hatte, verweilte die Stille noch ein wenig, bis der Erste, es war Heinrich, zu klatschen begann. Der Beifall war eine Entladung. Am lautesten klatschen die jungen Damen in Weiß. Für Heinrich war es ein gelungener Abend. Er hatte nicht zu viel versprochen.

Er wollte sich sofort zu seinem Freund begeben, aber links und rechts setzte eine Bewegung ein, angetrieben vom gleichen Gedanken. Schon war der Dichter umringt. Man beglückwünschte ihn. Nur ein Mann hielt sich fern und goss sich Wein ein. Er grinste abschätzig, aber niemand sah ihn. Selbst Heinrich, der versuchte, immer alles im Blick zu haben, war ganz im Banne des Dichters. Auch Otto hatte sich hinzugesellt, war dicht neben Paula, die wiederum, nun gelöst von ihrer besten Freundin Clara, dem Mann einfach nahe sein wollte.

Erst jetzt, da der Dichter aufrecht im Licht stand und sich ohne Schüchternheit den anderen stellte, fiel die seltsame Kleidung des jungen Mannes auf – und dass er vielleicht wirklich ein Genie war, glaubte jetzt nicht nur Heinrich. Dieser junge Dichter sah keineswegs wie eines aus, sondern glich einem russischen Bauern, mit Kinnbart, einer blauen Rubaschka, die locker über die grob-bäuerliche Hose lappte, und den roten Tartarenstiefeln, deren Größe auf einen kleinen Fuß schließen

ließen. Er war ein zierlicher Mann in der derben Anmutung eines Bauern.

Dr. Hauptmann fühlte sich bestätigt. Dieser Aufzug! Er hatte gleich Misstrauen gefasst. Jemand, der mit solchem Schnickschnack beeindrucken wollte, konnte kein richtiger Dichter sein! Nun gut, der eine oder andere Vers schien ihm nicht ganz missglückt. Alles in allem waren die Verse in diesem neuen Stil gefasst, den er nicht mochte: reine Innerlichkeit, neue Romantik, keine soziale Realität.

Heinrich hatte es neben Rainer geschafft. Er war stolz. Das war sein Gast. Hatte er zu viel versprochen? Am liebsten hätte er es laut ausgerufen, stattdessen spielte er den Bescheidenen und ließ sich wieder wegdrängen, und zwar von Rainer selbst, der einen Ausfallschritt hin zu den beiden Damen in Weiß machte.

Die ergriffen beide gleichzeitig seine Hände. Es rührte ihn. Er fragte nach ihren Namen. Die eine hieß also Paula, eine Brünette, die keck wirkte und lebendig und eigenartig biegsam. Die andere hieß Clara, ein großes, sehr großes Mädchen, sie überragte Rainer deutlich, schwarze Haare mit Ringellocken über den Schläfen, schlank, ein wenig eckig, und er spürte sofort ihre zurückgehaltene Kraft.

Otto tippte auf Paulas Schulter. Er flüsterte ihr etwas ins Ohr. Rainer hatte sich schon wieder abgewandt, verschwand und kam mit einem geheimnisvollen Koffer zurück.

Man ging nun zur langen Tafel hinter Rainer hinterher. Der überblickte die Essensreste, kostete davon und hiervon, ließ sich Zeit. Was hatte der Dichter im Koffer? Doch anstatt ihn zu öffnen, schenkte er sich ein Glas Wasser ein und trank es in einem Zug aus, lehnte pantomimisch den

Wein ab, den ihm ein eilfertiger Gast überreichen wollte, zupfte eine Weintraube heraus und steckte sie sich in den Mund, und dann erst öffnete er den Koffer.

Rainer zauberte Ikonen und Bildbände hervor, alles aus dem fernen Russland, und während er die Gegenstände herumreichte, geriet er ins Schwärmen. Er war nun der absolute Mittelpunkt. Selbst die eher nüchternen Maler und das zackige Maleroberhaupt Mackensen lauschten seinen Worten. Der Mann war nicht nur ein großer Dichter, sondern kannte sich aus mit der Malerei. Ein Phänomen.

Dr. Hauptmann blieb abseits, beteiligte sich nicht an diesem Zinnober. Russische Malerei. Na ja. Er schenkte sich noch ein Glas ein. Man konnte sagen, was man wollte, aber der Weinkeller von Heinrich war vorzüglich bestückt. Otto trat wieder zu ihm. Von all den Malern war ihm Otto der angenehmste. Bodenständig, ehrlich, aber belesen. Die meisten Maler waren ja nicht wirklich gebildet. Man konnte ein guter Maler sein, ohne sich auszukennen in der Kultur und der Wissenschaft. Das galt für einen Schriftsteller nicht. Ein guter Schriftsteller, das war seine feste Überzeugung, war auch gebildet, ein Intellektueller. Selbst sein Bruder Gerhart war Akademiker. Natürlich hatte der keinen Doktor gemacht, so wie er. Carls Doktorarbeit mit dem Titel »Keimblättertheorie für die Individualitätslehre und den Generationswechsel« basierte auf einer Zusammenschau von Naturwissenschaft und Philosophie. Einige Sentenzen, die er vorhin vorgetragen hatte, hatten die Gedanken aus seiner Promotion wiederaufgenommen. Das war einfach zu hoch für diese Gesellschaft. Das würde er sich merken. Er hatte die Künstlergemeinschaft überschätzt.

»Was für eine Schwärmerei. Albern!«, grunzte Otto.

»Affig«, stimmte Dr. Hauptmann zu. Es wäre an der Zeit, sich einzumischen. Das sagte er nicht, dachte es lediglich. Er fand nur nicht die richtige Gelegenheit, aber sie würde kommen …

Rainer erzählte gerade von seiner Begegnung mit Tolstoi. Die meisten hatte er ganz in seinen Bann gezogen, insbesondere die beiden Damen in Weiß. »Ich wandelte mit ihm durch seinen riesigen Garten in Jasnaja Poljana. In Russland ist alles groß. Auch die Gärten. Der Meister war gerade von einer Reise zurückgekommen. Für mich aber hatte er Zeit. Ich sprach über meine Gedichte, natürlich in angemessener Bescheidenheit. Diesen alten, gebeugten Mann, der sich fast nur noch von Milchkaffee ernährt, durchfuhr der Furor. ›Dichtung‹, rief er aus! Mit heiligem Zorn. ›Eitel, wenn sie nicht tief verankert ist im Religiösen.‹ Das entspricht übrigens genau meiner Ansicht. Freilich keine oberflächliche Religiosität. Da waren wir uns einig. Dann wollte er hören. Mit genau diesem Wort bezeichnete er es. Er, der Gigant, wollte hören. Also sprach ich, beklommen beinahe, aber doch auch meiner gewiss, ein paar Verse aus dem ›Stunden-Buch‹, an dem ich derzeit noch arbeite:

Ich finde dich in allen diesen Dingen,
denen ich gut und wie ein Bruder bin;
als Samen sonnst du dich in den geringen
und in den großen giebst du groß dich hin.«

Rainer, ganz verzückt von seinen eigenen Versen, schwieg, sodass seine Verse im Saal ausschwingen konnten, an jedes Ohr, in jede Seele drangen. Die beiden Frauen in Weiß, ja, die verstanden. Sie waren genauso verzückt wie er. Weiter hinten war einer, dieser Bruder von Gerhart Hauptmann, dessen Mimik ließ auf Unverständnis schließen. Rainer hatte dessen Vortrag leider mitanhören müssen. Unpoetisch war noch das Höflichste, das ihm dazu einfiel.

»Kramskoi. Kennen Sie ihn?«, fragte Rainer in die Runde.

Heinrich genoss indessen die gute Stimmung im Saal. Nach der anfänglichen Aufregung hatte er ein leicht euphorisiertes Gleichgewicht gefunden. Bald würde Milly aus ihrem Repertoire etwas zu Gehör bringen, etwas von Schubert oder Wagner vermutlich. Die Noten lagen schon aufgeschlagen am Klavier. Er würde sie begleiten. Heinrich konnte sagen, dass er für ihre Stimme eine adäquate Begleitung war. Er hatte einen leichten Anschlag. Er spielte neben Klavier noch Gitarre und sang dazu. Selbst Fabriziertes. Rainer redete nun über einen Maler namens Kramskoi. Den Namen hatte er schon einmal gehört, oder? Jedenfalls sprach der Dichter über das Lachen und ein Gemälde von ebendiesem Kramskoi mit diesem Titel. Rainer malte aus: »Dieses Lachen breitete sich aus. Aus zahnlosen Mündern krähte es genauso heraus, wie es hinter Damentaschentüchern aus Damast hervorprustete. Es ergriff Könige und Bettler, Herren und Knechte, wohnte in gewaltigen Palästen und ärmlichen Hütten.«

Nun kam die Pointe. Heinrich näherte sich gespannt Rainer.

»Das Lachen aller«, rief Rainer, »lacht über den Einzigen, der nicht lacht.« Er machte eine dramatische Pause. Dann ganz zart und leise und doch auch verkündend: »Der immer Kommende.«

Da hörte Heinrich die Stimme Dr. Hauptmanns. Sie scholl geradezu quer durch den ganzen Saal. Und er kam heran. Er wirkte einschüchternd. Der Mann war mit zweiundvierzig Jahren einer der Ältesten im Saal. Er hatte etwas Kerniges an sich und zugleich eine geradezu durchgeistigte Stirn. Jedermann wusste, dass der Doktor immens belesen war, besonders in den Wissenschaften. Zwar war er nicht so berühmt wie sein Bruder, aber doch mit Erzählungen und vor allem Theaterstücken hervorgetreten. Rainer war dagegen fast unbekannt. Seine Lyrik wurde kaum beachtet. Ein Stück hatte eine Premiere in Wien oder München gefeiert, so genau wusste es Heinrich gerade nicht, aber es war wohl durchgefallen. Rainer war zudem jung, keine fünfundzwanzig Jahre und ein Genie. Sollte er eingreifen? Aber wem beispringen? Noch war gar nicht ausgemacht, wer den Sieg davontragen würde. Dass hier ein Kampf stattfand, war augenscheinlich. Und er war, so fürchtete er, nicht ganz unschuldig daran Der Abend drohte zu entgleisen. Er musste abwarten. Sich beruhigen. Jetzt einzugreifen, würde den Streit womöglich wichtiger machen, als er war. Ein oder zwei Sätze werden gesagt, dann geht jeder seiner Wege, dachte er. Man war hier schließlich im Barkenhoff und somit auf Harmonie gestimmt, niemand wollte Streit, nicht an solchen Abenden.

Dr. Hauptmanns Stimme dröhnte: »Aber die Welt ist kein Gelächter. Das ist ersonnen. Ersonnen von einem *verkannten* Genie, welches sich verlacht fühlt.« Während er das ausrief, mischte sich ein Lachen in seine Stimme, und zwar so stark, dass man auch sagen konnte: Er lachte den Satz. Hauptmann sah dabei direkt zu den beiden jungen Frauen.

Wie würde Rainer reagieren?

Rainer war betroffen. Nicht wütend. Nicht zornig. Nicht gekränkt. Nein, traurig war er. Ihn erfasste eine Melancholie. Er reagierte gar nicht. Er entgegnete nichts. Er schaute auf die Tafel mit den Essensresten, den schmutzigen Tellern, den fast abgebrannten Kerzenstümpfen, der befleckten Damasttischdecke, geradezu Symbole der Vanitas, mit der sich der Dichter konfrontiert sah.

»Das Lachen macht uns allererst zum Menschen!«, legte Hauptmann nach.

Wieder keine Reaktion Rainers. Er stand einfach nur da. Seine Hand spielte jetzt mit einer Ikone, die er mitgebracht hatte, so als wäre er nicht gemeint und als prüfte er die Echtheit des Bildchens oder entdeckte eine Nuance, die ihm bisher nicht aufgefallen war.

»Wer als Dichter sich nicht an einem Trinklied versucht, bleibt unvollendet«, krähte Hauptmann hervor und kippte den Wein demonstrativ in den Rachen.

Da bewegte sich Rainer weg vom Tisch. Er hatte den Kopf gesenkt, nachdenklich. Nun hob er ihn. Alle Blicke waren auf ihn gerichtet. Was würde er entgegnen? Oder würde er einfach fortgehen? Heinrich befürchtete es. So hatte sich sein Gast das Hineinwachsen natürlich nicht gedacht. Heinrich auch nicht. Es war Zeit, etwas zu unternehmen. Am besten, er forderte Milly auf zu singen. Ja, Milly ...

»Besser beisammensein in ernstem Ernst. In dem Moment, wo zwei Menschen sich wirklich berühren, kann ihre Gemeinsamkeit nur im Ernst sein.« Seine Worte waren frei von jeder Süffisanz. Bloß gehaucht. Aber unglaublich hörbar. Jeder im Saal hatte sie vernommen.

»Ach!«, winkte Hauptmann ab. Und jetzt passierte etwas geradezu Magisches. Hauptmann trat den Rückzug an, gesenkten Hauptes ging er quer durch den weißen Saal, hochroten Kopfes, die Hand am Herzen, als wäre er verletzt worden. Man hörte ihn die Treppe hinunterstolpern. Heinrich, dessen euphorisiertes Gleichgewicht sofort in sich zusammenbrach, taumelte einen Moment, schwankend zwischen zwei Optionen: Dr. Hauptmann nachgehen und ihn beruhigen oder ... Er entschied sich. Er hastete zu Milly, gab ihr einen Wink, dann setzte er sich ans Klavier und begann zu spielen, hämmerte geradezu auf die Tasten. Millys schöner Sopran setzte ein. Es war etwas von Schubert, und nach einigen Takten fand er zu seinem sachten Anschlag zurück.

Rainer war von den beiden Damen in Weiß umringt. Sie waren gekommen, ihm ihre Dankbarkeit zu bekunden, so nahm er an. »Sie sollten es sich nicht zu Herzen nehmen«, sagte Paula. Clara nickte.

Rainer antwortete: »Lassen Sie uns auch hinausgehen.« Er verließ, die beiden Damen im Schlepptau, ebenfalls den weißen Saal. Auf der Treppe begegneten sie Hauptmann, der wieder hochkam. Sie würdigten sich keines Blickes. Enttäuscht nahm Hauptmann zur Kenntnis, dass die Damen in Weiß offensichtlich die Seite des Neuen eingenommen hatten.

Auf der Terrasse atmete Rainer hörbar aus. »Ich kam mir vor wie ein Balletttänzer im Boxring. Diese Art des Un-Gesprächs ist nicht mein Genre.«

»Es war unfein von Herrn Dr. Hauptmann«, sagte Clara.

Paula bestätigte sie: »Ja, ein Mann von seiner Statur hat es nicht nötig. Sie müssen wissen, er ist der Bruder von

Gerhart …« Als würde die Bemerkung irgendetwas erklären.

»Vielleicht sollte ich wirklich einmal ein Trinklied dichten«, sein Mund kräuselte sich vor Spott. Dann besann er sich: »Sie sind auch Künstler?«

»Ja, wir sind Malweiber!«, sagte Paula »Wobei … meine Freundin Clara Westhoff ist Bildhauerin. Stellen Sie sich das vor. Und eine gute, eine sehr gute. Sie hat mich bereits modelliert.«

»Sie schmeicheln mir, Paula«, wehrte Clara das Lob ab. »Und sagen gar nichts über sich selbst. Paula ist eine Malerin, die hoffen lässt. Sie malt anders als die Hiesigen, vorwiegend Menschen. Echte Menschen. Sie bezahlt die Modelle, ausschließlich Bäuerinnen und Mägde.«

»Dann werde ich Sie beide in Ihren Ateliers demnächst besuchen.«

Für einen längeren Augenblick wusste niemand etwas zu sagen. Oder es gab eben nichts zu sagen. Clara stand vor der grün gestrichenen Gartenpforte, die hinaus auf die Freitreppe führte, und wurde eingerahmt von den beiden Balustraden-Abschlüssen, die als Postamente für hoch aufragende steinerne Urnenvasen dienten. Rainer platzierte sich traumwandlerisch genau zwischen den beiden Damen. Im Schein einiger Fackeln, die Heinrich mit seinem Hang zum Feierlichen und dem Geschick für Inszenierung aufgestellt hatte, erschien der Garten geradezu verwunschen. In sanften Wellen floss er stumm hinab, voller kleiner Beete und einem Rondell, und mündete in einer Art grünen Brandung, einem Aufschwingen zu einer erhöht stehenden Laube. Dahinter verlor sich der Garten im wesenlosen Dunkel, in dem man die Landstraße erahnte. Dieser Eindruck von Fließendem wurde verstärkt durch die weiße Freitreppe, die aus der Estrade herausführte und sich kaskadenförmig, links und rechts ausschwingend, in den Garten ergoss. Als er diese Treppe bei seiner Ankunft gesehen hatte, hatte er das Gefühl gehabt, als würde sie ihm entgegenkommen und ihn umarmen wollen. Auf den beiden lockenhaft-geringelten auslaufenden Treppenbacken stand in einem Kübel jeweils ein Lorbeerbaum pagenhaft stramm. Die so überaus zarte weiße Giebelfassade des Hauses erschien ihm wie eine Fata Morgana, eine Luftspiegelung aus südlichen, märchenhaften Gefilden, und passte so gar nicht hierher in diese Landschaft, ins düstere, ärmliche Moor, sie wirkte zugleich wie das Antlitz einer fernen Göttin, in dessen Schönheit ein Hauch von Gram oder Zorn schimmerte.

»Die Welt flieht vor dem Ernst, weil sie vor der Wahrheit flüchtet. Dabei liegt in der Wahrheit alles«, sagte Rainer, den das Thema doch nicht losließ.

»Aber es geht wohl nicht um das Lachen, sondern um das *Aus*lachen. Da hat der gute Dr. Hauptmann recht.« Paula schob ein wenig die Unterlippe vor. Ganz dumm war Dr. Hauptmann schließlich auch nicht!

»Für den Einsamen, den Ernsten, ist dieses Lachen nur ein Zeichen für die Grobheit der Masse. Die Masse ergeht sich in der Oberflächlichkeit, verfällt dem Amüsement, einer Kurzweil, die sich von dem, was ist und in jeder Sekunde *ist*, abwendet. Es ist das Lachen, das die Welt verachtet. Es hindert uns daran, zu sein.«

»Lachen Sie denn nie?« Das klang beinahe bedauernd, als hätte Rainer eine Krankheit. Er wusste, dass sein Gedanke nicht eingängig war. Nur, warum sollte er eingängige Gedanken haben? Es war ein poetischer Gedanke. Sie wiederholte: »Niemals?«

»Doch, wenn ich allein bin.« Er sah sie unergründlich an. Ihr schien es, als würden seine Augen überquellen.

»Und vermutlich demnächst über uns, darüber, dass wir auf Ihre Einfälle hereinfallen.«

»Wir sollten«, fügte er hinzu, »uns lieber rühren lassen.« Vielleicht sprechen diese Worte besser zu ihr, dachte er, während er schon in diese unnachahmliche Beseeltheit verfiel: *»Die Abende sind warm und zart, und ihre sanfte Gegenwart macht alle Dinge gut; ein jedes neigt sein Haupt und lauscht, und in den stillen Dingen rauscht die Schweigsamkeit wie Blut. In diesen leisen Stunden wird machtlos und müd die Zeit: Die Dinge rühren sich, befreit, und jedes wandert unbeirrt zu seiner Ewigkeit.«*

»Das ist schön gesagt. Und das ist ja ein Lächeln! Warum lächeln Sie nun in sich hinein?« Paula begann ein Spiel. Sie wollte hinter seine Stirn dringen.

Mit einem Ruck unterbrach Clara das Spiel. »So lassen Sie doch den Herrn, Paula!«, schalt sie ihre Freundin. »Ernst bedeutet nur, dass wir die Dinge durchdringen wollen. Ernst bedeutet, sich der Aufgabe zu stellen. Und das wollen wir beide schließlich! Wenn Sie ein lachendes oder zumindest lächelndes Kind malen, so malen Sie es doch mit allem Ernst, sonst würden Sie es verfehlen. Gerade Sie, Paula, gerade Sie geben allen Ernst hinein. Das weiß ich doch! Und wenn ich modelliere, zum Beispiel den ›Sitzenden Knaben‹, so wird man in meinem Gesicht den Ernst der Sache sehen.«

Rainer und Paula sahen sie beide an, als wären sie überrascht über ihre Anwesenheit. Dann nickte Paula ihrer

Freundin ermutigend zu. Ehe sich Weiteres ergeben konnte, traten Vogeler und Modersohn auf die Estrade. Otto warf einen Blick auf Paula, den Rainer schwer deuten konnte.

»Wir brechen auf.«

Auch die anderen Gäste kamen herunter, darunter die Sängerin Milly, Paula Beckers Schwester.

»Nun haben wir gar nicht der musikalischen Darbietung gelauscht«, warf Paula zerknirscht ein.

»Du hast mich schon so oft singen hören, Schwesterlein. Und Clara kennt mich auch.«

»Von mir allerdings ist es unverzeihlich«, gestand Rainer.

»Ach, Sie dürfen alles. Sie sind ein Genie«, rief Otto mit seiner tiefen Stimme und seiner Fähigkeit, mit ernstester Miene zu spotten.

»Rainer wird längere Zeit bei mir zu Gast sein. So wird es noch einige Gelegenheiten geben, Millys Gesang zu hören«, flocht Heinrich ein, um das Thema zu beenden.

Paula und Clara verabschiedeten sich von Rainer. »Sie versprechen, uns im Atelier zu besuchen? Heinrich wird Ihnen helfen, uns zu finden«, sagte Paula.

Auch von ihrer Freundin verabschiedete sie sich. Sie flüsterte ihr dabei ins Ohr: »Erinnern Sie sich an unser Gespräch im Juli?«

Dr. Hauptmann kam auf die Estrade. Er war nun vollends betrunken, wankte auf Rainer zu, schlug dem Dichter kameradschaftlich auf die schmächtige Schulter, lachte, lachte mit weit aufgerissenem Rachen. Er hakte Paula ein, die ihn durch den Garten geleitete und ohne die der Dramatiker sicherlich in einer der Rabatten gelandet wäre. Dahinter ging Otto. Sie mussten alle in dieselbe Richtung.

Clara blieb noch einen Moment stehen und sann über den Abend und die Worte Paulas eben nach. Das Gespräch im Juli … Gewiss. Das war der Tag, als sie die Glocken läuteten.

Alle waren fort. Auch Herr Rilke war verschwunden, ebenso wie Heinrich. Heinrich war sicherlich damit beschäftigt, die Küchenhilfen zu instruieren und nach dem Rechten zu sehen. Er musste immerzu alles kontrollieren. Aber wo war der Dichter? Schon auf seinem Zimmer? Sie schaute hinauf. Im blauen Zimmer, in dem er sicherlich wohnte, war kein Kerzenlicht zu sehen. Sie hätte gern noch einmal allein mit ihm gesprochen. Zwar wusste sie nicht, worüber sie sprechen wollte, aber der Wunsch war einfach da. Wollte sie ihm nahe sein?

Sie hatte ihr Fahrrad im hinteren Gebäudeteil abgestellt. Clara schob es bis zum Weg, der zur Allee hinabführte. Sie stieg aufs Rad und ließ es rollen. Sie musste vorsichtig sein, denn ihre Karbidlampe funktionierte wieder nicht. Zwar warfen noch einige Fackeln Lichtfetzen über die Rabatten und Sträucher, dennoch war die Sicht schlecht und würde unten an der Landstraße noch schlechter werden.

Plötzlich trat jemand hinter einem Busch hervor. Sie erschrak, geriet sogar kurz ins Schlingern und stieg auf die Bremse. Er stand neben ihr.

»Entschuldigen Sie … Clara. Ich darf doch Clara sagen? Ich wollte Sie nicht erschrecken. Ich wollte nur ein wenig die Nacht fühlen.«

»Ich verstehe.« Genau genommen verstand sie nicht. Sie bemerkte nun, dass er barfuß war. Die Hosenbeine waren bis zu den Knien aufgekrempelt. Er trug keine Strümpfe und keine Schuhe.

»Sie wundern sich? Ich gehöre zur Bewegung der Naturfreunde. Gehen Sie auch manchmal barfuß?«

»Nein ... oder doch ... manchmal schon, aber sicherlich nicht bewusst wie Sie und in der Nacht.« Es war unschicklich. Nicht dass sie auf Schicklichkeit besonderen Wert legte, aber die Nacktheit seiner Füße irritierte sie. Nacktheit an sich nicht. Sie hatte in Paris nackte männliche Modelle studiert. In München hatte man es ihr verweigert, eine Frau und dann nackte Männer! Dass aber männliche Studenten stundenlang weibliche Akte studieren durften, daran fand niemand etwas. Dennoch empfand sie eine gewisse Scheu, seine Füße zu betrachten.

»Es ist wohl ein angenehmes Gefühl ...«

»Rainer. Nennen Sie mich Rainer.«

»Rainer.«

»Ja, sehr angenehm. In der Frühe noch mehr, wenn der Tau auf den Wiesen liegt. Ich gehe so oft wie möglich in Schmargendorf mit nackten Füßen über die Wiesen und durch den Wald.«

Während er sprach, bewegten sich seine Zehen auf und ab, als wollten sie ihr zuwinken. Jetzt hatte sie also doch auf die Füße gestarrt. Sie sprach schnell: »Das muss schön sein. Ich werde gleich morgen früh ausprobieren, wie es ist.«

Er ging nicht weiter darauf ein. »Ich möchte die Gelegenheit ergreifen und mich bedanken. Sie waren vorhin ganz auf meiner Seite. Das war freundlich.«

»Es war nur meine ehrliche Meinung.«

»Das ist schön ...«

Auf der Terrasse erschien Heinrich mit einer Laterne. Er rief: »Rainer. Wo sind Sie?«

Rainer sah Clara, Clara Rainer an.

»Hier! Ich komme.«

Er reichte ihr seine Hand. Sie hielten einfach die Hände, ein jeder die Hand des anderen, ohne sie zu schütteln, was ohne Zweifel der eigentliche Zweck ihrer Hände in diesem Moment sein sollte.

»Schlafen Sie gut, Clara.«

»Sie auch, Rainer.«

Er ging auf seinen nackten Füßen den Gartenweg hinauf. Sie sah ihm nach, bis er bei Heinrich auf der Terrasse ankam. Heinrich fasste ihn unter und die beiden gingen ins Haus. Sie waren, wie es schien, sofort in ein Gespräch vertieft.

Clara schob in dieser Nacht ihr Fahrrad über den dunklen Weg hinab nach Westerwede. Sie sog die würzige und erfrischende Nachtluft ein. Der Weg entlang des Moores war immer ein wenig gespenstisch. Es machte ihr aber keine Angst. Die Schemen, die sich aus der Dunkelheit schälten, und die Laute, die hie und da ausgesendet wurden, ein Gurren, ein Flügelschlag, ein Rascheln unten an der Böschung eines Kanals, interessierten sie heute nicht. Sie hörte und sah nicht viel, denn sie war in Gedanken.

Noch ganz verzaubert von dem Abend hallten statt der Töne der Tiere die poetischen Worte des Dichters nach: *Hörst du Geliebte ich hebe die Hände – hörst du: es rauscht …* Sie hatte sich sofort angesprochen gefühlt. Ihr Herz hatte schneller zu schlagen begonnen, und sie musste sich sogar umsehen, da sie vermeinte, die anderen würden es schlagen hören. Paula, die ganz dicht neben ihr war, hatte es bestimmt gehört. Oder hatte ihres ebenso laut geschlagen? Auf jeden Fall war etwas Großes geschehen.

Sie wusste nicht genau, was. Es war etwas, vor dem sie sich fürchtete, und zugleich schien es ihr, als wäre sie diesem bestimmt und als gäbe es kein Zurück. Und sie dachte an die Bemerkung Paulas von vorhin: Im Juli.

Kapitel 3

Er hatte mehrere Vermutungen darüber, weshalb der Brief noch nicht eingetroffen war. Die schlimmste davon lautete: Sie hatte eben keinen Brief geschrieben. Aber warum? Warum? Nicht an den Brief denken, dachte er und dachte an den Brief. Er musste sich unbedingt ablenken. Rainer holte sein Tagebuch hervor. Gestern war einiges geschehen, was zu notieren wert gewesen wäre. Es war sogar ein außerordentlicher Abend gewesen. Dieser Mensch, Dr. Hauptmann. Eigentlich eine tragische Figur. Vielleicht lag die Tragik darin, der Bruder von Gerhart zu sein. Man ist talentiert – jedenfalls nahm Rainer dies zugunsten Dr. Hauptmanns an –, aber der Bruder ist ein Genie. Rainer wollte ihm beim nächsten Mal mit mehr Rücksicht begegnen.

Nun zum Tagebuch. Er schlug es auf und nahm den Stift in die Hand, bereit, ein weiteres Blatt seines Büchleins zu füllen. Wie meistens musste er nicht lange überlegen. Die Worte flogen ihm zu. Während er schrieb – er dachte sich gerade ein Trinklied aus –, glaubte er, Stimmen im Garten zu hören. Er hielt inne, erhob sich, ging dann ans Fenster und öffnete es. Ein Schwall aus Sonnenlicht traf ihn. Der Garten präsentierte sich in buschigen, teils zerklüfteten Grünflächen voller gelber und roter Tupfer. Der Dichter ahnte aber schon die herbstliche Verwandlung, die in der lauen Luft lag. Die ersten Blätter der jungen, ranken Birken verfärbten sich bereits und wurden zu Messing.

Wo war Heinrich?

Er tat einen tiefen Atemzug. Worpswede! Er war von Russland kommend gleich weitergefahren. In Berlin hatte er im Hotel Continental genächtigt wie in einer fremden Stadt. Berlin als reine Durchgangsstation, obwohl er seit zwei Jahren in dieser Stadt lebte und einige Freunde und Bekannte hatte, die ihm gern Logis angeboten hätten. Doch neben der misslichen Situation im Zusammenhang mit seiner Russlandreise warteten in Berlin vor allem die üblichen Geldsorgen und die zerschlagenen Projekte. Zudem war die Stadt ohne Sinn für ihn geworden. Ohne Sinn, weil ohne sie. Der Brief. Er war nicht gekommen. Es gab eine Erklärung. Nur welche?

Heinrich tauchte auf. Er war in Begleitung eines Handwerkers oder Gärtners. Sie waren wohl aus einem der Nebengebäude gekommen. Sie entdeckten ihn und winkten. Rainer winkte zurück, wie ein Monarch vom Balkon seines Palais. Heinrich wirkte wie eine Mischung aus Junker, Stutzer und Gassenjunge in seinen hohen Stiefeln, der hochgeschlossenen Jacke, der aufrechten Haltung, dem bubenhaften runden Gesicht unter der Schirmmütze. Er hatte heute das Haar nicht gescheitelt. Eine Haarsträhne schaute unter der Mütze hervor und lag auf der Stirn mit dem kecken Schwung eines Apostrophs. Die beiden wurden abgelenkt und verschwanden um das Haus herum aus Rainers Blickfeld.

Rainer kannte die häuslichen Gegebenheiten, denn er war schon einmal im Barkenhoff gewesen, vor zwei Jahren um Weihnachten herum. Heinrich hatte um einen Spruch für den Haussegen gebeten, Rainer hatte prompt geliefert, einen Spruch, der nun hübsch eingekerbt in einen Querbalken als Fries über der Eingangstür verlief, von Jugendstil-Ranken eingerahmt, ein Gemeinschaftswerk aus Wort und Kunst: *Licht sei sein Loos. Ist der Herr nur das Herz und die Hand des Bau's, mit den Linden im Land, wird auch sein Haus schattig und groß.*

Ach, er beneidete Vogeler. Gerade jetzt. Diese Verwurzelung Heinrichs. Wie dessen Lebensentwurf so lebendig atmete! Als Rainer vor einigen Tagen ankam, empfing ihn das Haus auf eine mysteriöse Weise wie eine Sphinx. Dieses Anwesen, es war steingewordener Traum und traumgewordener Stein. Im weißen Giebel der Villa wurde es zur Apotheose, denn so wie das Antlitz verträumt in andere Sphären schaute, wirkte es zugleich wie die steinerne Manifestation eines Traums von Vogeler. Und dann dieser herrliche Garten! Die Gärten, dachte Rainer, sind für unsere Herzen. Ein flüsternder Windhauch brachte die Blätter der Birken zum Flirren. Es war beinahe ein Liebkosen, unter dem die Blüten erschauerten. Irgendwo schwelte ein kleines Feuer, dessen rauchiger Ruch Erinnerungen mitbrachte an dunkelnde Tage in Schmargendorf, wenn er mit *ihr* – der Brief blieb aus – barfuß durch den Wald ging über raschelndes Herbstlaub, hin und wieder sich niederbückend, um einen Steinpilz oder einen unter Farnen versteckten Maronenröhrling zu betrachten. So vieles erinnerte ihn ständig an *sie*, die eine, die alles war.

Plötzlich war Heinrich wieder da. Neben dem Hausherrn stand eine Frau. Auch sie winkte ihm zu. Rainer winkte mechanisch zurück. Jetzt erinnerte er sich: eines der Mädchen von gestern. Es war die kleinere und lebhaftere der beiden. Sie winkte noch immer. Nein, sie machte Zeichen. Er solle herunterkommen. Eigentlich wollte er an seinem Tagebuch schreiben. Andererseits, sie war wirklich ganz reizend. Möglicherweise konnte er so seinen quälenden Gedanken entfliehen. Er hatte sofort das Gefühl, diese junge Frau verstehe ihn. Beinahe wie …

Schon verließ er das Zimmer und war bald neben ihr und Heinrich. Das Fräulein hakte ihn ohne Umschweife unter und befahl unter Lachen, er solle mitkommen. Heinrich setzte die Kappe ab und grüßte zum Abschied, dabei umspielte ein beinahe altväterliches Lächeln seine Lippen.

Sie wolle ihn mit zu sich nehmen, in ihr Atelier. Sie schleifte ihn gewissermaßen die Dorfstraße hinab. »Sie sollen doch und wollen doch sicherlich auch viel sehen von uns und der Weise, wie wir hier leben und arbeiten.«

Er bejahte hastig. Sie gingen die Dorfstraße, bis sie rechter Hand an einen Bauernhof kamen. Ihr Atelier war in einem kleinen Anbau, direkt am Bauernhaus. Das Fräulein öffnete die Tür.

Rainer betrat neugierig, beinahe erregt ihre Wohnung. Ihm fielen sofort die Liliengobelins auf, mit der eine Wand geschmückt war. Dann war da eine Dante-Maske, die aus einer beschatteten Ecke hervorleuchtete. Zudem standen Lilien in einer Vase auf dem Tisch. Eine leere Staffelei mit Blendrahmen. Töpfe, Tiegel, Pinsel ragten aus leeren Gläsern. Alles war durchwirkt mit einem Geruch aus Farbe und Äpfeln. Sein Blick tastete entlang der Möbel und blieb an einem Tisch hängen. Darauf lag eine Schale mit schrumpelnden Äpfeln, einer davon zerteilt, daneben eine Art Küchenmesser.

Paula redete unentwegt. Gerade sprach sie sehr wohlwollend über ihren Vermieter, den Bauern Brünjes. Sein Blick tastete beinahe allzu neugierig weiter. Zu seiner Freude gewahrte er das Lyrikbändchen »Advent«, das aus seiner Feder stammte. Es lag offen. Sie hatte also darin gelesen! Und es schien ihm, als leuchtete ihr Gesicht noch davon, von innen heraus, ganz innig geworden von seinen Worten. Und dann hatte sie der Wunsch ergriffen, unbedingt zum Barkenhoff zu eilen, um ihn, den Schöpfer der Gedichte, bei sich zu haben. War es so?

Sie hob eine Gitarre an, die an einem Stuhl lehnte, und legte sie zur Seite, wobei ein leise nachzitternder Akkord entstand, als sie die Hand vom Griffbrett nahm. Er setzte sich auf den frei gewordenen Stuhl und betrachtete sie. Rainer konnte nicht umhin, sie als ein Gefäß anzusehen, in welchem seine kostbaren Worte aufbewahrt wurden. Sie schaute von der Seite hinauf, beinahe spitzbübisch. Ihr Haar, dessen Farbe eigenartig changierte im Wechselbad von Licht und Schatten, war zu einem Knoten zusammengebunden, der schwer über ihrem nackten Nacken hing, während ihr schöner Hals durch die weiße Spitzenborte schimmerte, bevor er im brombeerblauen Kleid versank.

Er löste seinen Blick von ihrem Nacken und sah sich weiter um. Im Zimmer befanden sich ein Bauernbett und düstere Bauernmöbel. Die niedrigen Wände aber leuchteten zweifarbig, die obere Hälfte zitronengelb, die untere Hälfte ultramarinblau. Überall standen Gemälde herum, die verdeckt waren von Tüchern, sodass Rainer sie nicht sehen konnte.

»Das ist nicht nett, Fräulein Becker. Sie spielen Versteck mit mir. Warum verbergen Sie Ihre Werke? Meine Werke sind Ihnen zugänglich. Warum dann Ihre nicht mir?« Er wollte auch darauf hinweisen, dass sie ihn ja mit ihren Bildern gelockt hatte, fand aber nicht die richtigen Worte, Worte, die keine Missklänge hervorrufen würden.

»Ach, das ist so meine Art. Sie sind noch unfertig! Ich zeige nur Fertiges!«

»Sie fürchten Kritik?« Er sagte es, als wäre es unmöglich, dass jemand wie sie, die ganz offensichtlich mit einem herausragenden Talent gesegnet war, sich vor Kritik verstecken musste.

Sie antwortete nicht, sondern nahm die Gitarre auf und klimperte ein paar Akkorde. »Vielleicht«, sagte sie leise, beinahe nur zu sich selbst.

»Kunstwerke«, begann er auszuführen, »sind von einer unendlichen Einsamkeit, wie der Künstler selbst, und mit nichts so wenig zu erreichen wie mit Kritik. Im Übrigen dürfen Sie sich nicht vom Urteil anderer abhängig machen.«

Sie erwiderte: »Gerade vor Ihrem Urteil fürchte ich mich.« Sie senkte den Blick.

»Das sollen Sie nicht, Paula. Ich darf Sie doch Paula nennen? Ich bin Rainer.«

»Aber gewiss, lieber Rainer.« Sie hob den Blick wieder.

Er fuhr fort: »Gerade vor mir nicht, Paula. Wenn auch nur ein Hauch Ihrer Seele den Weg in die Farben findet, so schaffen Sie schon etwas Schönes. In mir werden Sie niemals einen Kritiker finden. Lassen Sie Ihre Kunst langsam wachsen. Was zählen Jahre? Die Kunst hat ihre eigene Zeit.«

»Was ist, wenn mir nicht viele Jahre bleiben?« Über ihr Gesicht huschte ein kleines Erschrecken, wobei unklar war, ob darüber, dass sie diesen Gedanken so unvermittelt mitteilte, oder darüber, dass ihr erst im Nachklang die Bedeutung des Satzes klar wurde.

»Sie sind so jung. Alles in Ihnen ist Beginnen«, munterte er sie auf.

»Und Sie wirken manchmal so alt und klug, obgleich Sie doch auch erst am Anfang stehen.«

Sie schwiegen eine Weile und horchten in ihre eigene Stille hinein, bis Paula ein Gedanke kam. »Welche Rolle spielt Gott in Ihren Werken, Rainer?«

Rainer, als hätte er nur auf diese Frage gewartet, sagte ohne Ansatz: »Gott ist ein Werdender. Schöpfung ist ein unendlicher Prozess, an dem wir im Kleinen teilhaben. Es fällt mir schwer, in Begriffe zu fassen, was eigentlich nur in der Kunst überhaupt darstellbar ist. Darum sind wir Künstler wichtig. Lassen Sie mich ein paar Verse aus dem Gedächtnis memorieren, die Teil eines größeren Zyklus sind, an dem ich arbeite und welches ›Das Stunden-Buch‹ betitelt ist: Mein *Gott ist dunkel und wie ein Gewebe / von hundert Wurzeln, welche schweigsam trinken. / Nur, dass ich mich aus seiner Wärme hebe, / mehr weiß ich nicht, weil alle meine Zweige / tief unten ruhen und nur im Winde winken.«*

Paula schlug wieder leise ein paar Akkorde an. Der Hall eines jeden Tons schien länger zu halten, je mehr sie hineinhorchten. Sie spielte kein bekanntes Lied, sondern strich mit dem Daumen über die sechs Saiten. »Woher«, sagte sie singend, »weiß ich, dass ich das Richtige tue? Ich weiß, dass ich malen möchte, nichts als malen. Aber ich male nicht wie die anderen, wie unsere großen Worpsweder, wie Mackensen und auch nicht wie Otto ... ich meine Herrn

Modersohn. Ich möchte auch nicht die Landschaft malen, sondern die Menschen. Manchmal bin ich nicht sicher, ob ich den richtigen Weg schon eingeschlagen habe. Ich bin eine junge Frau. Mein Status ist unsicher. Man muss sich entscheiden. Die Jahre gehen vorüber, so schnell.«

»Ich weiß, wenn ich mich als Fortsetzer meiner eigenen Kindheit fühle, dann lebe ich mein richtiges Leben. Dieser Atemzug jetzt«, er unterbrach sich und atmete stattdessen laut ein und aus, »der muss gewissermaßen demjenigen Atemzug folgen, den ich als Kind getan habe, bevor all die Verirrungen und die Zufälle mein Leben in falsche Bahnen gelenkt haben. Spüren Sie, Paula, Ihrer Kindheit nach. Da waren Ihre Wünsche echt und unverfälscht, und wenn Sie das Gefühl haben, dass Sie einen Zipfel zu fassen bekommen von diesem Gefühl aus Kindheitstagen, dann halten Sie inne, lassen aber nicht los, sondern gehen behutsam vor und ziehen vorsichtig Ihre Kindheit aus dem Dunkel der Vergangenheit hervor.«

»Und wenn es nicht mein Kindheitswunsch war zu malen?« Sie legte die Gitarre wieder fort und schaute Rainer beinahe flehend an, als hinge so viel davon ab, was er antwortete.

»Aber das Malen ist doch nur die Fortsetzung eines anderen Wunsches wie alle Kunst!«

Sie schwiegen wieder. Wie schön war es, mit ihr zu schweigen. Es gab nur eine – sie! –, mit der konnte er schweigen. Er hörte den dumpfen Laut einer Kuh überdeutlich. Dann Stimmen, im tiefsten Plattdeutsch. Er war umgeben vom ländlichen Idyll. Es drängte sich plötzlich in den Raum. Selbst die Sonne lugte herein. Strahlen verfingen sich im Haar des Fräuleins. Mit einem Mal hatte er das Gefühl, dieses Mädchen schon immer gekannt zu haben. Sie waren füreinander bestimmt. Dieser Gedanke zuckte durch sein Hirn wie ein Blitz und blendete ihn.

»Ihr Haar ist aus florentinischem Gold, Paula.«

Hatte er das gesagt? Er erhob sich, ein wenig zu schnell, zu hastig, als müsste er das flinke Wort einfangen, doch es war schon zu spät. Es tönte von den niedrigen Wänden wider und sprang wie ein eigensinniger Ball davon. Er stand neben ihr. Ihr Atem ging schnell. Nicht so schnell wie seiner. Er ergriff ihre Hand und bedeckte sie mit einem Kuss. Das ging so rasch, dass er es nicht verhindern konnte. Was war bloß los?

»Was für kleine, zarte Hände Sie haben, Rainer!« Dieser Satz nahm ihm jeglichen Schwung. Wieso jetzt seine Hände?

»Im Übrigen ist meine Haarfarbe braun. Sie verwechseln mich mit Fräulein Schröder, die sich, wie Sie bestimmt wissen, bald mit Heinrich verloben wird.« Sie amüsierte sich, aber auf eine sehr freundschaftliche, liebevolle Art, in der Koketterie mitschwang und zugleich ein Bedauern lag über eine Unmöglichkeit, und fügte hinzu: »Wir kennen uns doch kaum. Dies ist unser erstes Gespräch. Und schon überfallen Sie mich mit Beteuerungen.«

Rainer wusste nicht, ob sie es ihm übel nahm. Sie hatte nicht im Zorn gesprochen, sondern alle Freundlichkeit hineingelegt. Dennoch schien es, als wäre sie enttäuscht von ihm. Er hatte den Kopf gesenkt, voller Scham. Rainer betrachtete seine Hände. Er dachte bislang immer, er hätte normale Hände. Er setzte sich wieder. Paula schmunzelte ihm aufmunternd zu und sagte, wie um die Peinlichkeit zu zerstreuen: »Rainer, wir haben noch so viel zu besprechen, und es ist mir ein außerordentliches Vergnügen. Wo waren wir stehen geblieben? Bei Gott?«

Eine Tür quietschte und zerriss die Stimmung wie ein Stück Papier.

Es war Modersohn. Er stand da, kam aber nicht näher, so als wollte er nicht stören, und sah von Paula zu Rainer und wieder zurück. Für einen Moment herrschte ein Schweigen, das jeder auf seine eigene Art deutete. Alle waren bemüht, etwas zu sagen. Der Maler schaffte es schließlich. »Heinrich hat mir gesagt, dass ich Sie hier finde.«

Rainer stand da wie ein Schulbub, der nicht wusste, was er falsch gemacht hatte, nur, dass etwas vorlag. Otto sah streng drein, aber auch ein wenig traurig. Paula strich sich mehrmals über den Haarknoten, als müsste sie sich vergewissern, dass er noch da war.

»Ich möchte Ihnen, Herr Rilke, wie versprochen, mein Atelier zeigen. Haben Sie gerade Zeit?«

»Ja, ich denke schon …« Er sah zu seiner Gastgeberin, als hätte sie das letzte Wort.

»Oh, wie schön!«, rief Paula ein wenig zu erfreut aus.

»Dann kommen Sie. Ich habe Ihnen im Übrigen einen Vorschlag zu machen, der bestimmt interessant ist für Sie.«

Interessante Vorschläge waren für Rainer in der Tat immer eine Verführung. Er nickte Paula zu. Sie nickte zurück. Dann trafen sich ihre Blicke, die besagten: Das, was da eben vorgefallen war, bleibt unter uns.

Otto ging nicht den direkten Weg, sondern nutzte die Gelegenheit, Rainer etwas von der Gegend zu zeigen. Schon nach wenigen Schritten begannen Sie sich mit Vornamen anzureden, wie hier üblich, ohne ins Du zu verfallen, welches den verwandtschaftlichen Beziehungen vorbehalten war. Otto verwies auf eine stillgelegte Ziegelei, die sich rechter Hand befand. Sie überquerten die Dorfstraße und gelangten bald auf ein freies Heidefeld voller lila Erika. Otto sprach von der Markus-Heide. Eine kleine Herde Schafe drückte sich aneinander. Es war kein Schäfer zu sehen, aber ein braun-weiß gescheckter Hund. Sie durchquerten die Heide und gingen an einem länglichen Gebäude vorbei, vor dem einige Frauen standen und tratschten.

»Hier malt die Paula Becker oft.«

Er grüßte die Frauen, die ihn kannten.

Kurz darauf waren sie an Ottos Haus angelangt, das direkt an die Dorfstraße grenzte. Einige noch junge Linden, die niedriger als das Haus waren, säumten die Straße. Die beiden Männer gingen durch ein Gartentor. Das Haus war ganz holzverschalt von außen, denn es war aus feuchten Ziegeln erbaut worden, wie ihm Otto erklärte. Das Dach bestand aus Schindeln, deren unterschiedliche Farben und Altersgrade den Eindruck eines Flickenteppichs erweckten.

Stolz führte der Maler den Dichter vor eine Galerie fertiger Bilder. Rainer stand davor, trat näher heran, ging weiter weg, es wirkte alles sehr kennerhaft.

»Dieser Kramskoi, von dem Sie sprachen mit seinem ... Lachen ... der ist sicherlich ein wichtiger Maler – in Russland. Hier in Worpswede ist man auf andere Sujets spezialisiert. Landschaften. Menschen. Menschen in der Landschaft. Malen in und aus der Natur heraus. Die Landschaft und die Menschen darin, das ist doch ein Motiv! Keine Künstelei, sondern das echte, das wahre Leben. Etwas

Größeres als die Natur kann ich mir gar nicht denken. Sehen Sie nur.«

Er verwies auf die Bilder an der Wand. Einige standen lose angelehnt auf dem Boden.

»Und auch die anderen Maler. Hans am Ende, Overbeck, Mackensen. Wir haben schon einen Ruf in der Kunstwelt, unsere kleine Gemeinde ist bekannt! Und dann ... dann müssen Sie die Landschaft um den Weyerberg und entlang des kleinen Flüsschens – unsere gute, moorige Hamme – durchstreifen. Meine Bilder sind eine einzige Lobpreisung dieser Landschaft.«

Rainer unterbrach ihn. »Ist mir bekannt!« Es war ein Ausruf, den zu tun Rainer offensichtlich vorbereitet hatte. »Ich habe natürlich die Arbeit der Hiesigen durchaus schon beachtet«, fuhr er eifrig fort, »und kenne mich aus. Mit acht Bildern sind Sie, verehrter Meister, vertreten gewesen, damals in der sensationellen Ausstellung im Glaspalast. In Ihren Bildern, Otto, sehe ich Glanz, Klang, atemberaubende Bewegung.« Rainer bewegte sich ein wenig hektisch. »Ihr ›Sturm im Teufelsmoor‹ ist ja geradezu ein Drama in Farben.«

Ottos sehr blaue Augen strahlten durch die zierlichen Brillengläser, die auf der rundlichen Nase saßen, einer Nase, die aus dem fuchsroten Dickicht des Vollbarts ragte. Er sagte begeistert: »Vielleicht ist es an der Zeit, dass einer käme, so einer wie Sie, Rainer, ein Meister der Sprache, der mit Worten malen und ein Büchlein herstellen könnte. Etwas über uns. Über die Worpsweder Malerkolonie. Wir würden Sie alle unterstützen. Dessen bin ich gewiss.«

Otto führte den Dichter weiter im Haus herum, zeigte ihm eine Galerie ausgestopfter Vögel und die Sammlung der Schmetterlinge unter Glas. Rainer schien damit wesentlich weniger anfangen zu können als mit den Gemälden, tat jedoch höflich und versuchte, Interesse zu zeigen. Otto begann, launig zu werden. Er erzählte eine bizarre Geschichte von einer Spinne, der er den Eiersack gestohlen hatte, und beschrieb sehr plastisch, wie die arme Spinne hektisch wurde und, als er ihr den Sack zurückgab, beinahe in einen Jubel ausbrach. Otto lachte, während er die Geschichte erzählte, und Rainer lachte mit. Er fand die Geschichte wirklich witzig. In dem Moment höchster Heiterkeit klopfte jemand ans Fenster. Ein Gesicht drückte sich nahe an die Scheibe.

Es war Dr. Hauptmann.

Als Otto ihn hereinließ, konnte Hauptmann sich eine spitze Bemerkung nicht verkneifen: »Da habe ich Sie erwischt, junger Mann. Erwischt!«

Rainer verzog keine Miene.

»Weshalb ich Sie besuche, Otto. Ich wollte Sie einladen zur Premiere meines neuen Stücks ›Ephraims Breite‹ im Hamburger Theater.« Er sagte dies mit Blick auf Rainer, der immer noch keine Miene verzog. »Die anderen werden auch kommen.«

Otto zeigte sich interessiert. Heinrich, so führte Hauptmann aus, wolle wohl eine Kalesche mieten, sodass man zusammen von hier nach Bremen zum Bahnhof aufbrechen könne.

Nachdem Hauptmann fort war, widmete sich Otto wieder dem Dichter. »Ich bitte Sie, ihm gegenüber ... nicht unbedingt das Projekt so herauszustellen. Genau genommen kommt der Vorschlag von ihm. Sie verstehen? Aber ich meine, er ist nicht der richtige Mann dafür. Ein echter Dramatiker. Voller Talent! Nur leider von mimosenhafter Empfindlichkeit. Es liegt wohl daran, dass sein Bruder Gerhart Hauptmann ist. Ich weiß nicht, ob Sie es wissen.«

Am folgenden Sonntag war Heinrich verhindert. Er bat Rainer, ihn zu vertreten. Rainer gab sich der Aufgabe ganz hin, zumal er aus dem Vollen schöpfen konnte, denn Heinrich hatte eine prall gefüllte Vorratskammer und Spezialitäten bestellt, die rechtzeitig geliefert wurden. Für Vogler war Geld kein Thema, er hatte es. Rainer lebte von den kärglichen Zuwendungen aus dem Erbe seines Onkels. Nun selbst als großzügiger Gastgeber auftreten zu können, gefiel ihm umso mehr, als er als Kind mitbekommen hatte, wie seine Eltern nach außen hin eine Wohlhabenheit zur Schau stellten, der im Innern nichts entsprach. Bei Gesellschaften klebte man hochtönende Kreszenzbezeichnungen auf die Flaschen mit billigem Tischwein. Hier waren die Kreszenzbezeichnungen echt!

Der Abend verlief ganz in seinem Sinne. Es kam zu keinem Streit mit Dr. Hauptmann, und man hörte Auszüge aus dem Theaterstück, das demnächst in Hamburg Premiere hatte. Rainer hielt es als Gastgeber nicht für angebracht, selbst auch zu lesen, sondern konnte sich an dem Vortrag von Hauptmann erfreuen. Er war vollkommen fähig, nur das Positive zu sehen. Die Sängerin Milly, die Schwester von Paula, sang wieder Schubert-Lieder. Es freute ihn, dass es beständig zu Blickkontakten kam zwischen ihm und Paula und zwischen ihm und Clara, und, wie er in einer Mischung aus Befremdung und

Genugtuung wahrnahm, zwischen den beiden Damen – aber so, dass die eine immer nur dann schaute, wenn sie vermutete, die andere schaute gerade nicht.

Zunächst hielt er sich an diesem Abend an Otto, mit dem ihn das Buchprojekt verband. Die anderen Maler, wie Hans am Ende, Fritz Overbeck oder Fritz Mackensen, waren hervorragende Künstler, aber keine Gesprächspartner für ihn. Gerade Mackensen war ein lärmender Gockel, der schneidig tat und sich über den gezwirbelten Schnauzbart strich. Es fiel Rainer schwer, diesen Mann mit den exquisiten Exponaten in Verbindung zu bringen, die auch ihn so sehr beeindruckten. Modersohn hingegen beeindruckte durch seine Bodenständigkeit, wie Rainer sie auch bei russischen Landadligen gefunden hatte, die Kunst und Person in Einklang brachten. Es war interessant, dass die beiden Maler, die den Künstlerverein vor einem Jahr verlassen hatten, um sich in ihrer individuellen Entwicklung und Formensprache nicht einzuschränken, ihm die liebsten waren. Trotz dieses Zerwürfnisses hinsichtlich des Vereins kamen die anderen dennoch gern zu den Sonntagabendveranstaltungen.

Rainer hatte bereits das Atelier der Malerin mehrfach besucht und gedachte, als Nächstes der Bildhauerin einen Besuch abzustatten. Sie begann gleich von Paris und Rodin zu erzählen. Rainer horchte auf. Er konnte sein Glück kaum fassen, dass er hier, in diesem Dorf, so reizende und weltgewandte Personen traf, die sich zudem für dieselben Themen interessierten. Über Rodin hatte er schon nachgedacht und sogar in Erwägung gezogen, diesem Tolstoi der bildenden Kunst einen Besuch abzustatten, und nun trat diese junge, hübsche Frau auf ihn zu und erzählte von ihren Begegnungen mit diesem Giganten. Freilich konnte man das Gespräch nicht vertiefen.

»Sie müssen Rodin unbedingt besuchen! Natürlich hat er wenig Zeit. Er ist ein Arbeitstier und sein Credo lautet: Toujours travailler! Wenn man einmal gesehen hat, wie dieser Mann aus dem toten Stein Formen herausschlägt, die lebendiger wirken als wirkliche Menschen, so ist man voller Dankbarkeit, als wohnte man einem Schöpfungsakt bei.«

Sie schwärmte. Es war wirklich höchste Zeit, dass er sie besuchte, zumal er im Verhalten der jungen Dame eine gewisse Kränkung zu verspüren glaubte, die sie inständig zu verbergen trachtete, aber gerade in diesem Versuch kam sie zum Vorschein.

Rainer war als Gastgeber auch den anderen Gästen gegenüber verpflichtet, und so trennten sie sich mit der gegenseitigen Versicherung, wie nötig es sei, dass er sie in seinem Atelier in Westerwede besuchte.

Sie gingen alle hinaus in den festlich beleuchteten Garten. Paula hatte die Gitarre von Heinrich genommen und spielte, umgeben von den anderen, ein Lied, das alle kannten, nur Rainer nicht. Zunächst sang Paula allein, dann stimmte ihre Schwester Milly mit ein, schließlich sangen alle mit, auch Clara. Es war wohl, wie Rainer später erfuhr, ein Lieblingslied Jean Pauls, das Heinrich in alten Gitarrennoten gefunden hatte. In dem Lied hieß es: *Namen nennen dich nicht, dich bilden Griffel und Pinsel sterblicher Künstler nicht nach.* Diese Zeile gefiel Rainer ungemein, sodass er auch begann, mitzusingen, als sie es noch einmal und noch einmal sangen, zumindest bewegte er die Lippen. Am Ende klatschten alle vor Begeisterung Beifall.

Sie wären einander um den Hals gefallen, wenn nicht die Konvention sie davon abgehalten hätte.

Rainer war zufrieden mit dem Abend. Er überlegte sogar, ob er nicht doch noch ein paar Gedichte vorlesen sollte – da entdeckte einer, es war wohl Hans am Ende, das kleine Weindepot im Keller. Die Gesellschaft war ganz aufgekratzt von dem Fund und sofort gluckerte wieder Wein in geschliffene Gläser. Die jungen Damen waren keine Kostverächter, auch die Bildhauerin nicht. Rainer versuchte, seine ganze Verdrossenheit in ein Lächeln zu legen. Eine seltsame paradoxe Übung. Was jetzt kam, war nur vom Zufall des Alkoholstands diktiert, also dumm. Als ihm zum wiederholten Male von Mackensen und Hauptmann Wein angeboten wurde, antwortete er mokant, ihm werde bei Alkohol immer so ulkig zumute. Sie verstehen ulkig? Ulkig war so ein Wort, das er hasste, wie das Wort Jux. Ulkiger Jux! Das wäre sein Tod.

Man begann, Polka zu tanzen, man tanzte Walzer. Milly und eine andere Frau spielten auf. Schließlich verstieg sich die angeheiterte Gesellschaft zu einer Polonaise. Rainer entzog sich den nach ihm greifenden Händen. Endlich brach man in heiterer Laune auf. Nur Otto blieb noch im Garten sitzen und leerte langsam sein Glas und rauchte eine Pfeife. Rainer setzte sich zu ihm.

»Lassen Sie uns ein wenig die nächtliche Stille genießen. Sie lieben es ja, wenn es still ist. Ich habe Sie beobachtet, wenn Sie verzeihen. Ich kann nicht anders. Sie genießen die Rolle des Gastgebers und mögen es, an die Stelle von Vogeler zu treten. Einmal Herr sein über dieses wunderschöne Anwesen. Heinrich hat mit dem Barkenhoff eine große Illusion geschaffen, eine schöne, in der wir angenehme

Abende verbringen. Es ist eine Kunstillusion. Leben und Kunst sollen eins werden. Ein hehrer Gedanke, den ich im Übrigen nicht teile. Die Kunst ist die Kunst und das Leben ist das Leben. Punkt. Das wird immer so sein. Wir sollten uns bemühen, der Kunst das zu geben, was der Kunst ist, und dem Leben das, was des Lebens ist. Am Ende gründet all das hier, die weiße Fassade, all die Möbel und die vielen kleinen Kunstgegenstände, die Blumen und die Teiche, auf einem nicht unbeträchtlichen Erbe und einem frühen ökonomischen Erfolg. Ohne das Geld gäbe es all das nicht. Und Geld gehört zum Leben. Weshalb sage ich das, Rainer? Ich weiß es selbst nicht. Vielleicht deshalb: weil zum Leben eben das Lachen gehört. Der Jux, der Blödsinn. Die Dummheit. Auch die Häme und die Gemeinheit. Jetzt habe ich die schöne Stille mit meinem Monolog zerstört.« Er klopfte die Pfeife aus und steckte sie ein.

Dann erhob er sich aus dem Stuhl, reichte Rainer die Hand, hielt sie einen Moment länger als notwendig, zwinkerte ihm zu und ging den Weg hinab, drehte überflüssigerweise eine und dann noch eine zweite Runde um ein Beet herum, hüpfte wie ein Harlekin und schaute verschmitzt zu Rainer. »Sehen Sie? Blödsinn, haha.«

Die nächsten Tage wartete der Dichter wieder vergebens. Er hatte drei Vermutungen über das, was den Brief daran hinderte, zu ihm zu gelangen, die schlimmste davon war: Sie hatte gar keinen Brief geschrieben. Seine Unruhe wuchs. Glücklicherweise lenkte ihn Heinrich ab, der aus Adick, wo eine Hühnerfarm gebaut wurde, wieder zurückgekehrt war. Heinrich nahm nach dem Frühstück seinen Gast am Arm und ging mit ihm um den Weyerberg herum spazieren. Es war ein windiger, aber sonniger Tag. Der Wind trieb die Wolken auseinander, zerzauste ein weißes Gebirge aus Zuckerwatte, später schob er spielerisch geplusterte Wolkenkulissen, von grauen Streifen durchzogen, hierhin und dorthin. Die Sonne spielte Verstecken, duckte sich hinter die Wolken, um plötzlich hervorzukommen und mit ihren Strahlen auf die beiden Wanderer zu schießen.

Rainer bekam nun endlich einmal die Möglichkeit, von seiner Russlandreise zu erzählen: Größe. Einfachheit. Stille. Als Heinrich politisch werden wollte, wehrte der Dichter ab. »Ich bin eben kein Mann des Politischen und muss gestehen, dass Walthers garstiges Lied nicht mein Genre ist. Verzeihen Sie mir bitte meine Unbedarftheit in diesen Dingen. Ich kann eigentlich nur immer von einem Einzelnen aus denken und fühlen. Das Politische ist mir gänzlich fremd.«

Heinrich verstand die Anspielung auf Walther von der Vogelweide, dessen Gedichte er immer dabeihatte, wie auch »Des Knaben Wunderhorn«, und zu denen er manchmal in verträumter Stimmung – und in dieser war der Künstler oft – mit der Gitarre improvisierte, so wie er gelegentlich am Klavier fantasierte.

Heinrich lenkte das Gespräch auf seine Verlobung mit Martha Schröder. Rainer drückte seine tief empfundene Freude aus. Sie hatten den höchsten Punkt des Weyerbergs erreicht. Die letzten Meter nahmen sie mit wenigen großen Schritten, standen nun angeblich siebenundfünfzig Meter über dem Meeresspiegel und schauten über die abgeernteten Felder, darunter ein rot gepunktetes Buchweizenfeld, auch Inseln mit lila Erika. Zur anderen Seite waren kleine, waldartige Gebiete und einzelne Häuser da und dort verteilt, wie hingeworfen von einem spielenden Kind. Dahinter lugte auf Zehenspitzen der Kirchturm und rief »Hier!«. Der Wind klatschte zu alldem mit einer Böe Beifall. Sie gingen weiter, vorbei an einer mächtigen, uralten Kugeleiche, die man »Mackensen-Eiche« getauft, weil der Maler sich erfolgreich gegen dessen Fällung ausgesprochen hatte. Nun ging es wieder etwas steiler hinauf zu einem weiteren Aussichtspunkt, der die andere Seite des Berges zeigte. An dessen Fuß sah man unzählige, in Reihen geordnete kegelförmige Haufen aus Torfstücken. Rainer dachte an Gräber aus vergangenen Zeiten. Die dunkle Kahlheit trockengelegter Flächen schien ihm ein Schlachtfeld gegen die Natur.

Heinrich schweifte von einem zum anderen. Er erzählte eine längere Geschichte, die die junge Bildhauerin betraf. Sie hatte sich im letzten Jahr zugetragen, auf einer Insel im hohen Norden. Man hatte zu dritt eine Fahrradtour unternommen auf der Insel Rømø, lag faul am Strand und ließ sich braten. Rainer wurde aufgefordert, sich diesen halb nackten Maler auf einer sandigen Einöde vorzustellen … oder besser doch lieber angezogen mit der obligatorischen Schirmmütze auf dem Kopf, die Hosenbeine bis übers Knie aufgekrempelt. Mit Pfeife und Gitarre. Dazu Marie mit einem Strohhut. Clara war wie ein Mann gekleidet, mit weiten Hosen und einem Fischerhemd, eine Ballonmütze auf ihrem vollen dunklen Haar. Einmal hatten sie ein Schiff bestiegen. Sie tanzten mit den Seeleuten fremde Tänze. Clara geriet in Ekstase, wie man es bestimmten Ritualen nachsagt, auf karibischen Inseln, wo die Tänzer in eine Trance fielen und Kontakt aufnahmen mit Wesen aus der Geisterwelt. Ihre Kraft, ihre Energie bekam ein Ventil. Sie tanzte barfüßig auf dem glühenden Deck, bis sie beinahe zusammenbrach. Als sie sich erschöpft hinsetzte, stellte sie fest, dass ihre Füße krebsrot waren und voller Brandblasen. Das hatte sie gar nicht gemerkt, während sie im Tanzrausch war. Sofort war die ganze Mannschaft besorgt um diese wild-exotische Tänzerin. Öl, Salben, die Bord-Apotheke, alles, was heilen konnte, wurde herbeigeschafft. Man kümmerte sich rührend um sie. Schließlich mischte sich ein alter Seebär ein, drängte die anderen beiseite, zog ein Messer hervor, spuckte aus und nuschelte: »Jo, dat muss fort.« Er schnitt die Blasen auf. Clara war sehr tapfer, gab kaum einen Mucks von sich. Man trug sie vom Schiff bis nach Hause zum Sommerhaus, in dem sie wohnten, zwanzig Mann, jeder wollte ein Stück von ihr berühren. Noch am nächsten Tag erkundigte man sich besorgt nach ihrem Befinden.

Rainer war beeindruckt. Es bestätigte seinen Eindruck von dieser Energie, die er bei ihr spürte, die geradezu in ihr vibrierte, aber keinen rechten Ausdruck fand oder nur selten, in solchen Momenten wohl. Er musste sie unbedingt in ihrem Atelier besuchen.

»Die Natur!«, rief Heinrich unvermittelt aus, den Blick nun auf eine hohe Buche gerichtet, als betrachtete er eine Kathedrale.

»Die Natur … die Natur ist fühllos gegen uns Menschen!«, sprach Rainer. »In ihr ist alles schön. Nehmen Sie die Landschaften. Es gibt jetzt immer mehr hässliche Landschaften mit Fabriken und Schloten. Finden Sie nicht auch? Ein Mensch und eine hässliche Landschaft. Immer ist doch der Mensch schuld!«

Sie gingen weiter. Rainer wollte weiter ausführen, wie ungemein vielfältig dieses kleine Stück Erde namens Teufelsmoor doch sei und dass es durch den Torfabbau in Monotonie zu versinken drohe. Was hätten die Maler dann noch zu malen? Was der Himmel zu spiegeln? Er fürchtete allerdings eine Debatte, und es gab nichts, was ihm mehr zuwider war als Debatten. Heinrich schien auch eine Weile in eigene Gedanken verstrickt zu sein, vermutlich dachte er an die Verlobung. Über ihnen kreiste majestätisch ein Mäusebussard. Der dachte an nichts, er sah nur.

»Ich habe gehört, Sie wollen ein Buch über uns Worpsweder Maler schreiben. Otto sprach davon«, nahm Heinrich das Gespräch wieder auf.

»Ja, es war sogar eine Idee von ihm selbst, die ich dankbar aufgenommen habe. Mein Ziel wäre es, alle Maler mit ihrem Werk vorzustellen. Sie natürlich, lieber Heinrich, an äh ... prominenter Stelle.« Eine wohlüberlegte Wendung, die er bei Gelegenheit wiederverwenden konnte.

Sie stiegen nun die Schräge hinab, durch dichtes Gebüsch und eng stehende Kiefern. Vor ihnen lag die rückwärtige Ansicht des Anwesens. Die Giebelfassade war nicht ganz so prägend, wies aber auch das Schwunghafte auf. Auf dem Dach des Hauptgebäudes ragte links und rechts vom Giebel je ein Schornstein auf. Die Flügel der grünen Fensterläden waren aufgeklappt und dazwischen lehnte Martha, die Ellenbogen auf das Fensterbrett gestützt. Die Sonne kam gerade wieder einen Wolkenhügel hinabgerutscht. Marthas Gesicht badete im Sonnenlicht mit geschlossenen Augen und dem Ausdruck von Hingabe. Die beiden Spaziergänger waren schon an dem Holzschuppen vorbei und durch das Spalier hindurch, als Martha wie erschrocken erwachte. Für einen Moment erschien es Rainer, als hätte sie die beiden schon von weiter Ferne bemerken müssen.

Heinrich blieb einen Moment stehen und dachte, während Rainer weiterging: Da haben wir nun so viel geredet. Und er hat mir kein Wort von dem gesprochen, was ihn wirklich bedrückt.

Rainers Weg führte am Abend am Atelier von Paula vorbei. Die Nacht fiel jetzt Mitte September schon beinahe handstreichartig ein. Er hatte auf den Brief gewartet. Doch der war wieder nicht gekommen. Er hatte vier Vermutungen, weshalb der Brief nicht kam. Die schlimmste und wahrscheinlichste war: Sie hatte keinen Brief geschrieben.

Als er am Atelier von Paula ankam, stand Clara vor der Tür. Sie wendete sich ihm zu. »Sie ist nicht da.«

»Ach?«

»Vielleicht bei Otto. Oder sie malt in einem der Häuser.«

»Ach so.«

Sie schnappte sich ihr Rad. »Was machen Sie nun?«

»Ich werde wohl zum Barkenhoff zurückgehen.«

»Dann haben wir denselben Weg.«

Eine Karbidlampe am Fahrrad schuf mit ihrem weißen Licht eine fahle Schneise durch den dunklen Weg. Als sie am Barkenhoff ankamen, blieb er stehen, um sich zu verabschieden. Sie standen vor einer jener aufragenden Urnenvasen mit ihren antikisierenden Festons, die ein Leitmotiv in der architektonischen Anlage des Anwesens bildeten. Das Licht der Karbidlampe meißelte nur einen mehlweißen Teil diffus aus der kompakten Dunkelheit heraus. Clara sah ihn erwartungsvoll an. Er verstand. »Ich begleite Sie natürlich nach Hause. Es ist doch arg unheimlich, allein im Moor zu gehen.«

Sie gingen zunächst die abschüssige Dorfstraße weiter, Clara das Fahrrad geschickt bändigend, und kamen zu einer Gastwirtschaft. Sie waren nun ungefähr am Fuß des Weyerberges. In der Gastwirtschaft brannte noch Licht und man hörte Stimmen und dann ein Lachen.

»Die Gastwirtschaft von Herrn Kück«, erklärte Clara. »Ich tanze dort manchmal, wenn mir danach ist.«

»Allein?«

»Nein, natürlich mit den Herren dort.«

»Ach.«

»Ich brauche das manchmal. Ich fühle mich dann ...« Sie überlegte, wie sie es ausdrücken sollte.

»Sie fühlen sich dann lebendig«, half er ihr.

»Ja, so kann man es sagen. Sie tanzen auch?«

»Nein, ich tanze nicht, ich bin gewissermaßen Nicht-Tänzer.«

»Und dennoch können Sie mich verstehen. Das ist beinahe noch eindrucksvoller.« Clara überlegte einen Moment, ob sie eine Grenze überschritten hatte. Es gab so viele Grenzen und man überschritt so schnell eine von ihnen.

Rainer ließ es auf sich beruhen und änderte das Thema: »Kück ... heißt der Fleischer nicht auch so?«

»Ja, und der Schreiner ebenso. Es ist eine der alten Familien, die sich zu der Zeit von Findorff, dem wir das alles zu verdanken haben, ansiedelten.«

Sie bogen in einen schmalen Weg, der von krummen Birken gesäumt wurde. Da und dort lag schweigend ein Gehöft. Der Boden wirkte sehr weich. Rainer spürte geradezu das quatschende Moor unter einer dünnen Firnisschicht aus Erde. Ein Hund schlug an. Die Fahrradlampe wurde schwächer und erzeugte ein zitterndes Schimmern. Er hätte eine Petroleumlampe mitnehmen sollen. Wenn er sich auf dem Rückweg verirrte, konnte er leicht in sumpfiges Gelände geraten.

»Man findet manchmal Moorleichen. In den alten Zeiten gab es eine Strafe, die auf Ehebruch stand. Das nackte Weib musste sich mit Gesicht und nackten Brüsten auf das schwarze Moor legen und wurde mit den Füßen schwerer Knechte unbarmherzig in den Moorboden gestampft. Vor Jahren fand man einen weiblichen Leichnam, der vollkommen erhalten war. Tausende Jahre später konnte man die Angst und das Entsetzen auf ihrem Gesicht sehen, als wäre die Tat eben erst geschehen.«

»Das ist eine schreckliche Geschichte.«

»Ja, damals war es für die Frauen fürchterlich.«

»Heute sind viele Frauen emanzipiert.«

»Ich befürchte, es hilft nicht viel.« Ihr Satz hing eigenartig vereinzelt in der Nachtluft. Was genau meinte sie?

»Was ist das?« Ein Schreck durchzuckte ihn, und er duckte unwillkürlich den Kopf. »Seltsamer Vogel.«

Sie standen sich gegenüber, ganz nahe, nur das Fahrrad war zwischen ihnen.

»Es war kein Vogel. Es war eine Fledermaus.«

»Ha, so ging es!« Rainer malte den Zickzack in die Luft, was Clara nur erahnen konnte. »Wie ein Sprung in der Nacht!«, sagte er träumerisch.

Für einen Moment lauschten beide in die Moor-Nacht hinein. Jetzt war es so still, dass sie den Atem des anderen wahrnehmen konnten. Und dann wurde die Stille gestört und sie hörten über sich im dunklen Himmel ein akustisches Schauspiel. Die Luft wurde aufgeregt, geradezu aufgewühlt und brodelte wie kochendes Wasser in einem Topf. Es sang, schnatterte und trötete. Es quietschte wie tausend rostige Türen. Ein Schwarm Kraniche flog tief, aber vollkommen unsichtbar und voller Geschrei über ihre Köpfe hinweg. Sie lauschten, bis das letzte Tröten und Schlagen von Türen vorbei war. Es war beinahe unheimlich. Eine Armee schnatternder Gespenster auf dem Weg zu einer geheimen Zusammenkunft.

Sie waren einander nun noch näher, unwillkürlich hatten sie zueinandergefunden. Niemand wollte die Nähe zunächst aufgeben, doch mit jeder Sekunde, die sie so standen, wurde der Moment schwerer und lastete bedeutungsvoll auf ihnen. Rainer löste sich als Erster und ging weiter.

»Wissen Sie schon, wie lange Sie in unserem schönen Moordorf bleiben wollen?«, fragte sie.

»Nein. Ich möchte langsam in die Gemeinschaft hineinwachsen. Vielleicht bleibe ich sogar den Winter über, schneie hier ein.«

»Wartet denn niemand auf Sie im großen Berlin?«

»Nur Verpflichtungen warten dort.«

»Haben Sie keine … Dame, die auf Sie wartet?«

Da er nicht antwortete, setzte Clara ihre Befragung fort. »Heinrich sagte etwas davon.« Sie biss sich auf die Lippen, wieder so eine Grenze.

»Es gibt eine Dame. Sie ist eine Vertraute, die an den Dichter glaubt. Wir Dichter brauchen Zuspruch. Diese Vertraute ist eine Zusprecherin, wenn Sie so wollen. Benötigen Sie nicht auch diesen Zuspruch?«

»Ja, Sie haben recht. Wir können noch so sehr an uns selbst glauben und vermeinen, vom Urteil anderer unabhängig zu sein. Gleichwohl warten wir doch nur, wir, die wir einsam in unserer Kammer oder dem Atelier sitzen und arbeiten, dass da jemand kommen möge, um uns Zuspruch zu geben, wie Sie sagen. Deshalb sind mir auch Menschen wie der gute Mackensen bedeutend oder der große Klinger in München, die mich auf meinem Weg unterstützt haben. Oft wird man als Frau nicht ernst genommen. Man nennt uns die ›Malweiber‹. Ja, ich gebe es zu: Ich bin ein emanzipiertes Malweib!«

In ihr, so nahm es Rainer wahr, war ein unbändiger, aber zurückgehaltener Unwille gegen etwas, das sie überstieg und von dem sie nichts ahnte.

»Allein schon die Ungeheuerlichkeit, dass wir für unsere Unterrichtsstunden so viel zahlen müssen. Zahlen! Bloß weil man uns an den staatlichen Akademien nicht annimmt. Wir werden regelrecht ausgenommen. Das macht mich wütend.«

Sie war unwillkürlich einen Schritt schneller gegangen, denn die Wut hatte sie doch übermannt. Rainer, der kürzere Beine als Clara hatte, musste schnelle Zwischenschritte machen. Er legte seine Hand auf den Lenker, um Clara zum Stehen zu bringen. »Ich würde Ihnen gerne Zuspruch geben. Zeigen Sie mir Ihre Arbeiten?«

»Ja, sehr gerne, Rainer.« Sie lächelte ein Lächeln, das selbst im Dunkeln sichtbar war, und nickte mit dem Kopf. »Morgen. Kommen Sie morgen in mein Atelier ... Wir sind übrigens auch schon angekommen. Dort wohne ich.« Sie reichte ihm ihre Hand. Die Hände glitten ineinander. Clara verschwand leise, beinahe verstohlen hinter einer Hecke, dahinter kauerte die gedrungene Gestalt des Bauernhauses.

Da stand er nun. Es war zwar beinahe Vollmond, den nur ein zarter Schleier wie grauer Rauch berührte, doch mehr als hockende Schemen, die zu atmen schienen, konnte er nicht erkennen. Er wollte sich gerade aufmachen, als Clara etwas mit unterdrückter Stimme rief. Er drehte sich um. Sie stand an der Hecke, umflossen von Licht, ihr Gesicht beinahe gespenstisch, und hielt eine Laterne in der Hand. Sie überreichte sie ihm. In ihrem Blick lag eine Hoffnung.

Während Rainer, die Laterne voran, sich vorsichtig durchs Moor tastete, sah er plötzlich, vielleicht fünfzig Meter entfernt, ein Segel, das über dem Boden schwebte. Daneben eine dunkle Gestalt, auch sie über den Boden schwebend, seitlich sich bewegend und zu ihm hinüberstarrend. Der Tod, dachte Rainer, der Tod in seinem Nachen, beim Übersetzen über den Styx. Der Tod rief etwas zu ihm herüber, in einer Sprache, die er nicht verstand. Rainer erstarrte vor verzauberter Ergebenheit und war bereit. Doch was sprach der Tod? Es war eine Art Singsang und erinnerte ihn an die Mundart der Bediensteten im Haus von Heinrich. Dann war es wohl Plattdeutsch. Rainer musste schmunzeln, denn die Vorstellung vom so unheimlichen und erhabenen Tod, der Plattdeutsch sprach, war einfach nur komisch. Er salutierte scherzhaft dem Tod, der aber schon vorbeigeglitten war und ihm den Rücken zeigte.

Kapitel 4

Ach, es war verflixt. Wenn er sie wenigstens einmal besuchte. Wie sehr es sie freuen würde! Sehnte sie sich danach? War sie gar verliebt? Sie wusste es nicht. Sie war noch nie verliebt gewesen und konnte nicht sagen, wie es sich anfühlte. Wenn man von Verliebtheit sprechen konnte, so hatte sie dieses Gefühl am ehesten bei Paula erfahren. Aber das konnte nicht sein. Ihr Herz klopfte beim Gedanken an Rainer – Rainer, Rainer, Rainer.

Clara erhob sich und fuhr geradewegs wieder ins Dorf. Sie musste sich ablenken. Sie konnte zum Laden von Friedrich Netzel fahren. Ja, das war eine gute Idee. Der Laden lag im Dorf, in der Nähe der Kirche und war voller Malerutensilien, aber auch Kurzwaren. Irgendetwas würde sie schon finden, was sie gebrauchen konnte.

Auf dem Weg dorthin hielt sie unten an der Dorfstraße an und schaute durch die Birkenreihe hindurch zum Barkenhoff. Sie hatte sich fest vorgenommen, einfach vorbeizufahren.

Doch Rainer kam soeben heraus. Er trug nicht die russische Tracht, sondern einen tannengrünen Lodenanzug. Ihren ersten Impuls, ihn zu rufen, unterdrückte sie. Vermutlich hätte er sie gar nicht gehört, denn er war weit weg und dazwischen lagen Bäume und Sträucher, die den Schall dämpften. Außerdem wirkte er in Gedanken, denn er hatte den Kopf gesenkt, und sie wollte ihn nicht aufschrecken. Sie sah, wie er den Garten durchquerte. Er kam nicht zur Straße herunter, wo sie ihn hätte abfangen können, sondern durchmaß den Garten quer und verschwand im kleinen Waldgebiet, das an den Barkenhoff angrenzte. Sie schob das Fahrrad und folgte ihm. Sie hörte eine Stimme, aus einer Niederung, die steil abfiel, und schaute von oben hinein wie in einen Trichter. Er stand inmitten des Unterholzes und deklamierte. Er hatte ein kleines Büchlein aufgeschlagen und las daraus vor. Manchmal hielt er inne, strich ein Wort oder eine Zeile durch und schrieb ein neues Wort oder eine neue Zeile hinein. Alles im Stehen, umgeben von Dornensträuchern und ein paar Bäumen. Schließlich kraxelte er aus dem Trichter heraus und ging weiter zur Dorfstraße. Dort verharrte er einen Moment unschlüssig. Er bewegte den Kopf nach links und nach rechts. Unweit befand sich auf der gegenüberliegenden Seite das Atelier von Paula. Natürlich. Dorthin würden seine Schritte ihn lenken.

Doch er entschied sich anders. Er ging schnurstracks zur anderen Straßenseite und verschwand auf dem weitläufigen Gelände der alten Ziegelei. Clara zögerte, ob sie es gut sein lassen sollte. Was tat sie überhaupt?

Sie folgte ihm trotz großer Bedenken, hin zu einem ausgedehnten Backsteingebäude, hinter welchem ein hoher, rauchloser Schlot hervorragte. Die Ziegelei war stillgelegt worden. Nahe dem Fabrikgebäude befand sich eine Villa mit einem Altan. Die Villa war seit einigen Jahren nicht mehr bewohnt. Sie war schon fast vollständig eingewachsen. Hierhin hatte es Rainer gezogen und er saß nun auf einer brüchigen Treppenstufe.

Sie legte das Fahrrad zwischen Laub und einem umgestürzten Baum ab und schlich ihm nach. Clara verschanzte sich hinter einer Eiche. Rainer summte vor sich hin und schaute plötzlich auf. Sie erschrak. Er sah sie zum Glück nicht. Warum gab sie sich nicht einfach zu erkennen? Aber musste er nicht unterstellen, dass sie ihn verfolgte? Und tat sie denn etwas anderes, als ihn zu verfolgen? Ja, aber doch … In welche Situation hatte sie sich denn nun wieder gebracht? Sie musste schnell abhauen. Ganz schnell verschwinden. Clara zog sich rückwärtsgehend zurück. Unter ihren Füßen knackten kleine Zweige. Sie blieb stehen. Neben ihr befand sich ein kleiner Tümpel, eine mit Wasser gefüllte Lehmkuhle, von denen es hier einige gab. Erst vor einigen Wochen war ein Junge beim Baden in einer solchen Kuhle ertrunken. Es hatte ordentlich Wirbel gemacht, und auch sie hatte es berührt.

Rainer deklamierte schon wieder. Seine Stimme lockte wie eine Sirene. Langsam drehte sie sich um. Sie musste ihn sehen. Wenn er sie jetzt erblickte – sie würde auf der Stelle zu Stein erstarren.

Rainer war inzwischen aufgestanden, er ging zu einer der alten Tonfiguren, die halb überwuchert waren von Brombeersträuchern, Efeu und hohem Gras. Sie hatte diese Figuren noch nie zuvor beachtet, obgleich sie schon einige Male diesen Weg durch das Gelände der alten Ziegelei genommen hatte. Die Tonfiguren waren ein Löwe und ein Flamingo, soweit sie sie erkennen konnte. Clara war unwillkürlich wieder näher gekommen. Rainer hatte mit seiner Rezitation aufgehört und schaute eine Weile stumm und wie erstarrt auf die Figuren. Schließlich befreite er den mächtigen Kopf des Löwen von der Überwucherung, sodass die Mähne deutlicher zu erkennen war. Er begann, mit ihm zu sprechen. Aber so leise, dass sie seine Worte nicht verstehen konnte. Nun streichelte er dem Tontier über die Mähne. Wie von einem Blitz getroffen schien ihn ein Einfall zu überfallen. Er schrie einige Verse heraus, sodass sie kurz davor war, zu ihm hinzusputen, um ihm zu helfen, denn es klang wie ein Schmerz. Doch er begann schon wieder in sein Notizbuch zu schreiben, wiederholte die Sentenz, modulierte sie, verwarf sie, begann von Neuem. Sie war Zeugin eines Schöpfungsprozesses und dermaßen gebannt, dass sie ihre Situation völlig vergaß und ihre Deckung beinahe ganz aufgab. Sie wünschte sich an seine Seite, wäre so gern mit ihm zusammen, um diese Objekte, deren Ursprung ihr rätselhaft erschien, zu würdigen. Wie gern hätte sie gewusst, was er da schrieb. Ihr selbst schien es, als verstünde sie plötzlich dieses Bild von den verlassenen Figuren. Einsam standen sie da, dem Verfall ohnmächtig preisgegeben. Schicht um Schicht legte sich die Natur über sie, um sie unausweichlich einzuverleiben und zurückzuverwandeln, denn aus der Erde waren sie einst geformt worden, um Kultur zu sein, nun mussten sie wieder in der Natur vergehen. Sicherlich handelte sein Gedicht davon. Er las das Geschriebene laut vor, als wüsste er von ihrer Nähe und wollte das Gedicht ihr zu Gehör bringen, aber er sah nicht zu ihr hin, sondern ins Büchlein und dann zu dem Löwenkopf und dann – sprang sie schnell hinter einen Busch.

Sie lag nun flach, wie angeleimt, auf dem Boden, atmete kaum. Gleich würde er bei ihr sein, würde einen Zweig beiseiteschieben, sich hinunterbeugen und »Guten Tag, gnädiges Fräulein« sagen. Lächelnd? Verstehend? Sarkastisch? Empört? Nein, nichts dergleichen. Das wäre nicht seine Art. Er wäre verwundert und interessiert. Doch es geschah nicht. Stattdessen klatschte der Dichter in die Hände. Mehrfach, mal laut und langsam, dann schnell und leise, als wollte er den Hall oder das Echo testen. Dann war Stille. Vermutlich war er weitergegangen. Sie traute sich nach einigem Zögern, aufzustehen. Während sie sich erhob, begriff sie, dass die geheimnisvollen Figuren nichts weiter als gewöhnliche Gartendekoration waren. Auch in Oberneuländer Gärten fand man ähnliche Ton- und Steinfiguren ohne jeden künstlerischen Wert. Das hätte sie als Bildhauerin eigentlich gleich erkennen müssen.

Sie lauschte noch eine Weile und klopfte sich die Erde von der Kleidung, dann fuhr Clara ins Dorf zum Laden von Netzel, der aber schon geschlossen hatte. Auf dem Rückweg kam sie bei Paula vorbei. Sie konnte wieder nicht anders. Sie stellte das Fahrrad ab. Sie war derartig nervös, dass es ihr aus den Händen glitt und umkippte. Es gab ein lautes Scheppern. Sie hob es schnell auf. Paula und Rainer kamen zur Tür heraus.

Den Sonntag darauf las Rainer wieder vor, und zwar Prosa aus seinem Erzählband »Geschichten vom lieben Gott«. Wie erhofft, kamen die Erzählungen über das Getto und den »Steinelauscher« sehr gut an. Rainer empfand den Erfolg als geradezu überwältigend! Die Geschichte vom Steinelauscher war eine Reminiszenz an die Bildhauerkunst. Clara Westhoffs Blick saugte geradezu an ihm, während er las.

Anschließend ging man in eine Gastwirtschaft, da Heinrich keine Zeit gehabt hatte für Vorbereitungen. Durch den jähen Erfolg ganz still geworden und wie erlöst ging der junge Dichter den Weg zur Gastwirtschaft ein wenig abseits von den anderen und zog den Duft von Heide und Moor ein, der ihm besonders würzig erschien, vielleicht, weil das herbstliche Aroma schon beigemischt war. Auch als sie unter bunten Lampions im Garten saßen, blieb er in sich gekehrt, von seinem Ruhm gewissermaßen umkränzt. Nur einmal näherte sich ihm Clara, noch auf dem Weg zur Gastwirtschaft, als sie sich von der Gruppe löste, indem sie stehen blieb, auf den verträumten Nachzügler wartete und nur ein Wort hauchte: »Danke.« Denn sie hatte die Geschichte vom Steinelauscher auf sich bezogen.

Es war ein lauer Abend, lauschig unter den Laternen, eng beieinander um den Tisch gruppiert. Rainer strahlte neben Franz, Heinrichs Bruder, vor sich hin, selbst der Zigarrenrauch, selbst die Bierdunstschwaden, vermischt mit knackendem Rettichgeruch, selbst unbändiges Gewieher konnten ihm nichts anhaben. Ottos brummender Bass schnurrte, für Rainers Geschmack ein wenig zu direkt, immer in eine Richtung, die von Paula Becker, die im Übrigen eine Freundin mitgebracht hatte, eine Frieda Witt. Er wusste ihren Namen, weil sie ein Exemplar von »Advent« dabeihatte, welches er nach seiner Lesung für sie signierte. Die Brüder kreisten in ihren Erzählungen immer um die Hühnerfarm, um Hühnerzucht und Brutanstalt. Sie bauten ein altes Bauernhaus vollkommen um. Man war beim Umgraben des Bodens, den man für die Fläche der groß angelegten Anlage benötigte, auf Steine gestoßen, Feuerstein und Basalt, Quarze und Sandstein. Hauptmann, der heute gar nichts Dichterisches zum Besten gegeben hatte, war in einer seiner schweigsamen Phasen, die periodisch mit den redseligen abwechselten. Er würde morgen nach Hamburg abreisen, um der Generalprobe seines neuesten Stücks beizuwohnen, dessen Premiere am kommenden Sonntag dem kleinen Kreis als willkommener Anlass für einen Wochenendausflug in die schöne Hansestadt dienen sollte. Rainer war auch eingeladen und sollte gar eine Laudatio halten. Das Ehepaar Overbeck, das Rainer nach seiner Lesung dankend die Hand gedrückt hatte, drückte nun einander die Hände.

Danach ging man wieder zurück zum Barkenhoff. Noch einmal wünschte man Rainers Vortrag. Er las erneut mit Bravour. Dieses Mal aus einem lyrischen Dramolett mit dem Titel »Die weiße Fürstin«. Für einen längeren Moment waren alle berührt. Niemand wagte, etwas zu sagen. Jedes Wort wäre dumm, primitiv erschienen. Er hatte sie wieder in eine verzauberte Welt entführt, eine Renaissancewelt aus Alabaster und Jambus, dem sphärischen Atmen des Meeres und einem rätselhaften Schlussbild. Selbst Hauptmann, der diese Art des Schauspiels sicherlich nicht goutierte, nickte ihm anerkennend zu.

Sie brachen alle gemeinsam auf und gingen ins »Lilienatelier«, wo nächtlicher Kaffee gereicht wurde. Vorerst war der Abend noch nicht zu Ende. Nach dem Kaffeetrinken, einem Gitarrenspiel-Intermezzo, viel überschwänglichem Gelächter und einer seltsamen Episode, die sich um schwarze Milch rankte und den Kreis in eine Art andächtigen Grusel versetzte, brachen alle auf. Rainer, der gern noch bei Paula geblieben wäre, um mit ihr bis in den Morgen hinein zu reden, wartete vergebens auf eine derartige Einladung. Dies ärgerte ihn umso mehr, als Otto die Malerin den ganzen Abend über in Beschlag genommen hatte, sodass er nicht zum Zuge gekommen war. So schloss er sich schließlich Franz an, der sich bereit erklärte, das junge Fräulein nach Hause durchs Moor zu geleiten. Clara strahlte Rainer glücklich an. Er versuchte, sich das Bild der ekstatischen Tänzerin ins Gedächtnis zu rufen, das Heinrich so plastisch dargestellt hatte. Es war verführerisch und schüchterte ihn zugleich ein.

Es war weit nach Mitternacht, als sie am Atelier der Künstlerin ankamen. Clara bedeutete den beiden Gästen, mit ihrem Zeigefinger auf die Lippen tippend, leise zu sein, und ging dann, das Fahrrad schiebend, ins Dunkel. Ohne Fahrrad kam sie zurück.

Sie bewohnte eine Kammer, durch den Stall vom Haus getrennt, die wie Paulas Zimmer von einem lieblichen Lilienduft erfüllt war. Der Strauß hing in einer Vase an der Wand, hinter der das Kettenklirren von Kühen zu hören war. Den Arm ausgestreckt, leuchtete sie ihr Zimmer aus, sodass man einen Einblick bekam von dem bescheidenen Gemach. Rainer hatte das Gefühl, als würden die Dinge in ihrem wohlverdienten Schlaf gestört werden. Blickte die Kaffeekanne nicht empört auf? Ein kleiner Tisch und ein Sessel standen allerdings in freudiger Erwartung parat, als hätten sie nur auf die Bewohnerin gewartet, um ihr dienlich zu sein. Durch ein Butzenfenster sah man direkt in eine angebaute Weinlaube hinein, in der noch ein Tisch und ein Stuhl waren, ein einladender, heimeliger Ort, den Rainers Fantasie sofort mit einer Briefeschreibenden Clara ausstattete. Franz, der in der letzten Zeit bis zum Umfallen am Aufbau der Hühnerfarm in Adick geschuftet hatte, war so müde, dass er auf dem Sessel der Künstlerin sofort einschlief und leise schnarchte. Clara legte mütterlich eine Decke über den Schlafenden.

Clara und Rainer versicherten einander stumm, dass sie beide noch gar nicht müde seien. Trotzdem bereitete sie eine weitere Schlafstelle vor.

»Möchten Sie den ›Sitzenden Knaben‹ sehen?«, flüsterte sie unvermittelt, indem sie sich wieder Rainer zuwandte. Die Lampe schwebte neben ihrem Kopf und ließ ihr Gesicht vor dem dumpfen Dämmer geradezu aufgehen. Es war wie eine Erscheinung.

»Der ›Sitzende Knabe‹ ... sehr gerne, Clara.« Dabei sah er sich um, als wollte er sagen: Wo? Wo denn?

Sie schüttelte kurz den Kopf. »Kommen Sie, wir müssen ins Atelier.«

Sie gingen vor das Haus. Es waren mehrere Gebäude, die einen Platz zu zwei Dritteln umschlossen. Der Platz war mit Steinen gepflastert. Ein Pfad führte hinaus. Dahinter war das Moor. Er entsann sich der unheimlichen Szene, als er nachts den »Fährmann« im Kahn vorbeischweben gesehen hatte, als wäre es der Tod.

Alles schlief.

Er verharrte.

Stille.

Nur ihre hastigen Schritte auf den Steinen.

Die Luft war immer noch leidlich warm und die Dunkelheit geradezu samten. Man hätte sie streicheln mögen. Der Sternenhimmel schien gleichzeitig ungeheuer weit entfernt und dann doch so nah.

Sie führte ihn zu einem Stall.

»Mein Atelier.«

Es war ein kleines Gebäude mit Strohdach, aber einem großen Fenster, das, so schien es, neu und also später eingesetzt worden war. Vor dem Atelier stand eine schmiedeeiserne Gartenbank. Clara war ganz nah bei ihm und flüsterte in sein Ohr: »Hier trinke ich manchmal Tee und schau bis beinahe hin zum Kirchturm.« Sie sprach in einer Art, als verriete sie ein Geheimnis, das nur für ihn bestimmt war. Mit dem Arm zeigte sie in eine Richtung. Schwärze. Nur ein paar Bäume, vermutlich Birken, drückten ihre kaum sichtbaren Silhouetten wie bleiche Gebeine durchs Dunkel.

»Jetzt zeige ich Ihnen den ›Sitzenden Knaben‹.« Wieder flüsterte sie, legte sogar eine Hand wie eine Muschel vor den Mund. Zwischen ihnen entstand eine geheimbündlerische Stimmung, aber in der harmlosen Variante von Kinderspielen. Clara war um ihn herum. Er konnte gar nicht sagen, was sie gerade tat, aber es wirkte umtriebig. Ein paarmal flüsterte sie etwas. Er verstand es nicht, weil es zu leise war. Rainer spürte plötzlich ein Weichwerden, wie er es manchmal als Kind erlebt hatte, wenn die Welt ohne sein Zutun und nur durch die Anwesenheit einer vertrauten Person wie von selbst vor ihm abschnurrte, als kraulte ihm jemand den Nacken. Niemals allerdings hatte ihn die Anwesenheit seiner Mutter in diesen Zustand versetzt.

Er bewegte sich beinahe somnambul und folgte der Bildhauerin blind, die an der Tür hantierte, hin und her lief und etwas suchte. In ihm war kein Widerstand, sondern ein Sich-fallen-Lassen. Es war ihm unendlich angenehm, bei ihr zu sein.

Es klappte nicht. Rainer stand vor der verschlossenen Ateliertür. Clara bewegte sich eigenartig wuschig durch die Nacht, verschwand noch einmal, kam wieder. Unruhe machte sich breit. Rainer, noch in diesem wattierten Zustand, war nicht in der Lage, ihr zu helfen. Es schien, als liefe die Zeit für sie schneller ab. Sie hatte einen Hammer in der Faust, einen Klüpfel, bauchig, glockenförmig, mit kurzem Stil. Rainer stutzte. Was geschah da gerade? Sie reichte Rainer die Laterne.

»An den Schlüssel komm ich jetzt nicht heran, ich müsste die Familie wecken.« Mit dem letzten Wort haute das Mädchen beherzt den Hammer gegen das Schloss.

Ein Weckruf! Rainer war wieder hellwach. Die Nacht wurde rissig und bekam Sprünge. Funken sprühten. Für einen Moment glaubte er nicht, was er sah. Wieso bloß um alles in der Welt schlug sie auf das unschuldige Metall ein? Mit einem Bildhauerhammer! Sie wollte doch niemanden wecken. Tat sie nicht gerade das Gegenteil mit ihrem Verhalten? Sie ließ den Hammer schon wieder niedersausen, hemmte aber den Aufprall im letzten Moment. Ihr Gesicht im Laternenschein wirkte ungemein entschlossen, mit starren Augen und einem gepressten Mund. Und noch ein dritter Schlag – doch nun hatte sie selbst erkannt, wie widersinnig ihre Aktion war. Deshalb fiel sie sich in den Arm, mit dem Ergebnis, dass sie sich beinahe auf die Hand geschlagen hätte. Blitzschnell hatte sie sie weggezogen, dabei aber die Hand an einer scharfen Blechkante aufgeritzt. Blut strömte schon. Sie machte keinen Mucks. Die Tür war offen und sie huschten hinein in die Werkstatt.

Rainer leuchtete den Raum aus. Clara war so schnell, dass sie, noch ehe er recht begriff, was passierte, aus einem Krug Wasser in eine Schüssel goss und ihre blutende Hand hineinlegte. Das Wasser färbte sich rot. Rainer hatte das Gefühl, ihren Schmerz stellvertretend empfinden zu müssen. Sie selbst schien nichts zu spüren. Da er doch nun einmal da war, der Schmerz, musste er ihn auf sich überspringen lassen. Als hätte Clara, wie so oft, seine Gedanken gelesen, log sie: »Es tut doch gar nicht weh.« Sie schielte zu ihm hin und gleichzeitig auf die Wasserschüssel.

Rainer starrte auf das Blut, das aus ihrer Hand pulsierte: kleine rote Wölkchen, die sich ausbreiteten. Ihm wich das Blut, das ihr aus der Hand strömte, aus dem Gesicht. Die Laterne schaukelte Schatten an die Wand.

Sie begann unvermittelt, von ihrem Paris-Aufenthalt zu erzählen. Beinahe fröhlich. Rainer fragte nach, um den Redefluss am Laufen zu halten, in der Hoffnung, es würde sie ablenken. Es lenkte vor allem ihn ab.

Sie kam nun auf Klinger zu sprechen. Den berühmten Klinger in München, bei dem sie gegen alle Widerstände studiert hatte. Sie zählte die Widerstände auf, als wollte sie damit zum Ausdruck bringen, dass dieses bisschen Bluten im Vergleich dazu nicht der Rede wert sei. Sie erzählte anschaulich, wie Mackensen in einem Brief an Klinger sie empfahl – ja Mackensen hatte sie unterstützt! Und wie Klinger die Anfrage abwies. »Und die Begründung. Was meinen Sie, Rainer? Was war die Begründung?«

Rainer konnte sich gar nicht recht konzentrieren. Er zuckte mit den Schultern.

»Mit der Begründung, Frauen seien zu zart für die schwere Bildhauerarbeit. Ha! Aber Mackensen blieb hartnäckig, und als Klinger schließlich fragte, was das Persönchen denn wiege, wissen Sie, was er da antwortete, mein lieber Mentor?«

Rainer wusste es partout nicht.

»Hundertsechzig Pfund! Ha!«

Das Wasser war inzwischen so rot geworden, als wäre es reines Blut. Rainer roch Metallisches. Er leuchtete mit der Laterne in die andere Richtung. Ein langer Tisch mit

Werkzeugen und Materialien. Und eine angefangene Figur. Ach ja, also Klinger …

»Nun, hundertsechzig Pfund wiege ich nicht«, sagte sie. Musste sie es eigens betonen?

»Ich bitte Sie! Das war bloß ein Scherz von Mackensen«, fuhr sie fort. »Die Provokation saß jedenfalls. Ich bin eine große Frau, größer als die Hälfte aller Männer. Mindestens. Bei einem kleinen Mann würde niemand fragen, ob der sich als Bildhauer eigne. Selbst Rodin ist doch kaum durchschnittlich groß, freilich hat der Kraft wie ein Stier. Ach, der ist sowieso ein Genie!«

Sie ereiferte sich dermaßen, dass ihr Arm im Wasser hin und her schwang und man das Wasser schwappen hörte. Gern hätte er sie beruhigt.

»Dann kamen Sie zu Klinger?«

»Ja, ich zog nach München. Ich war die erste Frau, die in seinen Räumen arbeiten durfte.«

»Der Mann hat schon ein Renommee.« Rainer wollte die Berechtigung für ihren Stolz bestätigen.

»Ja, aber er ist kein Rodin.«

»Natürlich ist er nicht mit Rodin zu vergleichen!«

»Aber in Deutschland eine erste Adresse.«

»Gewiss.«

Die Blutung ließ endlich nach. Clara hob den Arm aus der Schüssel, ging vor das Haus und schüttete das Wasser aus. Als sie zurück war, fragte sie Rainer, ob er noch immer die Figur sehen wolle. Aber ja, unbedingt, wenn es ihr denn wieder besser gehe. Er nannte sie »tapferes Mädchen«.

Clara wischte den Arm und die Hände trocken. Die Statuette stand auf einem eigenen Podest. Sie hob die kleine

Figur in die Höhe. Er leuchtete sie an. Das war also der »Sitzende Knabe«. Er befand sich sitzend, wie sein Name sagte, auf einer roh behauenen Plinthe, den Kopf mit dem Kinn auf das rechte, zu einem Winkel hochgezogene Bein gestützt. Die Arme waren seltsam verschlungen, einmal um das rechte Bein und den linken Arm untergeschoben unter das linke Bein, das ebenfalls angewinkelt, aber schräg ausgestellt war.

Sie stellte die Skulptur zurück auf das Podest. Sie nahm Rainer die Laterne ab und ging um das kleine Objekt herum, um es besser ausleuchten zu können. Er war sofort angezogen von dem kleinen Mann. Er bewunderte die Eckigkeit der Figur, ebenso die Rückgratlinie, in der schon beinahe Vollendung steckte.

»Und?« Ihr Blick war bang.

»Sehr gut, meine liebe Clara« Er deutete auf die Arme. »Die mageren, aber festen Arme sind besonders gelungen. Vielleicht müssen sie schon Männerarbeit tun.«

Die Laterne pendelte. Clara wollte mehr hören.

»Da sitzt ein echter Mensch vor uns! Er könnte jeden Moment aufstehen und fortgehen, vielleicht, weil seine Mutter ihn gerufen hat.«

Rainer log nicht. Er war begeistert. Nicht dass er an ihrem Talent gezweifelt hätte, er war von Haus aus zunächst einmal wohlwollend und voller Zutrauen in die Fähigkeiten anderer. Bisher war sie eines der beiden Mädchen in Weiß gewesen, die so wunderbar zuhören, seinen Gedichten und Geschichten so innig lauschen konnten. Nun trat er aber in die Kunstwelt dieser Clara ein, und es überwältigte ihn. Sie war ihm ebenbürtig. Gewiss stand auch sie am Anfang. Das Gesicht des Knaben hatte noch keinen Ausdruck, die Hände waren beinahe roh; doch was für ein Anfang!

Er bat, die Figur berühren zu dürfen. Sie gewährte die Bitte. Rainer strich mit den Fingern über die feinen Körperlinien, spürte das Material, die raue Oberfläche auf der Haut. Und nun geschah etwas Seltsames. Während er mit dem Finger den rechten Arm hinunterstrich, fuhr ihr Finger an der verqueren Schräge des linken Beins entlang, über das Knie und das Schienbein. Sie hatte die Laterne auf den Boden abgestellt, sodass die Figur halb im Dunkeln lag. Ihr Finger glitt weiter über die linke Hand des Knaben, die, unter dem Knie hervorkommend, das Handgelenk der anderen Hand umgriff. Bald mussten sich ihre Wege kreuzen.

Sie traten hinaus in den beginnenden Morgen. Ein Hahn krähte. Die Sonne schob sich über den Horizont, eine breite blassrosa Schleppe ausbreitend. Nebel dampfte aus den Kanälen und waberte über dem Moor. Ein Kranich kam steifbeinig aus einem wolkigen Schleier und verschwand wieder. Es war kühler geworden. Clara schüttelte die Schultern aus und presste dann die Arme eng vor die Brust, als müsste sie etwas schützen. Rainer blieb andächtig stehen, den Morgen zu begrüßen. »Wenn man die Nacht durchwacht hat, dann tritt der Morgen nicht wie ein Unbekannter herein, sondern wie einer, dessen Wegstrecke man kennt, die Wolken, die er überwunden hat, die Sterne an denen er vorbeizog. Man sieht den schwarzen Grund, auf dem der leuchtende Morgen steht.«

Clara nickte beifällig. Wo er die Worte bloß so schnell herholte? Wie machte man das? Sie betrachtete ihn bewundernd und spürte ihren Finger kribbeln. Ihr Wunde spürte sie gar nicht mehr, sondern nur diesen Finger, der durch seine Berührung zu glühen schien, als hätte sich die Berührung auf ihrer Haut eingebrannt.

Die beiden gingen zurück zu ihrer Wohnstätte. Franz schnarchte leise. Im Haus regte sich Leben. Stimmen. Muhen. Gackern. Klappern von Eimern, Wasserrauschen. Die beiden gingen, nun wieder ganz leise, zur Weinlaube. Clara pflückte eine Traube und gab sie Rainer, der sie dankend entgegennahm. Er zögerte, sie zu essen. Sie stupste ihn mit ihrem Blick an. Beinahe ehrfürchtig schob er sich die Traube wie eine Hostie auf die Zunge. Dann schloss er den Mund, der Saft floss: sauer.

»Zu sauer?« Sie verzog für ihn das Gesicht, halb im Mitleid, halb im Spott.

»Diese eine Traube, ja. Man soll die Früchte nicht vor ihrer Zeit genießen.« Er tat gelehrt. Nur der Zeigefinger des Lehrers Lämpel fehlte noch. Sie nahm es nicht krumm.

»Trotzdem darf man schon kosten«, entgegnete sie selbstsicher.

»Man betrügt sich um den wahren Genuss. Gönnen wir ihnen noch ein paar weitere südlichere Tage …« Er besann sich, sah ihr in die Augen und sprach: »Diese eine Saure freilich soll mir die liebste sein.«

Noch ehe sie etwas antworten konnte, wurden sie gestört. Franz war aufgewacht. Er kam aus dem Haus gewankt, blinzelte verschlafen in die Morgensonne hinein. »Lassen Sie uns zum Barkenhoff gehen. Ich habe mächtig Kohldampf!«

Die ersten Herbststürme setzten ein mit dahinjagenden Wolkenheeren, die über das geduckte Land fegten und ein Schlachtfeld an zerzausten Bäumen und Berge von dahingerafften Blättern hinterließen, die eine stürmische Nachhut nochmals durcheinanderwirbelte. Tagelang regnete es in Strömen und machte den Boden tief und die Arbeit in den Torfstichen beschwerlich. Auch die Maler, die so gern im Freien arbeiteten, zogen sich in ihre Ateliers zurück. Die Schüler, zumeist waren es Damen, wurden ebenfalls in die Ateliers ihrer Lehrer gezwungen.

Der Dichter und die Künstlerin trafen sich nun immer öfter. Sie ließen sich vom schlechten Wetter nicht beeindrucken. Einmal wurden die beiden vom heftigen Regen überrascht und fanden Schutz in einer Hütte, direkt am Ufer der Hamme, die den Schiffern als Rastplatz diente. Es war eher eine Art Unterstand, mit Pfeilern, auf denen ein Strohdach saß. Sie lauschten dem Prasseln der Tropfen auf das Strohdach. Das braune Wasser wurde aufgewühlt von schäumenden Wellen. Um sie war eine Wassermusik aus Gurgeln, Plätschern, Trommeln und Rasseln. Durch Ritzen rann das Wasser herein und bildete Pfützen, weitere Auffangbecken für die trippelnden Töne der Musik. Donner grollte, Blitze zuckten lautlos über Wolkenkämme wie schwellende Adern. Sie zählten gemeinsam. Das Schilf wiegte sich balletthaft im Wind. Lampenputzer bogen sich zitternd. Am Flusssaum machten sie verschiedene Vögel aus. Enten, aber auch Bekassinen, die durch das Röhricht stakten. Da es kühler geworden war, hatten die beiden sich unwillkürlich eng zusammengefunden. Sie saßen auf einer Torfkarre, so dicht nebeneinander, dass sich ihre Schultern beinahe berührten, dabei mussten sie aufpassen, dass die Karre nicht umkippte.

Da tauchte wie aus dem Nichts einer der Torfkähne auf, voll beladen mit dem zu Würfeln geschichteten Torf.

Der Kahn hielt direkt vor der Hütte. Es war ein Viertelhundkahn, wie Clara Rainer schnell erklärte, als benötigte Rainer diese Information unbedingt. Mit einer geschickten Bewegung sprang der Mann von dem Kahn und taute ihn an einem der Pfeiler fest. Den langen Holzstaken legte er seitlich neben sich. Er grüßte, indem er an die Mütze tippte. Er verfluchte das Wetter. Jedenfalls klang es so. Rainer sendete einen fragenden Blick an Clara. Sie begann eine Unterhaltung mit dem Schiffer im plattdeutschen Dialekt, während der Mann eine kleine Pfeife hervorzauberte, sie anzündete, dabei mit seinen großen Händen die Flamme vor dem Wind schützte, der durch den Unterstand wehte.

»Was sagt er?«, wollte Rainer wissen. Er flüsterte.

»Er fragte, ob wir zu den Malern gehören. Ich habe ihm geantwortet, dass nur ich zu den Malern gehöre. Er verwechselte mich mit Paula. Man kennt sie hier in der Gegend.«

Der Mann wandte sich wieder an Clara. Es ging hin und her. Schließlich klopfte er die Pfeife gegen den Pfeiler, schnappte sich den Staken, sprang auf den Kahn und stakte davon.

»Und worüber haben Sie gesprochen?«

»Er sagte, wir seien ein schönes Paar, er glaubte, wir seien verlobt.«

Rainer reagierte nicht. Es war Clara recht. Sie gingen weiter, als der Regen aufgehört hatte. Sie kamen an Moortümpeln vorbei, reglosen schwarzen Spiegeln, die unendlich tief erschienen, wie Durchgänge in eine andere Welt. Sie sprachen von der Armut in den niedrigen Erdhütten, die mit ihren bis zum Boden reichenden Dächern so geduckt wirkten, als wären sie mit der Erde verwoben.

Daneben die Torffelder, die den Bewohnern das kärgliche Leben ermöglichten.

»Die Paula bezahlt die Armen aus dem Armenhaus dafür, dass sie Modell sitzen. Es ist da alles so eng und schmutzig. Und doch lachen diese Menschen viel. Natürlich sind wir privilegiert, aber sind wir deshalb glücklicher?«

»Ich bin glücklich«, antwortete Rainer. »Aber ich bin auch nicht reich, sondern selbst arm.«

»Arm sind Sie sicherlich nicht. Nicht so wie die Menschen hier, die täglich schuften müssen, um ihr karges Leben zu fristen.«

»Ich habe schließlich auch meine Studien. Ich werde in Kunstgeschichte promovieren, über die russischen Maler, und mich dann als Kunstkritiker etablieren. Von der Dichtung kann ich leider nicht leben. Obwohl mein Stück ›Frühfrost‹ mit Erfolg in Prag aufgeführt wurde, bin ich angewiesen auf die Unterstützung aus dem Erbe meines Onkels. Für Sie, Clara, ist es doch einfacher. Sie sind das Kind eines wohlhabenden Kaufmanns.«

»Davon habe ich gar nichts … jedenfalls nicht viel. Man wird mich nicht ewig unterstützen und hält mich äußerst knapp. Ich bin kein Mensch, der um Geld bettelt. Das Geld und das Geschäft haben meinen Vater hart gemacht und ihn auch zermürbt. Immer gibt es jemanden, der einen übervorteilen will.«

»Dann wären wir füreinander keine gute Partie«, scherzte Rainer und erschrak, da er meinte, eine Grenze überschritten zu haben.

»Liebesheiraten sind von kurzer Dauer. Von Luft und Liebe wird man am Ende nicht satt«, sagte Clara.

»Zumal jeder Künstler seine Einsamkeit hüten muss wie einen Schatz«, schloss Rainer das Thema ab.

Sie sahen sich nun fast täglich, manchmal tauchte er direkt bei ihr in Westerwede auf, manchmal kreuzten sich ihre Wege in Paulas Atelier oder im Barkenhoff. Ihr waren die Begegnungen bei ihr zu Hause die liebsten. So beschloss sie, sich erst einmal nicht mehr zu rühren und darauf zu warten, dass er käme. Sie wartete einen Tag. Sie wartete einen zweiten Tag. Als der Besuch des Dichters auch am dritten Tag ausblieb, machte sie sich auf den Weg. Bald stand Clara wieder mit ihrem Fahrrad unten vor dem Barkenhoff und spähte durchs schlanke, schwarz-weiß gestreifte Gitter der Birkenreihe, die voller gesprenkelter Blätter war. Sie schrak zusammen. Dabei flog bloß eine Taube flatternd auf und ein paar Blätter trudelten zu Boden. Die Birken wirkten heute wie Torwächter, die ihr den Durchgang verwehrten. Die herunterhängenden Zweige bewegten sich manchmal wie Tentakeln oder Fühler, als nähmen sie eine Witterung auf. Schließlich gab sie sich einen Ruck und setzte sich in Bewegung.

Als sie das Fahrrad die Anhöhe hinaufschob, hoffte sie, er würde wieder, wie vor ein paar Tagen, einfach dastehen, wie der Herr des Hauses, und sie mit der selbstverständlichen Gebärde dessen, der einen gewissen Anspruch auf sie erworben hatte – ja, ja, das hast du! –, über sie verfügen und sie mitnehmen zur alten Ziegelei.

Doch stattdessen stand da Heinrich, burschenhaft die Hände in die Hosentaschen gestemmt. Auf dem Kopf seine karierte Schottenmütze. Er lächelte sie an. »Meine liebe Clara, schön, Sie zu sehen. Ich habe gerade an Sie gedacht.«

Sie reichten sich die Hände. Sollte sie ihm sagen, dass sie eigentlich Rainer besuchen wollte? Nein, das war nicht möglich. Das würde er falsch auffassen. Oder, was schlimmer wäre, richtig. Vielleicht würde Rainer sich ihnen zugesellen. Sie blickte zum Fenster hinauf, wo Rainer wohnte. Die Vorhänge waren aufgezogen, aber es war wohl niemand da.

»Der Dichter ist abgereist. Haben Sie es schon gehört?«, fragte Heinrich, der ihre Verwirrung bemerkte.

Clara war zu keiner Antwort fähig.

»Ich hatte Rainer noch ein kleines Häuschen gesucht. Er wollte nämlich eigentlich länger bleiben, den ganzen Winter über, wollte hier einschneien, wie er sich ausdrückte. Und dann war er weg. Er würde sich bald melden, aber berufliche Notwendigkeiten machten seine Abreise nötig.«

Heinrich nahm die Enttäuschung Claras wahr. War es nicht sogar mehr? Geradezu Entsetzen? Heinrich selbst war doch auch überrascht worden. Sie kamen von der Besichtigung des Hauses. Rainer schwärmte, malte in seiner poetischen Weise schon die Wintertage aus. Aber da lag der Brief. Der Brief, auf welchen, so schien es, er die ganze Zeit gewartet hatte. Er nahm ihn an sich, beinahe gierig, ging die Treppe hinauf, in sein Zimmer, völlig abwesend. Heinrich schien für ihn nicht mehr zu existieren.

»Vielleicht weiß Paula mehr. Er hat ihr wohl ein paar Zeilen der Erklärung zukommen lassen und, wie ich hörte, sein Skizzenbuch.«

Clara erhob sich. »Eigentlich wollte ich sowieso kurz zu Paula.« Sie strich sich übers Haar, als müsste sie es in Ordnung bringen.

»Ja, Rainer ist – eben Rainer. Ich meine: Er ist ein Getriebener. Er kommt nicht zur Ruhe. In Berlin warten sicherlich viele Aufgaben auf ihn«, konstatierte Heinrich beinahe entschuldigend. Clara murmelte ein »Jaja«, eilte zu ihrem Fahrrad und schoss davon.

Es war ihr, als hätte Paula sie schon erwartet. »Lassen Sie uns einen kleinen Spaziergang machen«, schlug sie vor. Sie warf sich rasch den Mantel über.

Sie gingen in Richtung Worpswede, bogen dann aber links in einen Weg ein und gingen den Weyerberg hinauf, der an dieser Stelle eine gewisse Steigung aufwies, sodass sie beide außer Atem gerieten. Die Freundinnen sprachen während dieses ersten Teils des Weges nicht viel. Blätterteppiche wurden von einem leichten Wind hierhin und dahin geweht. Das kräftige Blau des Himmels stand im schönen Kontrast zu den Brauntönen in den Baumkronen. Es gab hier einen großen Findling, auf dem sie sich niederließen. Der Moosbewuchs fühlte sich unter ihren Fingern wie ein Samtbesatz an.

»Jetzt hat er uns also verlassen«, begann endlich Paula das Thema anzuschneiden, auf das alles hinauslaufen würde. »Sie machen einen traurigen Eindruck, Clara.«

Clara atmete schwer als Antwort. Dann sagte sie: »Nun ja, ich hätte mir gewünscht, dass seine Abreise nicht so abrupt gewesen wäre.«

»Ja, es kommt für alle überraschend. Er hat niemand in Kenntnis gesetzt … Mir hat er sein Skizzenbuch hinterlassen mit einem Vers als Beigabe.«

Clara hätte zu gern gewusst, was er Paula geschrieben hatte, nur wäre eine Nachfrage natürlich sehr unhöflich und indiskret gewesen. Sie hoffte darauf, dass Paula so freigiebig wäre, es ihr zu sagen. Sie wartete allerdings vergebens. Gerade dadurch, dass Paula dieses Geheimnis für sich behielt, wurde Claras Fantasie gereizt.

»Er war uns wie aus einem Traum entstiegen«, seufzte Paula. »Wenn wir beide uns einen Besucher gewünscht hätten für unseren kleinen Kreis, wäre uns wohl nicht in unseren kühnsten Träumen ein Rainer Maria Rilke eingefallen. Zu verstiegen wäre es uns vorgekommen – und doch kam er. Erinnern Sie sich, wie er an diesem Abend so lange ganz ruhig auf dem Stuhl gesessen und stumm ausgeharrt hatte? Wie Heinrich uns, beinahe hinter vorgehaltener Hand, zugeraunt hatte, diesen jungen Mann um nichts zu stören? Otto konnte sich natürlich seine bissigen Kommentare nicht verkneifen. Für derlei Affigkeit oder Affektiertheit hat er keine Ader – übrigens ist es genau diese Bodenständigkeit, die ich an ihm mag. Er steht mit beiden Beinen im Leben, tut alles mit Bedacht, geht sorgsam mit sich und den Seinen um, und trotzdem kann er auch beinahe kindhaft lustig sein.«

»Ja, Otto muss man einfach gernhaben«, stimmte Clara geistesabwesend zu.

»Rainer ist nichts für die Dauer. Er ist nicht für den Alltag, sondern für unsere besonderen Sonntage im weißen Saal. Seien wir dankbar für seine Freundschaft, die er uns, wie ich glaube, zu gleichen Teilen zukommen ließ. Zukommen lässt. Er wird sich gewiss bald zurückmelden und uns seine Handlungsweise erklären. Wir dürfen uns auf seine Briefe freuen.«

Clara radelte nach Hause zurück. Sie vergrub sich den Rest des Tages im Bett. Sollten alle ihre Träume so schnell verfliegen? Ihr ging sein Gedicht im Kopf herum: bis zu dir, bis zu dir, sagte sie sich immerzu. Aber warum bist du nicht hier?

Am nächsten Morgen weckte sie der Hahn in der Frühe.

Normalerweise störte sie dessen schriller Schrei nicht. Heute war es anders. Der Gockel ließ ihr keinen Schlaf. So erhob sie sich schließlich. Nach dem Frühstück ging sie in ihre Werkstatt. Es war ein trüber Tag mit Regen, bleigrauem Himmel und starken Windböen.

Das Paar.

War es überhaupt ein Paar? Was ist ein Paar? Wann ist man ein Paar? Die beiden Mädchen, das eine hockend, das andere stehend, teilten sich dieselbe Plinthe, bewohnten denselben Grund, waren aus demselben Stoff. Und doch war jede individuell, einmalig. Ihre Einmaligkeit war ja die Kunst. Clara hatte es geschafft, jedem Mädchen ihren eigenen Ausdruck und ihre eigene Gebärde zu verleihen. Wenn wir je eigene sind, so sind wir hoffnungslos allein. Uns trennen Abgründe von den anderen. Wie konnte er einfach abreisen? Hatte sie ihm einen Anlass gegeben? Oder überschätzte sie mit dieser Frage schon ihre Bedeutung für ihn? Was bedeutete sie überhaupt für ihn? Sicherlich hatte er eine Geliebte in Berlin. Dann hatte er nur mit ihr gespielt? Sah Paula dies auch so? Nein. Paula war Realistin durch und durch. Das bewunderte sie an ihr. Außerdem hatte sie Otto. Sie würden sich bald verloben. Was war sie in Rainers Augen? Wer war sie? Wie dachte er über sie? Weshalb hatte er sich ihr so angenähert? Sie standen auf derselben Plinthe, waren aus demselben Stoff. Doch er war einfach fortgesprungen. Sie würde auch niemals das Rätsel lösen, wie die beiden Mädchen zugleich ein Wir sein konnten und doch ein Ich blieben. Wie machte man das? Man machte es gar nicht! Clara holte einen Hammer und einen kleinen Meißel. Dann machte sie sich an die Arbeit.

TEIL 2
BIS ZU IHM

Hörst du, Geliebte, ich hebe die Hände –
Hörst du: es rauscht …
Welche Gebärde der Einsamen fände
sich nicht von vielen Dingen belauscht?
Hörst du, Geliebte, ich schließe die Lider,
und auch *das* ist Geräusch bis zu dir.
Hörst du, Geliebte, ich hebe sie wieder …
… aber warum bist du nicht hier.

(Rainer Maria Rilke, aus: Die Stille)

Kapitel 1

Das Weihnachtsfest 1900 verbrachte Clara zu Hause im Kreise der Familie in der Bremer Wohnung nahe der Weser. Clara bezog, wie immer, ihr altes Kinderzimmer. Ihr war das umgebaute Bauernhaus in Oberneuland immer lieber gewesen, doch dieses Haus bewohnten die Westhoffs nur während der Sommermonate. Weihnachten wurde traditionell in der Wohnung gefeiert, mit großer Tanne, behangen mit allerlei Christbaumschmuck, daneben eine Krippe mit geschnitzten Figuren, wobei Caspars Stab oben abgebrochen war infolge einer Ungeschicklichkeit der achtjährigen Clara, die ihn hatte fallen lassen, was zu einem Donnerwetter seitens ihres Vaters geführt hatte.

Bei Clara kam dieses Jahr keine Weihnachtsstimmung auf, trotz der Mühe zur Harmonie, die sich alle gaben, trotz des üppigen Mahles mit der Weihnachtsgans, dem Stollen und dem Punsch, trotz der Kerzenlichtstimmung und der Geschenke in buntem Papier. Selbst der Besuch der Christmette im St. Petri Dom, bei dem sie sonst immer aus voller Kehle mitsang, den Blick beseelt hoch hinauf ins Kreuzgewölbe gerichtet, versetzte sie nicht in einen feierlichen Zustand.

Sie befand sich die ganze Zeit in einer stummen Verteidigungsstellung, denn sie wusste, ihr Vater würde unweigerlich wieder auf das leidige Thema zu sprechen kommen. Im November war sie zweiundzwanzig Jahre geworden. Und am Weihnachtstag, nach einem ausgiebigen Spaziergang der ganzen Familie entlang der Weserpromenade, die ihrem Vater Gelegenheit gegeben hatte, das stolze Familienoberhaupt hervorzukehren, war es so weit. Er bat sie in sein Heiligtum: das Arbeitszimmer.

Der Vater trat neben seinen ausladenden Eichenschreibtisch, zündete sich eine Zigarre an und paffte genießerisch Rauchwölkchen in die Zimmerluft. Das Zimmer war holzgetäfelt, die Decke mit Stuck verziert. Ein großer Aktenschrank mit kleinen, in Blei gefassten Fenstern enthielt unsagbare Schätze, wie sie als Kind geglaubt hatte, denn er wurde immer abgeschlossen. Den Schlüssel für den Schrank verwahrte der Vater in der geschlitzten Tasche seiner Anzugweste. Am Rand des Schreibtischs stand selbstbewusst das Bürgerliche Gesetzbuch in seinem roten Einband, das seit dem 1. Januar des neuen Jahrhunderts galt. Es lehnte am massiven Schädel eines Elefanten aus Teakholz, dessen Stoßzähne aus echtem Elfenbein waren – ein Geschenk eines Geschäftsfreundes. Die hohe, schlanke Gestalt des Vaters steckte in einem dreiteiligen Anzug. Die weißen Hemdsärmel schauten akkurat hervor und zeigten wunderschöne opalblaue Manschettenknöpfe. Der Rauch bewölkte für einen Moment den gut gestutzten weißen Vollbart, der auf der Oberlippe seltsamerweise noch fast ganz schwarz war, was dem Bart etwas Fellartiges oder Wolliges gab, wie Clara fand. Ihr Vater hatte immer eine aufrechte Haltung mit einem auffällig erhobenen Kopf, was ihn noch größer und gravitätischer erscheinen ließ, zugleich aber auch ängstlich, als scheute er vor der Erde zurück und wollte nicht mit ihr in Berührung kommen, wo er doch mit ihren Gaben sein Geld verdiente: Kaffee, Tee, Kakao. Diese Ängstlichkeit, wenn es sie denn gab, verbarg er hinter einer Maske. Aus ihr schaute immer nur der fordernde Blick auf seine Tochter. Sie sollte etwas leisten. Wenn es auf dem Gebiet der Kunst sein sollte, dann eben da. Aber sie musste etwas leisten. Denn das Leben erforderte Leistung. In seiner Familie war er es nicht gewohnt, Widerspruch zu bekommen. Seine Gattin war ihm auch in allem zu Willen. Manchmal erschien es Clara, dass sie seine Finsternis zu kompensieren trachtete mit einem nur künstlichen Licht.

Er nahm wieder einen Zug aus der Zigarre, die er bei einem Tabakimporteur, zu dem er gute Kontakte hatte, billiger erstand und dem er im Gegenzug einen kleinen Vorrat an Kaffee und Tee preisermäßigt zukommen ließ. Rauch und Worte quollen gleichzeitig beinahe so, als wäre die gesprochene Sprache bloß eine Übersetzung der rauchblauen Kringel und diese die eigentliche Botschaft. Er müsse nun auf ein Gespräch zurückkommen, welches sie vor einiger Zeit geführt hätten. Sie sei ja bereits zweiundzwanzig Jahre alt und verfüge über so viele Vorzüge, wie sie sich ein Mensch nur wünschen könne. Er sei, das müsse sie zugeben, immer auf ihrer Seite gewesen, habe sie immer in ihrem Wunsch, Künstlerin zu werden, unterstützt, von früh an. Nun aber müsse es Butter bei die Fische geben. Das war einer seiner Kaufmannsausdrücke, derer er sich gern bediente. Er könne und wolle es auch nicht. Solle er sie bis zum Sankt-Nimmerleins-Tag finanzieren? Sie solle auch einmal an den Bruder denken.

Sie war fasziniert davon, wie er sprach und wie weiterhin Rauch aus seinem Mund quoll. Seine Augen waren wässrig, als weinte er gegen seinen Willen oder ohne es zu bemerken. Ging das? Zu weinen, ohne es zu merken?

»Das ist schließlich nur zu deinem Besten, denn ein erfolgloser Künstler zu sein, ist ja nicht erstrebenswert. Das macht Menschen unglücklich. Verführt dazu, sich gehen zu lassen. Oft enden solche Existenzen bitter. Ja, bitter. Wenn du nicht auf eigenen Beinen stehen kannst, Clara, dann musst du dir einen Mann suchen. Nimm meinetwegen einen Künstler! Es gibt auch erfolgreiche! Du kannst in einer solchen Ehe weiterhin deiner künstlerischen Neigung nachgehen. Ich selbst bin auch ein begeisterter Maler und habe dein Talent erkannt und immer gefördert. Ach, ich weiß um die große Befriedigung, die die Kunst einem geben kann – aber ich weiß auch um die Behaglichkeit eines soliden Einkommens. Du benötigst einen Status. Ich erinnere an unser Gespräch im Sommer, und ich frage dich: Hast du einen geeigneten Kandidaten auserkoren? Hast du dich umgeschaut?«

Er machte eine Pause, um ihr oder sich Zeit zum Nachdenken zu geben. Clara sagte nichts. Er fuhr fort. Er habe gerade vor ein paar Tagen erfahren, dass Paula Becker sich mit dem berühmten Maler Otto Modersohn verlobt habe. Ihr Vater, Herr Becker, sei alles in allem höchst zufrieden. »Die besucht nun demnächst sogar einen Kochkurs!«

In dieser Rede schwang ein Hauch von Neid mit, doch die Vorstellung, ein Kochkurs sei das höchste der Diplome, war natürlich absurd. Ebenso wie es übertrieben war, den guten Otto als berühmt zu bezeichnen. All das traf sie nicht, war es doch allzu leicht durchschaubar als Teil eines Manövers, die Partie für Paula begehrenswerter und also vorbildhafter erscheinen zu lassen. Dieses Paula-Lob war überhaupt recht heuchlerisch. Ihr Vater hatte sich von Anfang sehr reserviert gegenüber der Malerin verhalten. Er mochte sie nicht. Natürlich wahrte er die Form, zumal man sich kannte im überschaubaren Bremer Kaufmannsumfeld. Aber Clara hatte einmal mitbekommen, wie er ihr voller Widerwillen nachblickte. Und als bei der Bremer Kunstschau im letzten Jahr Clara ihre Paula-Büste ausstellen durfte und positive Kritiken erntete, während Paulas Arbeiten nur Ablehnung erfuhren, konnte er eine Schadenfreude, die eines Mannes seines Alters und Standes unwürdig war, nicht verhehlen.

»Und?« Er legte die Zigarre beiseite und trank einen kräftigen Schluck aus dem gedrungenen Whiskeyglas.

»Aber Papa, ich mache gute Fortschritte und werde sicherlich auch bald etwas verkaufen. Denke nur, der Erfolg letztes Jahr mit der Paula-Büste! Daran muss ich anknüpfen.«

»Ich will doch gar nicht deine Kunst infrage stellen. Zugegeben. Mir wäre lieber gewesen, du wärst bei der Malerei geblieben. Dass Damen den Malerberuf ergreifen, ist nun schon sehr ungewöhnlich, aber Bildhauern? Du kennst meine Meinung. Nun denn, auch da kann man etwas Hübsches, ja Dekoratives schaffen. Und diese Kunstgattung verhindert wohl auch, dass man, wie es nun moderne Maler für richtig halten, nur noch seinen subjektiven Ausdruck finden soll. Ich bitte dich, Clara, wen sollte das interessieren? Es verleitet ja nur noch mehr dazu, sich in sich selbst zu verlieren und spleenig zu werden. So sehen diese Bilder dann aus! Du hängst vernünftigerweise diesen Ideen nicht an. Also, deine Bildhauer-Kunst sollst du treiben, Clara. Nur, solange du allein auf dich gestellt bist, bist du den Fährnissen des Lebens hilflos ausgeliefert.«

»Ich bin überhaupt nicht hilflos«, erwiderte sie erbost und trat wütend einen Schritt auf ihn zu. Die Kraft, die darin lag, sollte den Gegenbeweis antreten.

Ihr Vater stutzte, und entgegen ihrer Befürchtung fuhr er einigermaßen ruhig fort, das Kinn nun noch höher gereckt: »Ja, das weiß ich doch. Deine Kraft imponiert mir. Du weißt aber schon, dass es hier um etwas geht. Es geht um Anforderungen, die die gute, die bürgerliche Gesellschaft stellt. Mit einem Gatten an deiner Seite bist du stärker, ganz so wie es oft im Geschäftsleben ist. Die Ehe ist eben auch eine Art Handelsgesellschaft.« Er verwies auf das Buch, das an den Elefantenkopf gelehnt war und, wie es schien, einen erheblichen Einfluss auf die Denkweise ihres Vaters gewonnen hatte. »Steht alles da drin!«

»Das Leben ist kein Geschäft, Papa.«

»Da sei dir nicht so sicher. Ich habe etwas mehr Erfahrung als du. Dies gilt nun einmal besonders für Frauen. Man mag es beklagen. Eine Frau kann eben nicht auf Dauer auf sich allein gestellt leben. Oder möchtest du eine alte Jungfer werden? Ich bin zu Kompromissen bereit. Ich benötige nur eine Aussicht, einen Plan.«

Clara verstand diesen vorsichtigen Rückzug ihres Vaters als Angebot. Überhaupt war sie froh, dass er nicht einen cholerischen Anfall bekam, wie so oft. Schon bei kleinsten Anlässen konnte es geschehen. Er wurde dann sehr laut und machte sich noch größer. Clara musste innerlich zugeben, dass er recht hatte, sowohl mit seiner Bemerkung über die Stellung der Frau wie auch mit seinem Hinweis, dass er sie immer unterstützt hatte. Das stimmte. Er hatte sie mit siebzehn Jahren allein nach München ziehen lassen, damit sie dort studieren konnte. Wäre er ein Tyrann, so wäre die Opposition gegen ihn einfacher gewesen. Sie saß letztlich am kürzeren Hebel – es sei denn, sie würde sich von ihrer Familie lossagen. Doch das kam nicht infrage. Sie liebte ihre Familie! Vielleicht sollte sie ihm einen kleinen Knochen hinwerfen, der ihn erst einmal beruhigte. Welchen? Sollte sie …? Sie zögerte, dann straffte sie sich: »Nun, wenn du es wissen willst. Es gibt da wirklich einen Menschen, mit dem ich mir vorstellen könnte, mich zu verbinden.«

Auf eine derartige Aussage schien der Vater gewartet zu haben. Er wurde sofort milder und umgänglicher. Er bat Clara, sich auf einen der beiden Fauteuils zu setzen. Sie nahm Platz, und im selben Augenblick übertrug sich etwas von dem Sessel auf sie. Es war eine Kraft und Stärke, die ihr geradezu den Rücken stärkte.

Ihr Vater entnahm dem Barwägelchen, das normalerweise im Esszimmer stand, eine Flasche und goss ein Likörgläschen voll. Clara mochte keinen Likör. Sie mochte viele damenhafte Dinge und Verhaltensweisen nicht, obwohl sie in den Augen der anderen eine so sanfte Person war. Sie orientierte sich oft an Männlichem. Das Sanfte war in ihr. Ja. Aber auch das andere, das sie zur Bildhauerei geführt hatte. Vielleicht lagen die Dinge nicht so einfach, und vielleicht war nicht immer alles schlicht männlich oder weiblich, sondern beides zugleich und alles durcheinander.

»Schenk mir bitte einen Whiskey ein«, sagte sie. Er sah sie irritiert an. »Ich weiß, wie Whiskey schmeckt. Heinrich Vogeler hat mich damit bekannt gemacht.« Kurz blitzte die Reise nach Dänemark hinter ihren Augenlidern auf, sie hatten sich in einer Nacht ordentlich betrunken. Mit Whiskey.

Die Lippen des Vaters deuteten ein Schmunzeln an, aber seine Zunge gebot Einhalt und wischte es weg, wie ein Schwamm über eine Schultafel glitt, auf der sich eine Lehrer-Karikatur befand.

»Gerne.« Er stellte ihr das Glas auf das kleine runde Tischchen und setzte sich auf den zweiten Sessel. Hier saß ihr Vater oft mit seinem Bruder Theodor, der das Unternehmen gegründet hatte, das dann später, nachdem auch der dritte Bruder, Ernst Anton, dazugestoßen war, in eine Offene Handelsgesellschaft umfirmiert worden war. Als Kind war ihr das Arbeitszimmer immer als besonderer Ort vorgekommen, ein Ort mit Macht und Würde ausgestattet, an dem wichtige Dinge geschahen. Die beiden geräumigen Sessel erschienen ihr wie Throne, gemacht für Männer, um zu herrschen. Und nun saß sie selbst darauf. Sie wusste es zu schätzen. Er kam ihr entgegen. Das bedeutete, er machte sich große Sorgen. Für einen Moment konnte sie sich vorstellen, dass er dies aus lauter Liebe zu ihr und nicht wegen seines Rufs oder wegen des Geldes tat.

»Dann erzähl doch einmal von dem geheimnisvollen Mann. Ist er ein Maler oder gar Bildhauer? Oder ein Rechtsanwalt? Ein Bauer? Vielleicht ein Kaufmann?« Es war ihm wohl klar, dass es sich eher um einen Künstler handelte, gleichwohl gab er mit der Aufzählung zu verstehen, dass er die Hoffnung auf einen seriösen Mann nicht aufgegeben hatte.

»Nein, nichts von alldem. Er ist Schriftsteller … ein Dichter!«

»Hm, kennt man seinen Namen?« Der Beruf des Schriftstellers war schwierig einzuordnen. Gegen einen bekannten Autor hätte er sicherlich nichts einzuwenden gehabt, wie es ihm zunächst überhaupt darum ging, seine Tochter in festen Händen zu wissen.

»Nein, noch ist er nicht in aller Munde. Aber ich glaube, er ist ein Genie.« Zu spät begriff sie, dass sie sich hatte hinreißen lassen.

»Lade dieses *Genie* doch einmal ein und stell es uns vor.«

Für den Vater war die Rede vom Genie natürlich nichts weiter als ein Anzeichen schwärmerischer Verliebtheit. Nun gut, das war Clara gerade recht, wirkte ihre Geschichte desto glaubwürdiger. Im selben Moment fragte sie sich, ob Rainer nicht tatsächlich ein Genie sei und was das für sie und ihre Aussicht bedeuten würde ... Welche Aussicht? Sie war dabei, in ihre eigene Falle zu tappen.

»Das geht nicht so einfach. Er wohnt in Berlin. Ich traf ihn bei Heinrich Vogeler, wo er einige Wochen lang Gast war, auf dem Barkenhoff.«

»Und er erwidert deine Gefühle?«

»Papa ... was für eine indiskrete Frage! So kenne ich dich gar nicht.«

Der Vater schien sich mit dieser abwehrenden Antwort fürs Erste zu begnügen. Er erhob sich. Im selben Moment ertönte auch der Gong, der zum Abendbrot rief.

Zwei Wochen später lief Clara Westhoff im Eilschritt über eine dünne Schneedecke die Chaussee von Ostendorf entlang in Richtung des Dorfes Worpswede, Kleid und Mantel leicht über die Knöchel gerafft und die Hände fast ganz zurückgezogen in den wärmenden Schutz der Mantelärmel – sie hatte wieder einmal ihren Muff verlegt –, und stieß weiße Atemwölkchen in die kristallene Luft. Es war ein klarer, sonniger Tag mit frostig-blauem Himmel. Von den strohgedeckten Dächern stießen dicke, angespitzte Eiszapfen bis fast auf den Boden. Auf Scheiben prangten filigrane Muster, mit ihren farnenartigen Figuren wie von einem Jugendstilkünstler entworfen. Sonnenlicht blitzte darin auf, wie es überhaupt ringsum aus allen Poren des Schnees heraus glitzerte.

Am Sonntagabend hatte Otto Modersohn sie beiseitegenommen und sie gebeten in den nächsten Tagen zu ihm zu kommen. Er hätte etwas mit ihr zu besprechen. Als sie am Haus des Bauern Brünjes vorbeikam, hätte sie beinahe einen Abstecher zu Paula gemacht. Ihr fiel noch rechtzeitig ein, dass Paula umgezogen war ins Atelier von Fräulein Reyländer und im Übrigen gerade in Berlin an einem Kochkurs teilnahm, wo sie, soviel sie wusste, sehr häufig mit Rainer zusammentraf.

Modersohns Haus stand an der Hembergstraße, schräg gegenüber der Kirche, die noch höher gelegen war. Otto empfing sie in der warmen Stube, und indes er Tee zubereitete, fühlte sie sich eigenartig beobachtet von den starren Augen toter Vögel, die normalerweise in seinem Atelier standen; aber aus unerfindlichen Gründen waren zwei Exemplare in der braunen Stube gelandet. Sie blickte auf ein hockendes Käuzchen, das mit eigenartig weisem Blick zurückschaute, als würde es ihre geheimen Wünsche kennen. Was war Ottos Anliegen? Hatte er sie durchschaut?

Genau genommen war es ihr unangenehm, hier zu sein. Sie besuchte den Maler zum ersten Mal allein. Geschirr klirrte. Otto stellte das Tablett ab. Es gab gelben Jasmintee. Der heiße Tee tat gut nach der Kälte. Der Ofen bollerte gemütlich. Es war ein richtiges Heim, das Otto für sich und seine kleine Tochter aufrechterhielt, nach dem frühen Tod seiner Frau. Otto war von allen Malern der zugänglichste. Er war nahezu nicht eingebildet und eitel. Sein Gehabe war schlicht, seine Sprache klar, sein Blick hell und freundlich.

»Ich will nicht lange um den heißen Brei herumreden. Ich traue Rainer nicht! Paula wiederum ist flatterhaft und hält von moralischen Konventionen nicht allzu viel. Die Verlobung war übrigens ihre Idee. Sie hat mich gedrängt. Sie ist manchmal sprunghaft … Was meinen Sie, Clara?«

Clara stellte die Tasse ab. Otto und sie hatten sich bisher selten ausgetauscht. Sie gehörten beide zum engeren Kreis um Vogeler. Otto war wie Heinrich aus der Künstlervereinigung Worpswede ausgetreten. Sie und Paula hatte man natürlich nicht für würdig befunden, Mitglied zu werden, sodass sie nicht einmal hätten austreten können – wobei Clara ihrem Lehrer Mackensen gegenüber in der Schuld stand und vermutlich nicht ausgetreten wäre. Er hatte ihr geholfen, hatte sie zu Klinger in München vermittelt. Das würde sie ihm immer danken. Doch Heinrich und Otto befanden sich im Zwist mit ihm, wollten sich ihre künstlerische Entwicklung nicht durch Teilhabe am Verein einschränken lassen. Der Verein wurde von den »Alten« dominiert, besonders von Mackensen. Mackensens Entwicklung war längst abgeschlossen und hatte ihren Zenit erreicht. Dies galt jedoch nicht für Otto und Heinrich, die begierig darauf waren, weiter zu wachsen und sich neue Ausdrucksmöglichkeiten zu erarbeiten. Das hatte auch Rainer, sehr vorsichtig natürlich, ihr gegenüber angedeutet, als er von dem Buchprojekt sprach. Sie spürte Rainers Hochachtung für Mackensen; aber es war keine wirkliche Begeisterung, wie er sie für seinen Freund Heinrich und eben auch für Otto Modersohn empfand, obwohl die beiden sich noch in einem Prozess befanden. Oder besser: gerade weil sie noch unfertig waren. Unfertigkeit war Rainer zufolge, wenn sie es richtig verstanden hatte, geradezu ein Kennzeichen des Schöpferischen. Das bedeutete keineswegs, dass man Unfertiges, Halbgares ablieferte, sondern dass man auf jeder Stufe eine Vollendung erreichte, die man dann aber durchbrach, um zu neuen Höhen zu gelangen. Die ganze Welt befinde sich in einem immerwährenden Schaffensprozess, weil Gott selbst noch im Werden sei, ein immerzu Kommender, das war Rainers Wort für Gott. Immerzu Kommender. Nichts sei abgeschlossen. Alles im Werden. Deshalb sprach er auch dauernd von »wachsen«.

Obgleich Clara und Otto dem engen Kreis angehörten, war es zwischen ihnen also bisher nicht zu wirklichen Gesprächen gekommen, zu gemeinsam geteilten Erlebnissen oder Ansichten, mit denen sie sich als eine kleinere Einheit innerhalb der Gruppe betrachten konnten, so wie es für sie und Heinrich und für sie und Paula galt. Deshalb fühlte sie sich unwohl in der gemütlichen und so angenehm warmen Stube. Dass Otto zudem mit einer seltsamen Rede begann, die noch seltsamer abbrach, machte die Angelegenheit umso beklemmender. Otto spürte dies wohl und sprach deshalb weiter, seine Stimmlage zwischen Dringlichkeit und Zurückhaltung balancierend.

»Entschuldigen Sie, dass ich Sie so überfalle. Ich spreche geradeheraus und kann es nicht mit Andeutungen bewenden lassen. Ich habe bemerkt, wie Sie unseren Dichter aus Berlin angeschaut haben. Ich weiß, dass er oft bei Ihnen im Atelier war. Ich habe Sie und Rainer bei einem Spaziergang gesehen.«

»Ja, das stimmt, wir waren des Öfteren zusammen. Nur, was wollen Sie von mir, Otto?«

»Muss ich noch deutlicher werden? Ich hege den Verdacht, dass Rainer ein Auge auf Paula geworfen hat. Einmal trat ich ins Lilienatelier ein … Sehen Sie! Jetzt verwende ich selbst dieses Wort: Lilienatelier! Rainer besitzt ein ungeheureres Talent, die Dinge zu benennen. Ich trat also ein, und mir war, als ob ich ein Störenfried wäre, so innig fand ich die beiden beieinander. Und nun sind sie also zusammen in Berlin. Wenn meine Beobachtungen stimmen, so haben Sie, Clara, auch ein Interesse daran, dass es – ich sage es, wie es ist: dass es nicht zur Auflösung einer Verlobung kommt.«

Clara war regelrecht geschockt und hielt die Hand vor den Mund, um einen unwillkürlichen Laut zu unterdrücken. Der Grund dafür war nicht so sehr, weil sie glaubte, Otto habe mit seiner Befürchtung recht, sondern weil sie davon überrascht war, eine solche Unterstellung aus dem Mund dieses Mannes zu hören, den sie für den Honorigsten überhaupt hielt. Sie hätte ihn vielleicht beruhigen können, indem sie von den Briefen Rainers erzählte, die er ihr in der Zwischenzeit geschrieben hatte, doch Ottos Worte erzeugten einen hauchdünnen Sprung im Porzellan ihrer Seele, verbunden mit einem zarten Klang, der ihrer eigenen inneren Stimme glich, die bisher stumm gewesen war, und diese Stimme fragte: Was ist, wenn er recht hat?

»Was wollen Sie tun? Nach Berlin fahren?«, fragte sie, nahm die Tasse und stellte sie wieder ab, ohne einen Schluck getrunken zu haben.

»Nein, das geht nicht. Ich kann nicht hinfahren, es sähe ja gerade so aus, als traute ich ihr nicht!« Er machte eine entrüstete Bewegung.

»Und was dann?«

»Nun denn, verstehen Sie immer noch nicht, Clara? *Sie* müssen hinfahren! Es geht auch um Ihr Glück.«

Kapitel 2

Clara fuhr im Auftrag eines anderen. Sie versuchte, sich von diesem Gedanken freizumachen. Trotzdem kam sie sich vor wie eine Spionin, als Paula sie vom Bahnhof abholte und zur Wohnung ihrer Tante brachte. Clara war am Centralbahnhof Friedrichstraße angekommen. Sie war beeindruckt von der hohen gewölbten Halle mit den Eisenträgern, und für einen Moment kam das Paris-Gefühl wieder: die Ankunft am Gare du Nord. Ihre Fahrkarte dritter Klasse verwahrte sie in ihrer Handtasche. Dritte Klasse fand sie ausreichend. Sie legte nicht viel Wert auf Komfort, und angesichts ihrer finanziellen Mittel, die Modersohn ein wenig aufgestockt hatte, wodurch ihr Pakt auf verschwiegene Weise besiegelt wurde, sparte sie das Geld lieber für Materialien, die sie für die Ausübung ihrer Kunst benötigte. Auch das kleine Hotel, in dem sie nächtigte, war von sehr schlichter Art, im Gegensatz zum mondänen Hotel Continental, in dem Rainer vor einiger Zeit abgestiegen war. Sie verbrachte nur die erste Nacht in der Wohnung von Paulas Tante in der Eisenacher Straße und zog dann um in das Hotel, das im Vorfeld gebucht worden war.

Wie ihr schon am ersten Tag klar wurde, war zwischen Rainer und Paula nichts vorgefallen. Ihr fiel ein Stein vom

Herzen. Die Art, wie die Freundin über Rainer und Otto sprach, zeigte ihr deutlich, dass der eine ein Freund, der andere aber ihr Verlobter und zukünftiger Ehemann war und dass daran auch kein Zweifel bestehen konnte. Was diesen Auftrag anbelangte, hätte sie gewissermaßen schon abreisen können, um Otto zu beruhigen.

Was allerdings die Freundschaft betraf, so fragte sich Clara törichterweise, in welcher Hinsicht sich diese von ihrer Freundschaft mit Rainer unterschied und ob man sie als stärker oder inniger bezeichnen konnte. Es schien ihr, dass die beiden viel stärker über die Poesie verbunden waren. Seine Gedichte waren der Mittelpunkt, wohingegen Claras Beziehung zu Rainer im gewissen Sinn profaner war, geradezu haushälterisch. Er sprach mit ihr vom Essen, ja von gemeinsamen Mahlzeiten und vom Haushalten, das schon; aber eben auch hin und wieder von ihren Plastiken, vom »Sitzenden Knaben«. Konnte sie so sagen: Rainer hatte zu Paula eher eine geistige Beziehung und zu ihr eine sinnliche? Auf jeden Fall zögerte sie den Besuch bei ihm hinaus, zumal er selbst auch keine Anstalten traf, sie möglichst schnell zu sehen. Er hätte ja zu ihnen stoßen können. Doch was sollte diese Grübelei? Erst einmal galt es, mit ihrer besten Freundin den Abend zu verbringen.

Am ersten Abend waren sie voller Erzähllust. Clara tratschte neuesten Klatsch über die Worpsweder. Paula erzählte sehr amüsant über den Kochlehrgang und wusste satirische Spitzen lustig zu setzen. Am zweiten Tag lag ein besonderes Ereignis an: der Besuch eines Konzerts in der Bernburgstraße. Es spielte das Philharmonische Orchester unter der Leitung von Arthur Nikisch. Man gab Beethovens »Eroica«. Die Aufführung begeisterte die beiden

Damen. Paula erwähnte, dass sie auch Rainer eingeladen hatte, der jedoch aus Zeitgründen absagen musste.

Den Abend darauf knüpften sie an eine Vergnügung an, der sie auch in Paris gern nachgegangen waren: einem Tanzball. Sie tanzten viel und mit wechselnden Partnern, bis sie auf zwei Studenten der Jurisprudenz trafen, die zunächst recht heiter, später angeheitert und schließlich sturzbetrunken waren und nun die Grenzen der Schicklichkeit verletzten und zudringlich wurden. Unter dem Vorwand, den Waschraum aufzusuchen, stahlen sich die beiden heimlich davon. Da ihnen noch nicht danach zumute war, nach Hause zu gehen, kehrten sie in einer Berliner Kneipe ein, wurden wieder freigehalten, dieses Mal von zwei Arbeitern mit Schiebermützen, die ihnen, da sie Hunger verspürten, Eisbein mit Erbsenpüree ausgaben. Sie langten ordentlich zu. Als ein Straßensänger mit einer Drehorgel hereinkam und Couplets zum Besten gab, sangen sie den Refrain mit. Schließlich enthemmte sich die Stimmung in der Kneipe. Es wurde getanzt. Clara geriet in einen Rausch, beinahe so wie damals in Dänemark. Sie tanzte, was das Zeug hielt. Vor Erschöpfung lachend ließ sie sich auf einen Stuhl sinken. Da beide sprachbegabt waren und Paula ja schon einmal vor drei Jahren eine längere Zeit in Berlin verbracht hatte, übernahmen sie unwillkürlich das Berlinern, fanden alles »jut« und »knorke«.

Einer der beiden Arbeiter stellte sich als Agitator vor. Er sei in der SPD. Er sagte: »Die Revolution des Proletariats wird nicht nur die Arbeiter befreien, sondern auch die Frauen aus dem Joch durch die Männerunterdrückung. Es wird dann auch keine Ehe mehr geben. Jeder wird jeden lieben. Wir werden in Kommunen leben und keiner wird mehr ein Anrecht auf einen anderen Menschen haben.« Und er stimmte ein Lied an, schmetterte es voller Inbrunst. Es begann so: »Völker, hört die Signale!« Danach bestellte er noch »'ne Molle und 'nen Korn«. Die jungen Frauen lehnten eine weitere Runde ab. Sie wollten aufbrechen. Die beiden Männer boten an, sie nach Hause zu bringen, aber auch das lehnten sie dankend ab. Sie verabschiedeten sich, indem sie riefen: »Vive la Revolution!«

Sie waren nun ebenfalls angeheitert und fanden sich, nachdem sie kreuz und quer durch die nächtlichen Straßen gegangen waren, im Tiergarten wieder, an den Zäunen des Zoos, aus dem ein Gebrüll kam. Sie streiften vorbei an den hohen Gitterstäben und spähten zwischen den Lücken hindurch, um einen Löwenkopf oder den Hals einer Giraffe zu erhaschen. Doch es war stockdunkel und die meisten Tiere waren sicherlich in den Häusern.

»Natürlich liebe ich Otto!«, rief Paula unvermittelt, als hätte jemand etwas anderes behauptet. Sie lehnte sich über das Geländer der Brücke, die über den Landwehrkanal führte. »Ich liebe Otto, juchhe!« Ihr Ruf scholl über die gekräuselte Wasserfläche und hallte wider, wie eine Antwort. Dann wandte sie sich an ihre Freundin, die wegen der Kälte mehrmals mit den Füßen auftrat. »Er ist der feinste Mensch, den ich kenne. Trotzdem habe ich Angst vor der Ehe. Vielleicht hat der Sozialist recht. Vielleicht ist die Ehe ein Gefängnis. Ich werde Kinder bekommen. Werde ich noch Zeit haben zu malen? Otto wird wohl nicht zurückstecken. Er hat mir versprochen, dass wir die Arbeit teilen werden und dass meine Kunst so wertvoll sein wird wie seine. Nur, er ist arriviert. Seine Bilder werden gekauft. Mich kennt keine Sau! Dabei spüre ich es doch genau: Ich kann der Welt Bilder geben, die sie noch nie zuvor gesehen hat. Es ist etwas Neues, das nur ich zeigen kann. Dieses Neue kümmert sich nicht um Regeln und Konventionen. Das Lebendige in seiner Größe. Wie kann Mackensen behaupten, nur seine Sicht sei die einzig wahre? Ist nicht auch seine Art der Malerei gegen die Konvention aufgestanden? Mussten nicht auch Naturalismus, Impressionismus sich erst behaupten und sich der Zweifel, ja des Spotts erwehren? Ich will es auf mich nehmen, meine Sicht zu verteidigen; nicht, indem ich bloß rede, nein, indem ich Bilder schaffe, unablässig Bilder, bis sie es begreifen.«

Clara spürte die innere Not Paulas und zugleich nagte der Neid an ihr. Oder war es einfach Bewunderung? Darüber, dass Paula so selbstverständlich ihrer Aufgabe und ihres Talents inne war, während sie, Clara, so sehr zweifelte, sowohl an ihrer künstlerischen Potenz wie daran, ob sie die Kraft und die Mittel besäße, diese umzusetzen. Jetzt aber war Paula die Zweifelnde. Ja, sie musste ihr recht geben. Auch sie fürchtete sich vor der Ehe. Ihr Vater hatte ihr allzu deutlich zu verstehen gegeben, dass es selbst für eine Künstlerin keinen anderen Weg gab.

»Paula, ich glaube fest, dass Otto dir immer den Freiraum lassen wird. Er bewundert dich in allem und nicht zuletzt deine Kunst. Sei unbesorgt. Er liebt dich doch.«

Sie war froh, dass sie ihr einen Trost spenden konnte, der darauf basierte, dass sie wirklich wusste, wie Otto dachte und fühlte. Zugleich wurde ihr bewusst, dass es nicht recht war, sie auszuspionieren. Sie fühlte sich wie eine Verräterin. Paula bemerkte diese Irritation Claras nicht. Sie sprach nun beinahe zu sich selbst.

»Ja, aber ist denn die Liebe eines Mannes mit der Liebe einer Frau vergleichbar? Was, wenn sie nur eine versteckte Form der Inbesitznahme ist?«

»Dann sind wir verloren ...«, seufzte Clara. »Aber so ist es nicht.«

»Clara, du bist jünger als ich. Binde dich nicht allzu schnell. Ich habe Glück mit Otto. Nimm nicht den Erstbesten. Ich kenne deinen Vater ein wenig. Er wird dich zwingen wollen. Halte stand. Deine Kunst ist das Wichtigste. Du bist zu oft zu nachgiebig ... wie mir scheint, als ob es ein Ausgleich wäre für deine enorme Kraft, die auch mich manchmal einschüchtert. Betrachte es als Glück, dass du noch keinen Freier hast.«

Der letzte Satz gab Clara einen Stich. Noch keinen Freier? Was war mit Rainer? Sollte sie es Paula gestehen? Nein, sie hatte Angst, sich lächerlich zu machen. Plötzlich schien Clara der Wunsch, Rainer für sich zu gewinnen, geradezu verstiegen, eine Unmöglichkeit. Sie sah sich mit den Augen der Freundin. Riet sie nicht geradezu davon ab? Waren ihre Worte ein Wink? Abzulassen? Sich nicht auf Rainer einzulassen? Warnte Paula sie gar, als wüsste sie mehr? Clara ergriff eine Beklommenheit. Es wurde ihr heiß, obwohl die Nacht eisig kalt war. Paula sah sie nun so seltsam an. Las sie ihre Gedanken?

»Was ist, Clara? Sie wirken bedrückt. Es steckt bestimmt Ihr Vater dahinter. Ich kann es mir denken. Natürlich! Natürlich hat er sich mit meinem Vater unterhalten. Natürlich stellte mein Vater die Verbindung mit Otto in den buntesten Farben dar – obwohl mein Vater nur mit Zähneknirschen der Verlobung zugestimmt hat. Ihrem Vater gegenüber hat er sicher so getan, also ob ich die beste Partie in ganz Bremen gemacht hätte. Aber auf all das dürfen Sie nicht zu großen Wert legen. Es muss Sie ... kaltlassen. Seien Sie froh, dass Sie noch frei sind und ungebunden – soweit wir Frauen es überhaupt sein können.«

Noch im Reden umarmte sie Clara, als wollte sie sie wärmen. Ein ganz seltener Moment des Überschwangs, der die Konventionen übersprang. Paula, kleiner als Clara, war mit ihrem Kopf am Busen der anderen. Für einen Moment konnte sie es geschehen lassen, nahm die Tröstung an, obwohl die Geste einem Missverständnis entsprang. Dieses aufzulösen – das hätte Clara nur unter Tränen zustande gebracht. Clara verspürte das Bedürfnis, die Umarmung noch fester zu ziehen. Sie kämpfte den Wunsch nieder, den Wunsch, ihrer besten Freundin zu beichten, dass sie Rainer liebte. Und sie hatte Angst, Paula würde sie rundheraus auslachen. Auf der anderen Seite wollte sie diesen Moment seltener Nähe auskosten. Sie spürte Paulas alkoholisierten Atem an ihrem Hals. Und es schien ihr, als schlügen ihre Herzen im Gleichklang. Doch Paula löste die Umarmung wieder, als wäre sie erwacht.

An einer größeren Kreuzung winkte Paula eine Droschke heran. Die Fahrt über wies Paula manchmal aus dem Fenster hinaus auf eine Sehenswürdigkeit, die man hätte sehen können, wenn es nicht so dunkel gewesen wäre. Clara war auch erschöpft, total müde, nickte, ja, ach so, und kämpfte gegen den Schlaf an.

Kapitel 3

Sie müsse auf die blaue Tafel achten, hatte Paula erklärt. Die Elektrische mit der blauen Tafel hielt an der Eisenacherstraße, wo sich ihr Hotel befand, nicht weit entfernt von Paulas Wohnung, und fuhr in Richtung Schmargendorf. An der Zoppoter Straße sollte sie aussteigen. Ohne Schwierigkeiten fand Clara die Haltestelle der richtigen Linie, löste die Fahrkarte bei einem Schaffner mit Schirmmütze und blauer Uniform und bewegte sich, von Haltegriff zu Haltegriff hangelnd, durch den ruckelnden Wagen. Sie hatte Glück und bekam einen Fensterplatz auf der letzten Holzbank. Die Bahn klingelte einen Radfahrer beiseite und unachtsame Fußgänger wurden gewarnt. Aus einem Torbogen schoss eine kleine Schar kreischender Kinder hervor. Das Band aus Geschäften mit ihren Ständen und Schaufenstern zog vorbei. Es herrschte eine rasende Hektik. Sie hatte sich wohl bereits zu sehr an das beschauliche Leben in Worpswede gewöhnt.

Obwohl früher Nachmittag, dunkelte es schon. Schnee war angesagt. Es war ihr, als läge die Welt im Schatten. Schwer lastete der Himmel über den Häusern, die sich in der Straßenflucht auftaten. Es schien, als wollte der Himmel über die schrägen Dächer in die Stadt hineinrutschen. Aus den großen Häusern kamen beständig Leute aus gähnenden Haustoren heraus oder gingen hinein. Hinter der Welt der Vorderhäuser gab es eine zweite, vielleicht ebenso große Welt der Hinterhöfe. Ein Brauereiwagen mit zwei Pferden davor wurde ausgeladen, eines der Pferde scheute. Clara drehte den Kopf, um zu sehen, was dem armen Pferd passierte, aber die Bahn fuhr so schnell und der Verkehr war so dicht, dass die Szene bereits verschluckt worden war und ihr Blick nur noch auf einen Fahrgast fiel, der auf der offenen Plattform des hinteren Wagens stand und sie aus einem fremden Gesicht angrinste.

Eine dicke Frau mit einer beinahe koffergroßen Einkaufstasche setzte sich neben sie und stieß sie mit ihrem Arm an. Unwillkürlich rutschte Clara näher ans Fenster. Sie stupste beinahe mit der Nase ans kalte Glas und scheute zurück. Mit gelindem Interesse betrachtete sie das Innere des Waggons. Sie hatte sofort das Gefühl, angestarrt zu werden, und senkte ihren Kopf, um der Gefahr eines Blickkontaktes zu entgehen. Ihre Fahrkarte hielt sie verkrampft in der behandschuhten Hand wie eine Landpomeranze. Schnell schob sie die Karte in die Manteltasche. Misdroyer Straße, memorierte sie im Stillen. Dort wohnt er.

Unaufhaltsam fuhr sie einer wichtigen Entscheidung entgegen. Hoffentlich sah er es ihr nicht an. Sie musste ganz ungezwungen sein. Ihm gegenüber. Es musste aussehen wie ein höflicher Besuch von einer Bekannten, der genauso gut hätte unterbleiben können. Es war doch klar, dass sie ihn nie wiedersehen würde, wenn sie sich heute Abend trennten. Ein paar nette Worte, viele große Versprechungen. Bald schon sehen wir uns wieder! Nein. Es war Schluss. Für immer. Darin war er gut. Ein Versprechen hatte er schon gebrochen. Er würde nicht mehr in sein geliebtes Moordorf kommen. Sie würde warten, warten, warten. Dies hier, dieser Tag heute, das war der Tag der Entscheidung. Sie atmete tief ein und aus. Sie musste stark sein. Unwillkürlich setzte sie sich aufrechter, spannte die Schultermuskeln an. Die korpulente Frau neben ihr war verschwunden. Clara hatte nicht bemerkt, wie sie ausgestiegen war. Die Häuserreihen lichteten sich. Der Waggon hatte sich geleert. Die Bahn nahm Tempo auf. Claras Blick wurde freier. Der Himmel, immer noch grau, nun aber in verschiedenen Schattierungen mit dem hellen Fleck einer weiß glosenden Sonne, weitete sich. Ihre Brust weitete sich mit ihm. Sie fuhren an Brachland und landwirtschaftlichen Flächen vorbei, sogar an einem kleinen Wäldchen. Da und dort wurde gebaut. Die Fahrgäste wirkten entspannter. Ein Junge auf der Plattform des Wagens lehnte sich über das Sicherheitsgitter des Einstiegs. Der Schaffner zog ihn zurück und schimpfte. Ein Bild entstand vor ihr. Es war diffus und mehr ein Gefühl. Sie beide, Hand in Hand, Himmel, Wolken, eine einsame Hütte, Rauch. Dann begriff sie: Als wären sie in ein Gemälde von Otto hineingeraten. Sie lächelte, warm wurde es in ihrem Bauch, als würde sie eine gute Suppe essen. Vielleicht …

Jetzt hätte sie beinahe die Haltestelle verpasst! Clara hastete zum Ausgang. Der Junge hielt das Türgitter auf. Die Bahn fuhr weiter. Für einen Moment hatte sie alle Orientierung verloren. Hier war ein neuer Stadtteil, der wie ein kleineres Berlin aussah, aber wohl nicht ganz dazugehörte. Die Zoppoter aufwärtsgehen, hatte Paula gesagt, in die Richtung weiter, in die auch die Bahn fuhr. Bald würde sie zur Heiligendammer Straße werden. Sie ging auffällig schnell, den Oberkörper leicht vorgebeugt. Das tat sie immer, wenn sie beunruhigt war und Ungeduld sie antrieb. War sie auf dem richtigen Weg? Ja, das Schild dort zeigte den Straßennamen an. Ihr Schritt verlangsamte sich.

Clara blieb stehen. Sollte sie umkehren? Die Elektrische nehmen und heimfahren? Sie würde im Zug sitzen, sich von Berlin und Rainer entfernen. Wieder frei atmen können. Wieder allein sein, aber umgeben von Freunden. Sich ihrer Kunst widmen. Etwas schaffen. Für einen Moment sah sie sich selbst an einer Weggabelung stehen: Die eine Richtung würde sie wieder dahin bringen, wo das Dorf war, aber es ging dann nicht weiter; die andere Richtung führte in ein unbekanntes Land, von dem die Leute sagten, es sei das Paradies, aber nur wenige fänden hin. Ihr Vater … hochaufgerichtet, seltsam umwölkt vom Zigarrenrauch, auf das rote Gesetzbuch weisend, das auf dem Eichenschreibtisch stand. Rainer sich abwendend, die Nase in sein kleines Notizbuch gesteckt. Sie begriff, während sie an dieser Weggablung stand, dass sie gar keine Wahl hatte und dass die Dinge geschahen, ohne ihren Willen. Sie konnte also in irgendeine Richtung gehen. Und wie um ihr diffuses Gefühl von Ausweglosigkeit zu bestätigen, stand sie vor der Misdroyer Straße.

Haus Nummer eins. Hier wohnte Rainer. Es war ein mehrstöckiges Eckhaus mit einem kleinen Garten davor. Ihr Blick suchte die Fassade ab. Ob sie ihn vielleicht am Fenster sähe? Vermutlich war er nicht vorbereitet oder rechnete gar nicht mit ihrem Besuch – obgleich er sie in seinem letzten Brief für dieses Datum eingeladen hatte. Vielleicht war er nicht einmal zu Hause. Sie erschrak.

Rainer stand in der Eingangstür. Er hatte schon auf sie gewartet. Er lächelte wie damals vor dem Barkenhoff und machte eine einladende Geste ins Haus hinein. »Clara! Es freut mich, dass Sie gekommen sind. Ich habe uns einen schönen Brei angerichtet und der Samowar summt lustig vor sich hin.«

Er geleitete sie das Treppenhaus hinauf zu seiner Wohnungstür, die nur angelehnt war. Er schob die Tür auf, ließ Clara den Vortritt. Sie ging über die Schwelle. Ihr Herz gongte.

Der Vorraum war eng. Sie berührte ihn mit ihrer Schulter, während er ihr aus dem Mantel half. Er legte den Mantel über den Arm. Des Mantels ledig, fiel ihr auf, dass das blaue Kattunkleid dem Anlass nicht angemessen war. Es war so schlicht, gewöhnlich, alltäglich, wenig damenhaft. Andererseits hatte sie es ja genau deshalb ausgewählt. Im Vorraum gab es zwei Türen. Rainer sagte: »Sie sind doch bestimmt hungrig, Clara.«

Clara wusste nicht, ob sie hungrig war. Sie wusste gerade gar nichts. Sie hätte sich kneifen mögen, um sich zu vergewissern, dass das hier gerade wirklich stattfand. Sie war in seiner Wohnung. Erst jetzt wurde ihr klar, wie sehr sie sich gewünscht hatte, ihn wiederzusehen. Ja, es war ein Sehnen. Wie gern hätte sie ihm das gesagt, doch sie wollte ihn nicht überfallen und fand es nicht angebracht. Sie nickte. Ja, sie hatte Hunger. Sie war sich aber nicht sicher, ob sie etwas essen konnte.

Er führte sie geradeaus weiter durch die Tür, vor der eine dunkelrote Portiere aus grobem Leinen hing und die er nun beiseiteschob.

»Mein Arbeitszimmer!«, rief Rainer stolz aus.

Er suchte derweil etwas mit dem Blick, vermutlich eine Gelegenheit, wo er den Mantel ablegen konnte. Sie nahm den Hut ab. Clara spürte in Rainers Augen ein Verlangen und ordnete ihr Haar mit möglichst großer Grazie, was aber sicherlich nur verkrampft und ungelenk wirkte. Sie drehte sich schnell um und sah ins Zimmer.

Das Arbeitszimmer war nicht klein, machte aber einen überladenen Eindruck, vollgestopft, wenngleich alle Gegenstände sich an ihren Plätzen wohlzufühlen schienen, weil sie Teil eines wohldurchdachten Konzepts waren. Gleich neben der Tür stand ein Büfett, dahinter an der Wand der Esstisch, zu dem Rainer nun ging, um einen Stuhl so vorzuziehen, damit sie Platz nehmen konnte. Dazu musste er den Mantel und den Hut auf dem Tisch ablegen. Clara setzte sich. Rainer brachte ihren Hut und Mantel in ein anderes Zimmer. Während er hinter der Tür verschwand, sah sie sich weiter um. Hinter dem Esstisch, ebenfalls an der Wand, stand ein kleines Sofa. Sie sah über alles hinweg zur Fensterfront. Vor dem Fenster war eine Fensterbank, rechts daneben wieder ein Schrank, in dem sich ein metallenes Gerät befand, das in der Tat leise summte und wohl ein Samowar war. Darüber hing ein Ölgemälde, groß, es erinnerte sie an ein Bild von Rubens – »Die Anbetung der Könige«. Rainer zwängte sich wieder am Schreibtisch vorbei und bediente sich am Samowar. Sie hörte das zitternde Plätschern einer Flüssigkeit. Das herbe Aroma russischen Tees erfüllte das Zimmer.

Bevor er sich zu ihr setzte, ging er wieder hinaus, dieses Mal zur ersten Tür. Sie hörte etwas klappern. Er kam mit einem Tablett wieder, auf dem zwei Teller mit Brei waren, Sahne in einem Kännchen, Butter in einer Butterschale und Apfelmus in einem Glas, in dem ein Löffel steckte. Jetzt hatte sie nicht nur Hunger, sondern wollte auch essen.

»Es geht nichts über einen guten Brei oder eine Grütze. Ich bräuchte keine anderen Speisen. Sehr nahrhaft und rein vegetarisch.« Er tunkte den Löffel in den Teller und begann zu essen. Er aß auf dieselbe Weise, mit der er Gedichte vortrug. Er versank darin, zelebrierte es. Clara versuchte, ihn zu imitieren, so unsicher war sie. Und sie dachte, um es sich zu erleichtern: Ich muss nun essen, wie ich modelliere. Normalerweise kümmerte sie sich nicht sehr ums Essen. Oft vergaß sie zu essen, dann wieder schlang sie es in sich hinein. Gewiss, zu Hause oder im Barkenhoff bei den Sonntagabendveranstaltungen wusste sie sich zu benehmen. Doch war sie in ihrem eigenen Haus, ob nun in Paris oder in Westerwede, dann machte sie sich nicht viel daraus. Sie aß gern Brot mit Butter und Schinken oder Käse. Sie aß manchmal bei dem Bauern, bei dem sie wohnte. Einfache, herzhafte Gerichte. Oft brachte die Bäuerin ihr das Essen ins Atelier und nahm das Geschirr wieder mit, wenn sie geendet hatte. Clara betrachtete dann den leeren Teller und wunderte sich, dass er leer war. Sie konnte sich nicht erinnern, das Essen angerührt zu haben. Sie war ja keine gute Köchin. Ein Kurs, wie ihn Paula besuchte, wäre für sie sicherlich auch sehr nützlich gewesen. Nur wozu? Für wen?

»Schmeckt es Ihnen, Clara?«

»Ja, ja. Es ist sehr gut.«

»Beim nächsten Mal werde ich Schinken anbieten, der wie die Abendröte scheint, mit einer elfenbeinfarbenen Butter und moordunklem Schwarzbrot. Aber Sie wollen sicherlich noch Tee.« Er erhob sich, nahm ihre leere Tasse und ging wieder zum Samowar.

Clara, die zum Fenster hin gerichtet saß und ihm also ohne Anstrengung mit dem Blick folgen konnte, bemerkte nun eine weitere schmale Tür, rechts neben der Fensterbank, die seitlich hinausführte.

»Was befindet sich denn hinter der Tür?« Sie zeigte dahin. Rainer hielt die Teegläser.

»Da ist ein Balkon. Schön, nicht?«

»Ja, Sie haben eine sehr schöne Wohnung.«

»Und denken Sie, gleich in der Nähe gibt es einen Wald. Mit der Elektrischen wiederum ist man schnell in Berlin. Es ist ideal.«

Claras Blick folgte ihm, bis er sich wieder hinsetzte. Der Tee roch rauchig, und als sie von oben in die Tasse schaute, sah sie ihr eigenes zitterndes Spiegelbild. Sie führte das Teeglas an die Lippen. Es gefiel ihr, dass er so praktisch dachte. Wegen der Wohnung. Diese war insgesamt sehr praktisch gelegen. Und auch das Mobiliar war praktisch verteilt, wenn auch etwas überladen. Sie betrachtete nun das Bücherregal, das bis zur geheimen Balkontür reichte, aber nicht so groß war, wie man es vielleicht bei einem Schriftsteller vermutete. Sie selbst verfügte nur über wenige Bücher. Sie las nicht so viel wie Paula. Bei den Gesprächen zwischen Rainer und ihr kam sie sich ausgeschlossen vor. Sie hatte keines der Bücher gelesen, und wenn sie sie gelesen hätte, so wäre ihr nichts Kluges eingefallen. Deshalb fand sie seine praktische Seite ermutigend. Sie hätte nicht sagen können, wieso. Sie dachte: Wenn ihre mögliche Verbindung eine praktische Seite hätte, so würde ihm diese nicht entgehen. Das war beruhigend, wobei sie natürlich nicht wusste, ob es überhaupt eine praktische Seite gab. Bisher gab es keine Aussicht auf irgendetwas. Sie waren beide sehr zurückhaltend, ja gehemmt. Ganz anders als damals in Westerwede, im Moor und an der Hamme.

Sie sah sich wieder im Zimmer um. Sie bemerkte, wie akkurat alles an seinem Platz war. Die beiden Schreibtische waren aufgeräumt. Warum hatte er zwei Schreibtische?

»Der eine Schreibtisch dient ausschließlich meinem dichterischen Arbeiten; der andere Schreibtisch dient der Korrespondenz. Schauen Sie sich nur um, Clara.«

Clara nahm die Einladung dankend an. Sie erhob sich und wandelte durch das Zimmer. Auf dem Boden lag ein türkischer Teppich, dessen Fransen sorgfältig gekämmt waren. Während sie durchs Zimmer ging und mit dem Blick über die Gegenstände glitt, wäre sie am liebsten mit dem Finger oder gar der ganzen Handfläche über die Oberflächen entlanggefahren. Ihr war so sehr danach, etwas zu berühren. Für sie waren die Dinge erst wirklich *wirklich*, wenn sie sie berührte und sie mit den Fingern ihre Konturen erspürte, wie eine Blinde. Aber es galt hier erst einmal, wie im Museum, ein Berührungsverbot. Dafür lauschte sie seiner Stimme.

»Denken Sie nur, im Herbst, als ich eingezogen bin, befand sich auf dem Schreibtisch …«, er wies auf den Schreibtisch, der am Fenster stand, »ein Kupferkrug mit Georgien, zu dem sich bald noch ein paar hübsche Kohlblätter gesellten. Ein Wunder an Schönheit. Und auf der Bank dort …«, wieder wies er hin, dieses Mal auf eine Holzbank, die neben dem schmalen Bücherregal stand, »ein hohes, schlankes Glas mit Hagebuttenzweigen, hinzu kamen die schweren Dolden der Vogelbeeren, ein Föhrenzweig und die großen goldenen Blätter der Kastanien, die wie ausgespannte Hände des Herbstes sind, welche Sonnenstrahlen ergreifen wollen.«

Das Glas stand nun nicht mehr da. Es lagen darauf Zeitungen und Zeitschriften, nicht durcheinander, sondern sorgfältig aufgeschichtet zu zwei Stapeln, die noch Platz ließen, damit sich jemand danebensetzen konnte, um sie zu lesen.

»Und schauen Sie, Clara.« Er war dicht neben ihr. Er reichte ihr eine Kette, die ganz aus Kastanien gefertigt war. Sein Atem hatte etwas von dem Haferbrei angenommen. »Diese Kette lasse ich oft durch meine Hände gleiten, wie einen Rosenkranz. Mein Gebet ist ein Angedenken an meine Zeit in Worpswede mit Ihnen. Und den anderen.«

Clara war betört. Von seiner Stimme. Von der Stimmung in diesem Zimmer. Von den Worten. Sie hätte hinsinken können auf den Teppich. Sie hätte hinsinken können …

Stattdessen führte er sie hinaus aus dem Zimmer. Er schob die dunkelrote Portiere beiseite, ging wieder in den Vorraum und von diesem durch die andere Tür in die Küche. Man sah direkt hinaus auf die Straße mit den kahlen Kastanienbäumen. Das Licht schwand schon.

In der Küche befand sich rechts ein Gasherd. Zur anderen Seite mittig ein kleiner Küchentisch und wieder zur anderen Seite ein Schrank mit Geschirr und Lebensmitteln. Auf dem Herd stand ein silberfarbener Kochtopf mit Resten des Haferbreis.

»Ich liebe ihn!« Rainer wurde schwärmerisch. »Er heißt ›Kann alles‹, und hier stimmt sogar die Reklame. Sie müssen kaum einmal durchrühren. Da brennt nichts mehr an. Es ist von einer kalifornischen Firma, die auch sonst ganz prächtige Präparate anbietet.«

Sie erinnerte sich an einen der letzten Tage in Worpswede, den sie mit ihm verbracht und an dem er detailliert beschrieben hatte, wie sie gemeinsam ein Abendbrot zusammen einnehmen würden. Und wenn er damals ein Versprechen gemacht hatte, dann war es dieses. Nichts sonst kam dem gleich. Und soweit sie wusste, teilte er mit Paula nicht diese Fantasie. Und war diese nicht mehr wert als alles Reden über Literatur?

Sie waren wieder zurückgegangen, setzten sich nun auf das Sofa. Er hatte für sie ein Glas Wein eingeschenkt. Er selbst trank Wasser.

»Heinrich Vogeler hat mir erzählt, dass sie gemeinsam in Rømø waren. Mit dem Fahrrad.«

»Ja, das war vorletzten Sommer. Wir sind natürlich mit dem Zug gefahren. Unsere Fahrräder kamen als Gepäck mit. Es war heiß, sehr heiß. Ein wunderbarer weißer Strand, an dem wir ganz allein waren. Nur Heinrich, Marie Bock und ich.

»Sie haben auf dem Deck eines Schiffs getanzt, hörte ich.«

Woher kannte er diese Geschichte? Es war ihr unangenehm, darüber zu reden. In welchem Licht würde sie denn erscheinen? Man hatte sie vom Schiff tragen müssen. Ihre Füße waren voller Brandblasen gewesen. Sie hätte heulen können, biss aber die Zähne zusammen. Im Zähne-Zusammenbeißen war sie immer gut. Wie hätte sie sonst auch als Frau Bildhauer werden können! So hatte Klinger ihr aufgegeben, ihre in Gips gegossene Hand aus einem Steinblock heraus zu punktieren. Man hatte sie allein im Atelier zurückgelassen, und sie hatte die ganze Nacht daran gearbeitet bis zur Erschöpfung. Mehrmals hatte sie aufgeben wollen, und immer wieder konnte sie sich überwinden. Ein Scheitern kam für sie nicht infrage! Als Klinger am nächsten Morgen erschien, weckte er sie auf. Sie lag neben dem Steinblock, aber das Werk war vollbracht. Man sah ihm nicht mehr an, wie sehr sie sich die Nacht über geschunden hatte. Danach anerkannte Klinger sie als Schülerin.

»Ach, es war nicht der Rede wert.« Was war das denn für ein dummer Satz! Sie musste einen anderen Ansatz finden. »Unser Ausflug war sehr interessant, Rainer. Einen Tag lang fuhren wir in dieser Hitze über die staubigen Straßen, bis wir endlich unser Ziel, ein Seebad, erreichten. Es war in … Es ist ganz gleich, wie der Ort hieß. Wir fuhren jedenfalls ins Dorf hinein, argwöhnisch beäugt zunächst von Einheimischen. Dann kamen wir zu einem hell erleuchteten Hotel, sehr chic, mondän, ein Hotel, wie man sie in manchen Seebädern findet. Auch hier starrte man uns an, nun aber die Hotelgäste. Wir stellten also unsere Fahrräder vor dem Hotel ab und gingen in die Halle, alles fein in Mosaiken gefliest mit Intarsien, ein kleiner Springbrunnen, Säulen und Stuck. An der Rezeption verlangten wir nach Zimmern, aber der Portier redete nicht lange um den heißen Brei herum. Wir seien nicht standesgemäß gekleidet. Uns traf sein Blick voller Dünkel. Haben Sie auch schon die Erfahrung gemacht, dass es oft die Chargen sind, die Subalternen, die sich dieses Blicks befleißigen? Einmal höher stehen als jemand anders – diesen Triumph lassen sie sich nicht nehmen.«

»Gewiss kenne ich diesen Blick. Es ist die Identifikation einer unteren Klasse mit der oberen Klasse. So ein Portier spricht nun aus der Warte der Oberen.«

»Ja, das ist bestimmt auch ein Aspekt.«

»Wie ging es denn nun weiter? Musstet ihr draußen übernachten?«

»Wir gingen wieder hinaus, wie uns geheißen wurde, begleitet von den schadenfrohen Kommentaren der Gäste. Wir zogen uns zurück, hinter die Kirche auf den Friedhof, wo wir uns wieder zurechtmachten, den Staub von den Kleidern klopften, die Haare kämmten, das Gesicht reinigten. Wir gingen, die Fahrräder schiebend, zurück ins Hotel. Und siehe da! Plötzlich entsprachen wir der Kleiderordnung.«

»Kleider machen Leute«, kommentierte Rainer.

»Wären wir nackt, so wären wir alle gleich«, sagte sie. Sie hatte nun schon das zweite Glas Wein getrunken. Sie musste aufpassen. Von Nacktheit zu sprechen, selbst in einem so allgemeinen Zusammenhang, konnte als anzüglich erscheinen, und anzüglich zu erscheinen konnte der Tod dieses Abends sein. Sie kannte Nacktheit von ihrer Ausbildung bei Rodin und den Anatomiekursen in Paris, die sie mit Paula zusammen besucht hatte. Doch Rainer wirkte manchmal so genierlich oder befangen.

»Ja, das stimmt wohl«, sagte Rainer.

»Nur unser Geschlecht würde uns wieder ungleich machen«, fuhr sie fort. Jetzt musste alles ausgesprochen werden.

»Ja, das ist nun einmal ebenso. Und wir müssen dankbar sein, denn es lässt uns die Liebe erfahren.« Das Wort »Liebe« sprach er mit einer seltsamen Emphase aus, die sie erfreute, denn sie schien ihr zu gelten – diese Emphase.

»Aber warum können wir uns nicht als Gleiche lieben?«

»Doch, unbedingt!« Rainer fühlte sich missverstanden. Er erhob sich und ging ein paar Schritte durch das Zimmer. Kam zurück, setzte sich wieder. »Es ist doch keine Frage des Ranges. Diese Verschiedenheit ist viel tiefer.«

Er verfiel danach in Schweigen. Clara ging davon aus, dass der Gedanke von ihm noch nicht vollständig erläutert worden war. Sie wartete. Aber es war wohl ein Schweigen, das ihn forttrug. Irgendwohin, an einen Ort, an den er sie nicht mitnehmen wollte. Schließlich schlug er vor, auf den Balkon zu gehen.

Sie traten durch die seitliche Tür auf den Balkon. Es war längst Nacht geworden. Laternen spendeten Licht in einiger Entfernung. Es war sehr kühl. Er ging hinein und kam mit einer bunten Decke wieder zurück. Er legt ihr die Decke über die Schulter.

»Frieren Sie nicht?«, fragte Clara, die ein Schauer anwehte.

»Nein, oder doch, sogar sehr. Allein, ich möchte frieren.«

»Wie komme ich denn nach Hause? Fährt die Elektrische noch?«

»Die Bahn fährt allerdings nicht mehr. Sie bleiben natürlich über Nacht hier, Clara. Erinnern Sie sich doch an unsere Nacht, als Sie mir das Geschenk Ihrer so aufrichtigen Gegenwart machten und mir Ihren ›Sitzenden Knaben‹ zeigten.«

Die Luft roch nach Winter und den Kohleöfen. Man hörte Schritte auf dem Asphalt. Jemand kam am Haus vorbei. Für einen Moment war sein Gesicht im Lichtkegel der Straßenlaterne zu sehen. Er sah einsam aus. Clara schloss die Augen. Ein paar Häuser weiter fiel etwas zu Boden und schepperte. Ein Fluchen. Dann klackte eine Droschke vorbei. Was bedeutete all das? Sie war an einem Punkt in der Welt, der ihr als der wunderbarste und zugleich zufälligste erschien. Als wäre sie nach einem langen Traum erwacht und würde sich hier wiederfinden, damit sich der Traum erfüllte. Aber würde all das denn auf eine Erfüllung hinauslaufen? Sie war sich immer noch unsicher. Sie war noch nie mit einem Mann zusammen gewesen – so, auf diese Weise, in der jeden Moment etwas geschehen musste, wovor sie sich fürchtete und was sie andererseits mit ganzem Herzen ersehnte.

»Lassen Sie uns wieder hineingehen, Clara.« Er öffnete die Balkontür.

»Wir bewundern nicht den schönen Sternenhimmel?«

»Wenn Sie wollen, so …« Er kam wieder zurück.

»Nein, ein Scherz, Rainer. Es ist doch ziemlich zugezogen und der Mond kaum zu sehen.«

»Ja, Sie haben recht. Dann gehen wir hinein.«

Als sie wieder im Zimmer waren, sagte Rainer. »Leider habe ich die Trauben alle aufgegessen. Sie waren so süß und gerade jetzt wäre der Moment, sie gemeinsam zu verspeisen. In jeder Traube war ein Moment unserer wunderbaren Nacht eingefangen. Sie verzehrend, wurde ich ihrer wieder teilhaftig. Der Geschmack süßer Säure auf der Zunge belebte in mir die Erinnerung.«

Clara stellte sich vor den Schreibtisch und fasste nun den Mut, mit dem Finger über das Holz zu streifen und sogar einmal mit der flachen Hand darüberzustreichen, als wollte sie es streicheln.

»Hier also entstehen die Werke. Sie haben ihren … Zyklus abgeschlossen, das …«

»Stunden-Buch. Nein, es ist noch im Entstehen. Aber ich habe vorhin ein paar Zeilen geschrieben.« Er stellte sich neben sie und zog eine Schublade auf, aus der er ein Blatt beförderte.

»Wollen Sie es hören?«

»Aber ja, Rainer!«

»Ich kam, bevor Sie eintrafen, gerade aus dem Wald und dachte an sie und schrieb sodann:

Ein Gefühl von Frühlingsnähe
nimmt dem Winde jeden Halt –
und er schwankte schwach und wehe, –
seltsam dunkel gehn die Rehe
durch den ahnungsvollen Wald …«

Clara wartete, da sie glaubte, das Gedicht sei noch nicht zu Ende. Es brach so abrupt ab. »Können Sie es bitte noch einmal lesen, Rainer?«

Er las es erneut.

»Es ist eine Impression«, stellte sie fest.

»Ja, heute am Schlachtensee.«

»Wieso sprechen Sie von Frühlingsnähe? Wir sind mitten im Winter und vom Frühling leider noch keine Spur.«

»Es war ein Gefühl, wie im Frühling. Sie verstehen?«

Sie verstand nicht. Jedenfalls schien ihr, dass das, was sie verstand, unmöglich gemeint sein konnte.

»Gerne wäre ich dabei gewesen. Ich meine, ich hätte gerne diesen Moment, diese … Empfindung mit Ihnen geteilt.«

»Ja, Clara, deshalb habe ich es geschrieben, damit Sie jetzt zumindest diesen Moment mit mir teilen können.«

»Ich würde so gerne eine Empfindung mit Ihnen teilen, Rainer.« Sie ließ die Decke, die sie noch immer über der Schulter trug, fallen. Rainer war ganz nahe, auch das Blatt Papier segelte zu Boden. Ehe es auftraf, waren seine Lippen auf ihren Lippen.

Sie erinnerte sich kaum, wie sie zusammen ins Schlafzimmer und ins Bett gefunden hatten. Ihre Kleidung lag jedenfalls verstreut auf einem Kanapee, der Zwischenstation. Jetzt hatten sie das Ziel erreicht. Sie atmeten unter derselben Decke. Seine Haut rieb sich an ihrer. Rainer hatte gleich das Licht gelöscht und die Vorhänge zugezogen. Es war stockdunkel. Ein Rosenduft hing schwer, beinahe aufdringlich, in der Zimmerluft. Ein großer Strauß Rosen stand nämlich auf einem kleinen Tischchen, so klein, dass man fürchten musste, es würde unter der Last der großen Vase mit den Rosen zusammenbrechen.

Sein Gesicht war über ihr. Sie war noch nicht bereit. Sie ergriff seine Hand, um ihm Einhalt zu gebieten. Noch gab es ein Zurück. Aber wohin denn? Sie hatte eine Grenze überschritten in ein fremdes Land. Sie musste sich an den Einzigen halten, der dieses Land kannte.

»Ich fürchte mich, Rainer.«

»Wovor?«

Sie dachte an jenen Moment vor ein paar Tagen, der diesem in einer Hinsicht glich. Es war ein großer Strauß Rosen angekommen, als sie alle zusammen im Barkenhoff waren. Er war von Paula geschickt worden und Clara dachte gleich, er müsse für ihren Verlobten sein, für Otto Modersohn. Aber nein, es stellte sich heraus, der Strauß war für sie. Paula hatte ihr diesen Strauß Rosen geschickt. Clara war so tief gerührt, dass ihr Tränen kamen, und zugleich beschlich sie eine eigenartige Furcht. Deshalb sagte sie nun zu Rainer: »Ich fürchte mich vor den Rosen.« Der Duft war ja auch geradezu betäubend.

»Aber vor Rosen braucht man sich nimmer zu fürchten, Clara, liebste Clara, Du.«

Und später flüsterte er in ihr Ohr: »Erzähl mir mehr von Rodin.«

Vor dem Fenster waren Leute. Fremde Stimmen. Ganz nah. Aber sie konnte nichts verstehen. An ihrem Rücken war es kalt. Etwas fehlte. Die warme Sanftheit seines Körpers war nicht da. Sie drehte sich auf den Rücken und schaute auf, in das Zimmer hinein. Durch die Vorhänge drang genug Licht, um die Umrisse der Gegenstände zu zeigen. Das Kanapee, den Schrank, den Waschtisch mit einem Spiegel. Rainer war nicht da. Auch nicht in einem anderen Zimmer. Das spürte sie. Sie hätte ihn vernommen, durch die Wände hindurch. Sie war auf ihn geeicht. Er war fortgegangen. Hatte sich fortgeschlichen. Was hatte das zu bedeuten?

Schnell stand sie auf, als müsste sie etwas verhindern. Sie war nackt, und das Spiegelbild am Ende des Zimmers zeigte ihre Nacktheit, unscharf und verschwommen, aber doch deutlich genug, damit sich ihre Brüste abzeichneten, die nun, für immer, mit Rainers Händen und Lippen verbunden waren. Da war nichts flüchtig. Sie hatten sich in dieser langen Nacht aneinander satt getrunken. Trotzdem war ihr die Nacktheit gerade zu viel, als könnte jemand Fremdes eindringen in diese Wohnung, die Rainer verlassen hatte. Sie nahm ihre Kleidung vom Kanapee und zog sich rasch an. Dann schob sie die Vorhänge zur Seite und spähte durch die Gardine hinaus auf die fremde Straße. Die Leute waren fort. Andere gingen vorbei. Eine Mutter mit ihrem Kind an der Hand.

Er hatte, so glaubte sie, eine Seife, die nach Mandeln roch, für sie bereitgelegt. Sie betastete die Seife, hielt sie ins Wasser, der Duft stieg auf. Sie wusch sich das Gesicht und die Hände. Dass sie einander bis in die geheimsten Kammern und Kabinette ihrer Leiblichkeit gefolgt waren! Das musste für immer sein. Es gab jetzt kein Zurück mehr, für keinen von beiden. Das war ein Bekenntnis, das für immer galt. Sie hatte noch niemals bei einem Mann gelegen. Hatte alle plumpen Zudringlichkeiten oder galanten Attacken abgewehrt. Nicht wegen der Moral oder der Schicklichkeit. Sie wollte es nicht. In München und Paris hatte es diverse Situationen gegeben. Auch auf Rømø.

Im Arbeitszimmer war es still. Sie ließ den Blick durch das Zimmer wandern. Die beiden Schreibtische, einen großen, den Arbeitsschreibtisch, und einen kleineren für seine private Korrespondenz. Das Sofa, der Samowar in einem Schrank. Das Bücherregal. Es war noch alles wie gestern.

Sie roch den Duft von Kaffee. Hatte sie sich geirrt und er war doch da? Der Duft kam aus der Küche. Sie durchschritt das Zimmer, schob die Portiere beiseite, ging in den kleinen Flur und öffnete die Küchentür.

Aber er war nicht da. Das Fenster, dahinter die nackten Äste der Kastanien. Auf dem Tisch eine Kanne in einem Kannenwärmer, eine Tasse, nein, eine Schale, eine Boule, mit der man in Paris den Milchkaffee trank. Ein Bastkörbchen mit einem roten Tuch und weißen Punkten. Darin Brot, schwarzes Brot. Torffarben. Butter in der Farbe alten Elfenbeins. Ein Glas mit Honig. Ein Zettel auf dem Teller. Sie setzte sich an den gedeckten Tisch.

»Liebste Clara.

Die Milch musst du dir noch warm machen. Dafür ist der ›Kann alles‹ aufs Beste geeignet. Ich vertraue dir dieses Kleinod der Küchenutensilien an. Das habe ich noch niemals zuvor getan.«

Darunter lag ein zweiter Zettel. Ein Gedicht. Was sonst! Sie las es.

Du Liebe, sag du mir erst wer ich bin,
Ich sage dir wer du bist.
Und dann nimmt uns ein Großer Dritter hin
Und sagt uns groß was *ist*.

...

Dann war es wahr. Es war alles wahr und wirklich und echt und ernst. Sie hielt den Zettel an die Lippen. Sie küsste den Zettel. Er liebte sie, so wie sie ihn, und sie würden nun zu zweit durchs Leben gehen. Er sprach schon von einem Haus in der letzten Zeile des Gedichts. Ihr Herz sprang durch die Zimmerdecke und das Dach in den Himmel. Sie zog den Kannenwärmer ab und goss den Kaffee in die Boule. Auf den »Kann alles« verzichtete sie lieber. Vielleicht machte sie etwas kaputt. Also goss sie die kalte Milch dazu, strich Butter auf das Schwarzbrot und bestrich das Brot mit dem goldgelben Honig. Sie hatte einen Riesenhunger. Einmal hatte jemand gesagt: Liebende haben keinen Hunger. Das stimmte nicht, oder sie wussten nicht, was Liebe war. Eine erfüllte Nacht machte hungrig.

Nach dem Frühstück ging sie wieder in das Arbeitszimmer zurück. Der Kachelofen war kalt. Briketts gab es auch nicht. Sie hatten gestern wohl alles verfeuert. Sie begann zu frieren. Wo war die bunte Decke von gestern Abend? Auf dem Boden lag sie nicht. Also suchte sie weiter. Ihr Blick irrte durchs Zimmer. Aus dem Schreibtisch für Korrespondenzen schaute ein blaues Blatt halb hervor. Warum? Warum sollte es nicht hervorschauen? Rainer war sehr ordentlich, ja penibel. Bei dem schaute nichts aus Schubladen. Bei ihr ja, da waren die Dinge schnell einmal durcheinander. Es geschah sogar, dass sie den Überblick verlor. Doch nur kurz, dann hatte sie wieder alles im Griff. Da war ja die Decke!

Die bunte Decke lag auf der Bank mit den Zeitungen. Sie nahm sie und legte sie sich über die Schultern. Dann setzte sie sich auf die Bank mit den Zeitungen. Es waren Prager Zeitungen. Sie konnte kein Wort entziffern. Ihr Blick fiel wieder auf das blaue Blatt, das eingeklemmt war. Es saß fest. Wollte befreit werden. Aber das ging natürlich nicht. Sie erinnerte sich an die Tafel Schokolade. Die hatte sie von ihrer Tante geschenkt bekommen. Ihr Vater hatte sie ermahnt, diese nicht gleich aufzuessen, davon bekäme sie Bauchweh, und außerdem sei es gierig und gehöre sich nicht. Ein Stück pro Tag war erlaubt. Nach dem ersten Stück und dann dem zweiten … – jedenfalls gab es ein Donnerwetter von ihrem Vater. Er wurde puterrot im Gesicht. Sie hatte die ganze Tafel gleich am ersten Tag aufgegessen. Gleichwohl bekam sie kein Bauchweh, dafür eine Ohrfeige von der Mutter. Die Mutter schlug auf Anweisung des Vaters. Nun hatte sie Lust, das blaue Briefpapier entweder wieder zurück in die Schublade zu tun oder ganz herauszuziehen. Dieser halbe Zustand war ihr gerade unangenehm. Rainer hätte wenigstens eine Notiz hinterlassen können, wann mit ihm zu rechnen sei. Dieses Warten. Er hatte ihr erlaubt, den »Kann alles« zu benutzen. Was wollte sie mehr? Sie hörte seine Worte von gestern: »Und der kann wirklich alles. Da brennt nichts mehr an.«

Das Bücherregal war schmal, reichte aber bis zur Decke. Zwischen den Büchern stand ein Foto. Es zeigte eine ältere Dame, die sehr zierlich war, mit den Gesichtszügen von Rainer. Natürlich waren da auch Bücher von

Jacobsen und Hamsun. Viele Kunstbände. Bücher von einer Lou Andreas-Salomé. Clara hatte diesen Namen schon einmal gehört. In einer Zeitschrift hatte sie einen Artikel gelesen. Eine Rezension war es wohl. Sie entnahm einen Band: »Ruth« von Lou Andreas-Salomé, »Eine Erzählung«. In ihm war ein Brief, der schmal gefaltet oben herausschaute. Den konnte sie nicht ignorieren. Der war gewissermaßen schon in ihrer Hand. Dasselbe Blau. Es war ein sehr helles Blau. Himmelblau. Sie hatte auch solche Briefe von ihm erhalten. In ebendieser Farbe. Ja, aber das waren seine Briefe. Hatte er ihr einen Brief geschrieben und diesen dann nicht abgeschickt? Was verband die beiden? War sie die Zusprecherin, von der Rainer einmal gesprochen hatte, als sie zusammen durchs Moor gegangen waren? Im Innern des Buches war ein Foto der Autorin. Apart. Wirklich apart. Es war kein Brief, sondern ein Gedicht. Rainer war sehr freigiebig mit seinen Gedichten! Clara hastete über die Zeilen. Seine Schrift war wirklich gut lesbar, außerdem hatte sie schon Übung. Es war ein Liebesgedicht. Nein, ein Leidensgedicht. Ach, was immer! Clara wollte, sie hätte nicht davon gekostet. Verse hakten sich in ihren Geist wie Widerhaken.

Ich steh im Finstern und wie erblindet
weil sich zu Dir mein Blick nicht mehr findet.
Der Tage irres Gedränge ist
ein Vorhang mir nur, dahinter Du bist.
Ich starre drauf hin, ob er sich nicht hebt,
der Vorhang, dahinter mein Leben lebt,
meines Lebens Gehalt, meines Lebens Gebot –
und doch mein Tod –.

Es war schrecklich. Wie konnte er so etwas schreiben? War er nicht verliebt und schwebte er folglich nicht im siebten Himmel? So wie sie? Dann kam ihr ein Gedanke: Vermutlich war es ein altes Gedicht, es stand kein Datum dabei. Sie legte den Brief zurück in das Buch. Und noch ein Vers war in ihr eingedrungen wie eine Dolchspitze:

Warst mir die mütterlichste der Frauen ...

Du warst das Zarteste, das mir begegnet ...

Sie saß eine Weile starr inmitten eines Strudels kreisender Gedanken, die alle keinen Sinn ergaben und sie schwindeln machten. Worte kamen zu ihr: »Rainer ist nicht für die Ehe gemacht. Er ist für die Sonntagabende im weißen Saal.«

Sie konnte gehen, wenn sie wollte. Die Elektrische nehmen und zurückfahren, in den Zug steigen und nach Hause fahren, nach Westerwede, und sich dort vergraben bis ... Was würde sie ihrem Vater sagen? Wie sollte sie weiterleben? Ihr Vater würde sie nicht länger unterstützen. Sie müsste ihre Kunst aufgeben. Würde irgendwann einen braven Mann finden. Einen Kaufmann. Einen Anwalt. Sie würde nach Bremen ziehen, in eines der Bürgerhäuser nahe dem Weserdeich. Sonntags ginge sie in den St. Petri Dom. Halleluja!

Nein!

Sie war eine Künstlerin. Und sie war eine Frau. Warum sollte es nicht zusammengehen? Warum sollte sie sich beugen? Den Konventionen? Es war ihr nun gleichgültig. Sie stand auf, ging zum Schreibtisch, zog die Schublade auf und befreite den Brief. Dieser Brief war ein Zeichen. Vielleicht enthielt er eine Lösung?

Es war nicht *seine* Handschrift. Jetzt war es zu spät, den Brief wieder zurückzulegen. Clara fiel gewissermaßen in diesen Brief hinein, als hätte sie sich zu weit über den Rand eines Brunnens gebeugt. Sie stürzte in die dunklen Tiefen des Briefes hinein. Und sie las ihn, hastig und bestürzt.

Schmargendorf, 02.10.1900
Lieber Rainer,
ich schicke dir diese kurzen Zeilen in eine Leere hinein, die zwischen uns ist. Sie macht mich traurig und lähmt mich, lähmt sogar meine Schreibhand, die sonst so behänd ist. Wenn du nur ein weniges aufgenommen hast von dem, was ich dir sagte auf der Alexander Newski, dann wäre ich bereit, dich wieder in meine ausgebreiteten Arme zu nehmen. Ich wünsche mir so sehr, dass du bist, wer du bist. Komm, lieber Rainer, komm aus deinem Moordorf hervor, in welches du dich vergraben hast und das dich daran hindert, deine Arbeit zu tun. Du musst wieder in dein Leben zurück, eine Flucht – und als solche fasse ich deine Moor-Eskapade auf – tut dir nicht gut, im wahren medizinischen Sinne. Das bestätigt mir auch Friedrich Peneles, von dem ich dir wohl schon erzählt habe, einem bedeutenden Internisten, mit dem ich mich austausche.
Berlin will dich, ich will dich. Eine weitere Russlandreise steht an, denn Tolstoi, so hörte ich, ist sehr krank und ein Besuch darf nicht auf die lange Bank geschoben werden. Wir sind ihm und uns einen weiteren Besuch schuldig. Denke an die Wiese voller Blumen und Hummelgesums … und wie er sich begeistert zeigte von deinem Stundenbuch …

Wenn sie in einen Brunnen gestürzt war, so begann sie nun zu ertrinken. Sie stand vor dem Schreibtisch. Sie nahm seinen Geruch wahr. Es war, als wäre Rainer ins Zimmer getreten. Sie wollte sich umdrehen, aber sie war gelähmt und konnte sich nicht bewegen. Das Wasser stieg höher. Sie musste atmen. Atmen. Sie konzentrierte sich auf ihre Brust und versuchte, den Brustkorb zu heben. Wie hatte sie nur annehmen können, er wäre frei? Frei für sie? Und doch hatte sie all das nicht geträumt. *Vor Rosen braucht man sich aber nimmer zu fürchten.* Der Brei. Die lieben Hände. Sein Blick. Die Zärtlichkeit. Nein, all das war real. Es musste eine Erklärung geben! Sie paddelte nun gegen das Ertrinken an. Machte sich los von dem Brief, der sie in die Tiefe reißen wollte. Sie stemmte sich dagegen und riss sich herum. Sie sah sich im Zimmer um. Da war niemand.

Trotzdem, sie konnte nicht hierbleiben. Sie musste fort. An die Luft. Ins Freie. Sie stürzte zur Tür hinaus. Erst als die Tür ins Schloss geklickt war, fiel ihr ein, dass sie Hut und Mantel vergessen hatte. Egal. Sie rannte ziellos durch die Straßen. Erst nach einiger Zeit versuchte sie, sich zu orientieren. Vor ihr stand ein Waldgebiet wie eine Wand. Dahin wollte sie nicht. Sie musste zur Elektrischen. Ach, ihre Geldbörse war im Mantel. Es war kalt. Die Kälte kroch ihr unters Kleid, legte sich auf ihre Glieder. Sie begann zu zittern. Es half nichts. Sie musste zurück zur Wohnung. Allein, sie hatte auch den Weg vergessen! Für einen Moment glaubte sie, ohnmächtig zu werden. Es wurde ihr schwarz vor Augen. Sie konnte kaum atmen. Sie drehte sich wieder um zum Wald. Aus einem Gefühl heraus, als würde sie beobachtet werden.

Er kam aus dem Wald getreten wie jenes Reh, von dem das Gedicht handelte. Er blickte herum, als suchte er etwas. Da trafen sich ihre Blicke. Nach einem Moment des Stutzens beschleunigte zuerst er, dann sie den Schritt, beide wurden schneller und rannten zuletzt aufeinander zu. Als sie voreinander standen, sahen sie sich an. Es war, als wäre ihrer beider bloße Anwesenheit Erklärung genug für alles. Zumindest für diesen Moment. Rainer fand zuerst seine Stimme wieder: »Aber Clara, was machst du hier?«

»Ich …« Anstatt weiterzusprechen, umarmte sie ihn, und sie blieben so stehen. Drückten sich fest aneinander. Rainer spürte, dass etwas nicht in Ordnung war, spürte ihre Verzweiflung. Sie begann zu weinen.

»Aber was ist denn nur, Clara?«

»Es ist bloß … Ich bin so glücklich. Und dann warst du nicht da.«

»Ich bin auch sehr glücklich. Ich musste mir über etwas klar werden. Deshalb bin ich in den Wald gegangen.«

»Worüber denn?«, fragte sie, da er es nicht weiter ausführte.

»Ich dachte über …« Er brach ab. Sammelte sich und sagte dann feierlich: »Clara, willst du meine Frau werden? … Aber so nimm doch erst einmal meinen Mantel.« Er legte ihr seinen Mantel um die Schulter. Es geschah gleichzeitig. Sie ließ sich in den Mantel einhüllen und schaute ihn an. »Ja, Rainer, ich will.«

Sie gingen Arm in Arm. Nach einigen Schritten bemerkte Clara den blauen Briefbogen zerknüllt in der Gosse liegen, fünfzig Meter entfernt. Hatte sie ihn weggeworfen oder war er ihr einfach aus der Hand gefallen? Sie konnte sich nicht mehr entsinnen. Sie war ja auch wie von Sinnen gewesen. In diesem Moment begann es zu schneien. Sie drückten sich dichter aneinander, und als sie an dem hellblauen Papierball vorbeikamen, zeigte Clara in die Luft, die schon erfüllt war vom taumelnden weißen Flitter. »Sieh nur, wie schön.«

Sie blieben stehen und freuten sich am Schnee. Flocken setzten sich auf Rainers Haar und in den Bart.

»Jetzt musst du meinetwegen frieren«, sagte Clara bedauernd, fast schuldbewusst.

»Ja, aber ich friere gerne. Manchmal, wenn mich die Gefühle zu überwältigen drohen. Wie jetzt.«

»Ach!« Sie küssten sich die kalten Lippen. Endlich gingen sie weiter. Clara hatte das Papierknäuel auch schon vergessen.

»Und? Wie ist er?«, fragte Rainer gespannt.

Sie verstand nicht. Wovon sprach er?

»Ich meine den ›Kann alles‹. Da brennt nichts mehr an, oder?«

»Ich habe ihn gar nicht benutzt.«

»Schade. Ich werde uns gleich eine Grütze kochen mit einem schönen Gemüse darin. Das werden wir dann oft haben, später, wenn wir verheiratet sind. Wir werden in einem kleinen Häuschen wohnen.«

»In Worpswede?«

»Ja, vielleicht.«

»Wir werden ein Kind haben.«

»Sicherlich. Wenn es ein Mädchen wird, nennen wir es Ruth.«

»Ja, Ruth ist ein schöner Name.«

TEIL 3
Das Haus im Moor

Wer jetzt kein Haus hat, baut sich keines mehr.
Wer jetzt allein ist, wird es lange bleiben,
wird wachen, lesen, lange Briefe schreiben
und wird in den Alleen hin und her
unruhig wandern, wenn die Blätter treiben.

(aus Rainer Maria Rilke: Herbsttag)

Kapitel 1

Phia, Rainers Mutter, würde wohl nicht zur Hochzeit anreisen, wie auch sonst niemand aus Rainers Familie käme. Sie durften schon froh sein, wenn wenigstens der Bräutigam seiner Hochzeit beiwohnte, was angesichts des maladen Zustands Rainers keineswegs sicher war.

So jedenfalls war der Tenor im Hause Westhoff. Hin und wieder erschien steif und förmlich der Hausherr in der Gästezimmertür, starr und stumm wie das Männlein eines Wetterhäuschens, und verschwand ohne Kommentar, hinter ihm seine Frau, die eifrig lächelte, aber auch nur fragte »Geht's ihm schon besser?«, während Clara am Bett des Kranken saß und ihm eine Gemüsebrühe – Fleisch verweigerte er – darreichte. Sie schob den Löffel über die himbeerrote Zunge. Oft musste Rainer Bäder nehmen gegen den Juckreiz.

Dass die Hochzeit sich unter so ungünstigen Umständen vollziehen sollte, hätte niemand ahnen können. Überglücklich hatte die Familie in Bremen auf den Brief der Tochter reagiert, der ihr diese schöne Neuigkeit mitteilte. Ihr Vater dachte sogar mit einem dünnen Schmunzeln an das Gespräch mit ihr am Weihnachtsfest. Sie hatte dort etwas angedeutet, was sich nun in ganzer Gestalt zeigte. Gewiss, er hatte gezweifelt, sogar befürchtet, sie habe sich diesen Dichter bloß ausgedacht, um ihn ruhigzustellen. Jetzt wurde er eines Besseren belehrt, und es war ihm recht. Sofort wurde alles für eine Heirat in die Wege geleitet. Natürlich musste die Trauung in Bremen stattfinden. Im Prinzip hätte man nichts gegen einen Besuch von Rainers Mutter oder gar dessen gesamte Familie einzuwenden gehabt. Er allerdings hatte gleich zu hohe Erwartungen abgewehrt und nur vom Besuch seiner Mutter gesprochen. Sofia hieß sie, wurde aber nur Phia gerufen. Man war gespannt. Man war gespannt auf den Bräutigam und man war gespannt auf die Mutter. Zunächst wurde der Bräutigam krank. Dafür konnte dieser natürlich nichts, besonders da es eine Infektion war. Scharlach. Nun erwartete man seine Mutter, die ihren Besuch zunächst hinauszögerte, dann die Wartenden vertröstete und sich schließlich entschuldigen ließ, die beschwerliche Reise in den hohen Norden gehe momentan über ihre Kräfte. Immerhin konnte man Fotos von ihr sehen. Diese wurden herumgereicht, eine seltsam kleine, zarte, ja zerbrechlich wirkende Frau, die sichtlich auf Händen getragen werden wollte und sicherlich nicht sehr widerstandsfähig war. »Sehr vornehm«, kommentierte Claras Mutter respektvoll.

»Zart besaitet und kränklich«, murmelte ihr Ehemann und sah zu seiner Tochter hinüber, hochgewachsen und stark wie alle aus der Familie.

»Scharlach bei Erwachsenen ist gefährlich«, sagte ihre Mutter mehrmals besorgt. Als Clara Scharlach gehabt hatte, war sie sechs Jahre alt gewesen und es gab kalten, aber süßen Kakao, der sie für all die Schmerzen entschädigte.

Für Clara jedenfalls war die Situation schwierig. Sie stand zwischen Baum und Borke, wollte es allen recht machen, die beste Voraussetzung also dafür, es niemandem recht zu machen.

Rainer fühlte sich nicht nur körperlich unwohl. Er mochte das Haus nicht. Ihr Haus. Dieses Bürgerhaus in Bremen. Es war voller kommerzieller Geschäftigkeit. Im Erdgeschoss lag das Kontor, in der Mitte die Wohnung und ganz oben war ein Lagerraum. Ein paar Häuser entfernt hatte ein reicher Bankier eine Villa errichten lassen, ja, die konnte sich sehen lassen. Darin war Geschmack. Alles im Stil der italienischen Gotik. Einen Säuleneingang hatte es und, so sagte man, wunderbare Kassettendecken. Aber dieses Haus hier ... Der Unterschied war eben der: Während die Bankiersvilla zeigte, dass man Geld hatte, wies in diesem Haus alles darauf hin, dass man es sich hart erarbeiten musste.

Clara erzählte von ihrer Kindheit in Oberneuland, in dem großen umgebauten Bauernhaus mit dem parkähnlichen Garten, dort würde es ihm sicherlich besser gefallen. Im Sommer würden sie es oft besuchen. Es war ja nicht weit weg von Worpswede. Nur mussten sie erst einmal ein passendes Haus in Worpswede finden.

Natürlich war es nicht das Haus selbst, das Rainers Unmut auf sich zog, sondern dessen Bewohner. Das Haus war nicht nur bestückt mit Bewohnern, die Rainer nicht mochte – natürlich würde er es nie so sagen –, sondern es war voller Ansichten und durchtränkt von einem Lebensstil, den er ablehnte. Nicht weil er seinem so gegensätzlich war, sondern weil er ihn an seine Jugend erinnerte. Man hatte für ihn eine Karriere in einem Büro vorgesehen. In einem Kontor. Er sollte Kaufmann werden. Heinrich, der Vater Claras, war nicht nur Kaufmann, er war der Inbegriff eines Kaufmanns. In Rainers stummer Verachtung lag eine ganze Suade über dieses Unwesen, dieses Streben nach Geld, nach Sicherheit und Gewinn. Darin war nicht nur kein Funken Kunst, sondern auch kein Fünkchen Geist. Die Ansichten über Kunst, die dieser Hausherr mit großer, angeberisch-gebieterischer Geste verbreitete, waren kunstfern und zeigten in jedem Wort, wie wenig dieser Mann in seinem Leben jenseits von Zinseszins nachgedacht hatte. Dennoch spielte er den Kunstsinnigen gegenüber dem jungen Paar. Auch der Literatur war er zugeneigt. Las die großen bürgerlichen Realisten wie Fontane, Raabe und natürlich Theodor Storm. In Rainers Gedichtbände hatte er wohl noch keinen Blick hineingeworfen. Jedenfalls vermied er es, sie zu erwähnen, heuchelte aber gleichzeitig Verständnis für die »Modernen«, wie er sie nannte. Rainer, der arme Pilger, war im Hause der Philister gefangen. Gefangen im Bett, gepeinigt von einer Haut, die so juckte, dass er sie am liebsten abgezogen hätte. Geschwächt und einer Übermacht an Biedersinn hilflos ausgeliefert, lag er seiner jungen Braut in den Ohren, wie grässlich alles sei, wie schlecht er sich fühle, und verschwendete kein Wort darüber, wie sehr sie sich um ihn sorgte, ihm alles recht machte und ihm jeden Wunsch von den Lippen ablas. All dies tat sie mit der Furcht, er würde aufhören, sie zu lieben, wo ihre Liebe Tag für Tag mehr wuchs. Dispute seltsamer, ja absurder Art waren unvermeidlich. »Man kommt ja auch kaum mal dazu, unter vier Augen zu reden«, beklagte er sich.

»Aber hier ist doch niemand«, entgegnete sie verständnislos.

»Das Haus ... Es hat Ohren.«

»Aber ...« Aber was denn? Was sollte sie ihm entgegenhalten? Mit Vernunft war er gerade nicht erreichbar. Desto mehr bemühte sich Clara, seiner Mutter gegenüber verständnisvoll zu erscheinen und zumindest brieflich die liebende, umsorgende Braut und Schwiegertochter in spe zu geben. Sie freundete sich schon mit Phia an, von der, fast täglich, parfümierte Briefe im Briefkasten lagen.

»Wieso müssen die Briefe denn *so* riechen?«, fragte der Herr des Hauses verständnislos seine Frau. Die antwortete, sie wisse es auch nicht, dachte aber, es sei vielleicht vornehm ... oder doch nur kapriziös? Insgeheim waren Claras Eltern schließlich froh über die Absage von Phia, deren Besuch ohne Zweifel sehr anstrengend geworden wäre. Ja, anstrengend, so musste man dieses zarte Wesen einschätzen. Gleichwohl gaben sie dies natürlich nicht zu, sondern taten immer noch so, als wäre das letzte Wort nicht gesprochen und ein Sinneswandel der lieben Frau Mama möglich.

Die Krise wurde überwunden. Rainer genas. Alle standen in den Startlöchern, die Zeremonie war vorbereitet, und man heiratete geradezu mit einer gewissen Genugtuung. So fand die Hochzeit Ende April statt – natürlich ohne Phia oder irgendeinen anderen Verwandten Rainers. Da er noch schwach war, verzichtete man auf eine kirchliche Trauung. Die Zeremonie fand zu Hause statt im ganz kleinen Kreis, nur mit der engsten Verwandtschaft. Man hatte einen kleinen Tisch vorbereitet im holzgetäfelten Esszimmer. Kerzen darauf und die prächtige Familienbibel. Samtene Kniepolster davor. Der Domprediger, ein Pastor Schenkel, hielt eine kleine Ansprache unter einem Westhoff-Ahnen, der in Öl über ihm an der Wand prangte und streng auf die Nachkommen hinunterblickte. Man gab sich das Ja-Wort. Man reichte sich Ringe. Man schloss die Zeremonie mit einem Gebet und dem Vaterunser. Danach waren Clara Westhoff, die hanseatische Protestantin, und Rainer Maria Rilke, der zuvor aus der katholischen Kirche ausgetreten war, verheiratet. Der Vater spendierte eine große Flasche Champagner der Marke »Röderer«, dem selbst Rainer, ausnahmsweise, zusprach. Trotz allem hatte nun jeder das Gefühl, dass etwas Schönes geschehen war. Auch ihr Vater war glücklich. Er nahm den schmächtigen Rainer beiseite, zog ihn ins Arbeitszimmer. Erst nach einer halben Stunde kamen beide wieder heraus. Sie rochen nach Tabak und Whiskey. Der Vater irgendwie zufrieden, Rainer dagegen war ganz weiß im Gesicht. Vermutlich würde er sich nun tagelang schlecht fühlen. Clara hatte Mitleid mit ihrem Angetrauten, sah es aber als gutes Zeichen an, dass ihr Vater und ihr Gatte sich gemeinsam wie Herren zurückgezogen hatten. Es musste beide eine große Überwindung gekostet haben.

Die Hochzeitsreise sollte nach Dresden gehen. Nicht Venedig, nicht Rom. Nein, Dresden. Die Reise war ein Hochzeitsgeschenk von Claras Großmutter. Die Idee dazu hatte eine Tante gehabt, die das Sanatorium in Dresden unbedingt empfahl. Die beiden Jungvermählten freuten sich überschwänglich, obgleich eine Hochzeitsreise in ein Sanatorium mehr als seltsam anmutete und den Zweck der Flitterwochen konterkarierte; aber das Sanatorium hatte einen ausgezeichneten Ruf und galt als mondän. Die

Tante beschrieb die herrliche Lage und sagte mehrmals den Namen »Weißer Hirsch«, als handelte es sich um eine magische Formel.

»Wunderbar, dann gesunden wir ganz in der Nähe deiner kleinen Menschen«, jubelte Rainer.

»Ja, wir können gewissermaßen vom Weißen Hirsch hinunterschauen auf den Knaben und die beiden Mädchen«, nahm Clara seinen Gedanken auf.

Die Großmutter blickte sie fragend an.

»Clara stellt doch auf der Internationalen Kunstausstellung in Dresden drei Figuren aus«, erklärte der Vater stolz, Rainer das Wort aus dem Mund nehmend.

Was das Konzept des Sanatoriums betraf, so wurden sie nun von der Tante gut informiert. Der Bremer Arzt Heinrich Lahmann hatte das Sanatorium im Weißen Hirsch vor ein paar Jahren übernommen, ein weitläufiges Gelände aus Villen und Wäldern. Er verordnete keine Pillen, sondern setzte auf alternative medizinische Heilverfahren wie Dampfbäder und Güsse. Dreh- und Angelpunkt seiner Medizin war die Idee, dass Krankheiten durch eine gesunde Ernährung geheilt werden könnten. Dazu hatte er sogar ein Buch verfasst mit dem Titel »Die Diätische Blutentmischung«. Claras Tante besaß dieses Buch, wollte es ihnen schenken, fand es aber im Moment nicht. Gerade Bremer Familien waren häufig Gäste im Haus, führte die Tante aus. »Ich empfehle diese Institution immer, wenn sich die Gelegenheit bietet. Ihr werdet viele gute Bekannte treffen.« Bei ihrer detaillierten Schilderung des Speiseplans wurde Rainer hellhörig. Er schien nach seinem Geschmack. Die Küche im Haushalt von Claras Eltern war ihm viel zu fett und fleischhaltig.

Nach der beschwerlichen Reise bezogen sie ein geschmackvoll eingerichtetes Zimmer in einer der vielen Villen auf dem parkartigen Grundstück. Die letzten Meter hatten sie mit der neuen Seilbahn zurückgelegt, die sich die Anhöhe zum Weißen Hirsch zahnräderknirschend hinaufarbeitete. Rainer war beinahe kindlich begeistert.

Als Ehepaar durften sie zusammenwohnen. Vom Balkon im ersten Stock hatte man einen wunderbaren Blick in den Garten und zu einem kiesbestreuten Weg, auf dem die Gäste nach den Mahlzeiten oder zwischen den Anwendungen wandelten. Rainer trat ans Geländer und seufzte erleichtert. Die Last der letzten Wochen fiel von ihm ab. Clara stellte sich neben ihn. Ihre Hände suchten sich und glitten übereinander, wie zufällig, so wie damals in der Nacht ihrer ersten eigentlichen Begegnung in Westerwede, als sie den »Sitzenden Knaben« beide gleichzeitig berührten. Diese Bewegung ihrer Hände schien ein gutes Zeichen zu sein, und ihr wohnte fast der ganze Schmelz jenes vergangenen Augenblicks inne.

Er sprach vom großen Ankommen und meinte damit nicht allein das Erreichen des Kurhotels und des schönen Quartiers, sondern stellte es in den größeren Zusammenhang ihrer jungen Ehe.

»Wir müssen nun hineinwachsen in unsere Ehe. Noch scheint sie uns ein wenig zu groß. Sie schlottert um unsere Glieder und Gelenke. Doch wir werden wachsen, langsam, aber stetig.«

Clara bestätigte ihn, indem ihre Hand seine sanft drückte. Nach einer kleinen Verzögerung gab er das Signal zurück. Sie überlegten, in welcher Richtung ihre Skulpturen im Dresdner Ausstellungshaus zu finden wären, und nachdem sie sich eingeredet hatten, sie hätten die Richtung gefunden, winkten sie den beiden Mädchen und dem Knaben zu, als wären sie ihre kleinen Kinder. Clara dachte an das Kind, das in ihr heranwuchs und von dem Rainer nichts wusste.

Die erste ärztliche Untersuchung Rainers ergab, dass er doch noch angeschlagener war, als er befürchtet hatte. Es würde wohl nicht unter drei Wochen gehen. Diese Nachricht hob seine Stimmung seltsamerweise. Auch Clara nutzte die Gelegenheit und ließ sich Fangopackungen und Bäder gefallen. Besonders das Essen stach hervor. Die Tante hatte nicht zu viel versprochen, es war von erlesener Schlichtheit, so wie es Rainer mochte. Der prunkvolle Speisesaal, der zugleich als Ballsaal fungierte, funkelte von der Decke herab in Tausend Lichtern.

Rainer war am richtigen Ort. Zwar verwahrte er sich dagegen, als krank zu gelten. So korrigierte er Clara einmal missmutig in einem Gespräch: »Ich bin doch nicht krank. Wir sind keine Patienten hier, sondern Gäste. Auch du bekommst schließlich Anwendungen, wenn auch etwas weniger als ich.« Doch zugleich verwies er immer wieder auf die Dringlichkeit seiner Kur und darauf, wie nötig die Akribie sei, mit der man diese Anwendungen im Wasser und selbst die gymnastischen Übungen durchzuführen habe. Wie wichtig sei doch der lückenlose Zeitplan. Wie wichtig die richtige Ernährung. Wie wichtig die Ruhepausen. Wie wichtig der erholsame Schlaf in der Nacht. So begann sein Tag um Viertel vor sieben mit ersten Wasseranwendungen, einem Wechselguss aus Warm und Kalt. Dann nahm er zusammen mit Clara das Frühstück ein. Es gab viel Obst, Butter, Brot und den berühmten Lahmann'schen Nährsalz-Kakao, der scheußlich schmeckte und daher eine besondere Heilwirkung besitzen musste. Sofort ging es weiter mit gymnastischen Übungen und Massagen, eine Orange zwischendrin, dann Lahmanns Schrotbrot, dem ein heißes Vollbad folgte oder ein Sonnenbad oder ein Fußbad, vor Tisch noch ein Luftbad, alles genau auf die Minute durchgetaktet. Das Mittagsmahl mit viel Gemüse, wenig Fleisch, Kompott. Eine Ruhepause mindestens zwei Stunden im Freien in Decken verpackt. Dann zum Schluss in den großen Kursaal, einem dröhnenden Bienenstock mit über fünfhundert plaudernden Gästen, ein Mahl nach Rainers Geschmack mit Brei, Brot, Radieschen, Orangen, Datteln, Rahmkäse, Salat und saurer Milch. Um acht dann Schlafenszeit.

Rainer war dermaßen eingespannt, dass das junge Brautpaar sich tagsüber nur bei den Mahlzeiten sah. Nach jenen ersten Nächten in Schmargendorf hatten sie einander nicht mehr angerührt. Nun lagen sie wieder gemeinsam in einem Bett. Clara war noch wach, während Rainer aufgrund der intensiven Behandlung und der Befolgung der Vorschriften ermattet einschlief. Sie sehnte sich nach seinen Lippen und Händen. Obgleich die medizinischen Umstände eine Erklärung für sein Verhalten gaben, war sie enttäuscht von seiner Zurückhaltung. Dies war sie umso mehr, als sie schon seit geraumer Zeit ihre Schwangerschaft spürte und auf einen geeigneten Moment wartete, es ihm zu sagen. Sie wollte ihn nicht verunsichern oder gar verstören. Dennoch würde schon in kurzer Zeit etwas Sichtbares hervortreten. Sie musste es ihm also schonend beibringen, und zwar bevor er es selbst herausfand. Und der Zeitpunkt musste gut gewählt werden. Es musste während dieser Reise geschehen. Jetzt glitt er langsam in immer bessere

Stimmung – und außerdem wäre es bald schon zu spät. Andererseits durfte sie den Heilerfolg keinesfalls in Gefahr bringen. Rainer benötigte nun erst alle seine Kräfte, um gesund zu werden! Sie hingegen konnte kaum schlafen. Sie strich sich über den Bauch. Spürte sie schon eine leichte Wölbung? Oder bildete sie sich das bloß ein? Am liebsten hätte sie ihn geweckt. Rainer, Rainer, ich bin schwanger. Wir bekommen ein Kind! Doch sie fürchtete sich davor. Jetzt konnte sie kaum atmen. Sie presste die Hand vor den Mund, um nicht zu schluchzen. Morgen, dachte sie, gleich morgen werde ich es ihm sagen.

In der wenigen gemeinsamen Zeit, die ihnen blieb, gingen sie gern in den Wald. Dort oder im Garten oder im großen Saal trafen sie auf Bekannte. Clara freute sich darüber, Bremer Landsleute zu treffen, die alle ein wenig stolz darauf waren, dass dies hier alles von einem Bremer Arzt und Heilkundler geschaffen worden war. Sie freute sich besonders darüber, nun als Frau Rilke angesprochen zu werden. Welch erhebendes Gefühl! Nun war sie nicht mehr das Mädchen im blauen Kattunkleid, das nackte Kinder malte oder magere Jungen modellierte wie einst, sondern eine Frau, eine Gattin, die Gattin des Herrn Rainer Maria Rilke, mit dem sie Arm in Am über den Weg spazierte. Gewiss, manchmal klang es noch fremd in ihren Ohren, dieses »Frau Rilke«. Es klang ein wenig wie Hochstapelei. Und sie benötigte auch sicherlich Zeit, um – wie hatte es Rainer gesagt? – da hineinzuwachsen. Sie musste nicht nur in die viel zu großen Kleider der Ehe hineinwachsen, sie musste auch erst einmal diesen neuen Namen ausfüllen. Fräulein Westhoff zu sein, war ihr selbstverständlich geworden und hatte keine Anstrengung gekostet. Anders war es nun mit dem neuen Namen und der neuen Rolle. Diese Rolle zwang sie auch in eine bestimmte Form. Dennoch überwog Tag für Tag mehr der Stolz darüber, Frau Rilke zu sein. Ihr schien es zudem, dass die Blicke der anderen anders waren, wenn man ihnen als Frau entgegentrat und kein Fräulein mehr war. Die Blicke nahmen sie anerkennend als gleichgestellt wahr und nicht als etwas, das gewissermaßen noch unfertig war, ein Zwischenzustand, dem es noch an der eigentlichen Bestimmung mangelte.

Rainer hatte überhaupt kein Interesse daran, Leute zu treffen. Ging das Paar Arm in Arm die Waldchaussee entlang und traf auf ein anderes Paar aus Bremen, dann war es ihm unangenehm. Selbst Leute, die er kannte, etwa einen Künstler und sogar einen Schriftsteller aus Berlin, den er bei Lou Andreas-Salomé kennengelernt hatte, versuchte er zu meiden. Einmal, als der Künstler ihnen entgegenkam und das Paar noch nicht erkannt hatte, da drückte er Clara zur Seite, und sie nahmen einen schmalen Pfad, harrten dort aus, bis der Mann vorbeigegangen war. Erst danach kehrten sie aus dem Dickicht zurück.

»Warum versteckst du dich?«, fragte Clara ohne Verständnis.

»Ich muss mich ganz auf meine Genesung konzentrieren.«

»Aber dazu gehört gewiss auch, sich zu unterhalten. Mit anderen zu sein.«

»Nein. Nein!«, schnitt er ihr das Wort ab.

Clara hatte seine Reserviertheit gegenüber ihrer Familie für eine Ausnahme gehalten, jetzt stellte sie fest, dass dies ein allgemeiner Zug von ihm war. Saß man etwa im großen Speisesaal und war genötigt, Konversation zu treiben, dann verstummte er manchmal gegen jede Etikette. Begegneten sie im Park Leuten aus Bremen, spürte sie, wie unangenehm es ihm war. Es war dann an ihr, den Konventionen eines Klönschnacks zu entsprechen. Seine Gesichtszüge hingegen waren zu keiner gespielten Liebenswürdigkeit fähig. Ihnen, also Paula und ihr, gegenüber war er in Worpswede so aufgeschlossen und ungewöhnlich liebenswürdig gewesen. Sie schloss daraus, dass er sehr genau auswählte, wer es wert war, dass er sich ihm widmete. Und nur diesen schenkte er seine Aufmerksamkeit – alle anderen waren ihm gleichgültig. Und sie erinnerte sich jener Worte, die er Dr. Hauptmann bei jenem Disput im Barkenhoff entgegengehalten hatte: »Besser beisammen sein in ernstem Ernst. In dem Moment, wo zwei Menschen sich wirklich berühren, kann ihre Gemeinsamkeit nur im Ernst sein.« Zwei! Das war das entscheidende Wort gewesen. Nachdem ihr dies klar geworden war, stellte sie sich schützend vor ihn und übernahm den gesellschaftlichen Part vollständig, soweit es möglich war.

Desto besser fand er sich hinein in das Sanatoriumsleben mit all seinen Verpflichtungen und Regeln. Er las das Buch des Dr. Lahmann und drang immer tiefer in die Philosophie der diätischen Blutentmischung ein. Ansonsten schrieb er Briefe, besonders an seine Mutter. Ein sehr langer Brief enthielt eine ausführliche Liste von Tipps für ihre Italienreise. Es lag ihm sehr viel daran, dass sie sich den Wünschen an die Mama anschloss. Sie nannte Phia Rilke nun auch »ihre Mama«. Dabei dachte sie, dass die kleine Dame nicht die Energie hatte aufbringen können, zur Hochzeit ihres Sohnes nach Bremen zu kommen, aber sehr wohl zu einer Italienreise imstande war. Clara unterließ es, Rainer damit zu konfrontieren, denn Rainer war seiner Mutter gegenüber vollkommen unkritisch. Er ließ nichts auf sie kommen.

Alles in allem schlug die Kur bei Rainer sehr gut an. Auch Clara tat sie gut. In der letzten Woche klopfte am Abend jemand an der Tür. Rainer, der in den letzten Stunden etwas nervös gewirkt hatte, schritt hin, öffnete. Es wurde kurz geredet, ja getuschelt. Dann erschien Rainer lächelnd mit einem riesigen Strauß Rosen vor Clara. Sie brauchte zwei Vasen dafür. Es war schon nach acht Uhr, Schlafenszeit, und beide blieben wach. Rainer konnte sich am Rosenstrauß kaum sattsehen. Immer wieder wies er auf ein Detail hin, das Grün der Stängel, die unterschiedlichen Schattierungen der Blüten, selbst den Dornen widmete er seine Aufmerksamkeit und sprach immer wieder von Fülle und Pracht.

»Aber musst du denn nicht ruhen?«, fragte Clara und hätte sich ohrfeigen können wegen der dummen Bemerkung.

»Sicher, es wäre besser für meine angeschlagene Gesundheit und für die beginnende Heilung. Aber wir sind doch nun einmal auf Hochzeitsreise. Wir sind in den Flitterwochen. Und du siehst gerade heute so bezaubernd aus.«

Da fiel es ihr wie Schuppen von den Augen: All das Lob der Rosen, es galt ihr!

»Du hast recht, Rainer. Auch du wirkst schon viel kräftiger und widerstandsfähiger«, sagte sie hastig.

Sie schauten auf die beiden Vasen und hielten sich die Hände, als würde sich in den Vasen etwas ereignen, das von großer Bedeutung war, vielleicht eine Epiphanie. In dieser Nacht beugte er sich über sie und flüsterte: »Fürchtest du dich denn immer noch vor Rosen?«

Sie flüsterte: »Ja, wieder.«

Trotz des schönen Erlebnisses konnte sie auch diese Nacht nur schlecht einschlafen. Sie machte sich Vorwürfe. Wieder hatte sie geschwiegen. Dabei hatte sie inzwischen das Gefühl, ein jeder müsste es sehen. Ein Arzt hatte es ihr auch schon zu verstehen gegeben. Sie sei ja wohl in anderen Umständen. Sie hatte nur genickt und sich abgewandt.

Sie wusste, je länger sie zögerte, desto schwieriger würde es. Auch die Begleitumstände der Schwangerschaft waren manchmal kaum zu verbergen. Ihr Heißhunger. Ihr Übergeben. Einmal ein kleiner Schwächeanfall. Sie hatten eine Stelle, die sie täglich aufsuchten: einen plätschernden Brunnen im Park. Als sie sich auf den runden Brunnenrand setzte, erfasste sie Schwindel. Ihre Hand tastete ins Wasser, um Halt zu finden, sie verlor das Gleichgewicht. Beinahe wäre sie hineingefallen, Rainer hielt sie rechtzeitig fest. Der Ärmel ihres Kleides war tropfnass geworden.

»Siehst du, Clara, du bist viel angegriffener, als du denkst«, sagte er mahnend.

Am letzten Tag kam der Arzt wieder auf sie zu und fragte, ob sie wegen der Schwangerschaft schon einen Arzt aufgesucht hätte.

»Das ist doch keine Krankheit«, entgegnete sie hilflos.

»Das stimmt«, gab er zu, »aber es ist doch angebracht, eine kleine Untersuchung vorzunehmen. Ihr Mann wird mir sicherlich zustimmen.«

Claras Reaktion war ein panisches Augenweiten. Der Arzt verstand.

»Soll ich es ihm sagen?«

»Nein …«

»Sagen Sie es ihm. Er wird sich freuen.«

Sie schwieg.

Anderntags fuhren sie ab, nach Bremen zurück. Rainer strotzte vor Gesundheit. Sie hatten ein eigenes Coupé gebucht. Das erwies sich als vorausschauend, denn Clara musste mehrmals das Kabinett aufsuchen. Sich pantomimisch entschuldigend, erhob sie sich und verschwand hinter der Tür. Beim dritten Mal schaute Rainer sie beinahe heiter an. Er hatte etwas verstanden. Sie setzte sich wieder, ihm gegenüber, und er sagte: »Dann sind wir also bald eine Familie.«

Er stellte es mit einer amüsierten Nüchternheit fest. Das Selbstverständliche, das in dieser Bemerkung lag, tat ihr wohl, ließ sie aufatmen, mehr als es eine überschwängliche Freude war. Sie hatte mit allen möglichen Reaktionen gerechnet. Er hätte entsetzt, verstimmt oder gar, wie manchmal, hymnisch reagieren können. Doch Rainer nahm es hin als die logische Konsequenz eines Vorgangs, der mit der Verlobung begonnen und sich mit der Heirat fortgesetzt hatte. Jetzt kam der nächste Schritt: die Schwangerschaft und die Geburt. Sie erhob sich und setzte sich neben ihren Mann. Sie hakten sich ein. Er flüsterte: »Wenn es ein Mädchen ist, so nennen wir es Ruth. Wird es ein Junge, so soll er Malte heißen.«

»Warum nicht Rainer, so wie du?«

»Weil dies gar nicht mein Taufname ist, wie du weißt. Ich wurde doch auf den Namen René Maria getauft. Ich möchte, dass mein Sohn einen eindeutig männlichen Namen bekommt.«

»Rainer ist doch sehr männlich.«

»Mein Sohn soll nicht mit mir verglichen werden, nicht der Zweite in einer Reihe sein. Er soll ein Anfang sein, kein Fortsetzen, unbelastet von dem, was ich bin und dereinst sein werde. Jeder Mensch ist ein Anfang, der aus sich wachsen muss. Jede Geburt etwas unerhört Neues! Was bürden wir den Kindern auf, indem wir ihnen die Möglichkeit zur Selbstentfaltung rauben, weil wir schon vor ihrer Geburt den Lebensweg festlegen und wissen, welchen Ansprüchen sie genügen sollen! Immer schon wissen die Eltern, was gut ist für das Kind. Meine Eltern wussten es nicht. Man soll den Kindern keinen Weg vorzeichnen. Sie müssen ihn selbst finden, jedes Kind seinen eigenen. Deshalb möchte ich nicht schon den armen Knaben mit einem, mit meinem Namen belasten. Wissen wir denn, was dieser Name dereinst bedeutet?«

Clara hatte einige Einwände und auch einige Fragen, aber sie war nicht in der Stimmung, eine Diskussion zu führen. Sie wollte sich erfreuen daran, dass die quälende Situation vorüber war. Nun hatte sie kein Geheimnis mehr. Vielleicht würde es ja auch ein Mädchen. Es würde dann Ruth heißen. So hieß auch der Roman der Schriftstellerin namens Lou Andreas-Salomé, in dem der Brief gesteckt hatte. Jener Brief, auf den sie Rainer niemals angesprochen hatte und wohl auch niemals ansprechen würde. Sie hatte ihn schließlich verloren auf einer Straße. Er schien diesen Brief entweder niemals vermisst zu haben oder aber fand es ratsamer, nicht daran zu rühren. Zwar war die Rede in der letzten Zeit ein paarmal auf Lou Salomé gekommen, beide Seiten umschifften allerdings die unangenehme Situation, die im Raum stand, und behandelten sie bloß wie eine gute Bekannte. Jetzt dachte Clara: Wollte er die

Tochter deshalb Ruth nennen, weil er damit eine Beziehung zu dieser Lou herstellte? Im Andenken an sie, die er wohl sehr geliebt hatte? Nein! Wieso sollte er so etwas tun? Ach, es war gleichgültig. Nun war er hier, neben ihr, und sie fuhren einer wunderbaren Zukunft entgegen. Sie sagte zu ihm: »Ja, Malte ist sehr schön.«

Wieder einmal fanden ihre Hände zusammen und sie ruhten zunächst nicht ineinander, sondern spielten und formten etwas, vielleicht etwas Drittes, das bald da sein würde. Eng aneinandergeschmiegt sprach das Paar eine Weile nur mit den Händen. Für beide war dieses Berühren ein echtes Begreifen. Für Clara ohnehin, die mit den Händen arbeitete; aber auch für Rainer, einen Mann des Wortes, erschloss sich die Welt über die Sinne, bevor er sie in Worten wieder freiließ.

»Ach, wie ich mich darauf freue, endlich in unser eigenes Haus einzuziehen«, sagte sie erleichtert. Alle Anspannung fiel von ihr ab.

»Ja, wir werden sicherlich ein schönes Heim finden. Ich werde es nun in Angriff nehmen können.«

»Heinrich hat mir geschrieben. Er hat bereits ein Haus für uns gefunden. Gleich morgen werden wir nach Westerwede fahren und es uns anschauen.«

Rainer schwankte zwischen Freude und Enttäuschung darüber, dass sie ihm etwas verheimlicht hatte. »Warum hast du mir nichts erzählt?«

»Ich wollte dich nicht belasten. Du solltest dich ganz auf deine vollständige Genesung richten können.«

Rainer schwieg und dachte nach. Schließlich sagte er: »Wir wollen von nun ab keine Geheimnisse voreinander haben.«

»Aber ja, Liebster, du …«

Kapitel 2

Das Haus in Westerwede lag einen Steinwurf entfernt von der Dorfstraße, die nach Lilienthal führte. Zum Barkenhoff war es ein, ins Dorf von Worpswede hinein zwei Kilometer. Die Jungvermählten waren mit der Lage sehr zufrieden. Bevor sie zur Besichtigung des Hauses gingen, hatten sie vom Postamt in Worpswede ein Paket abgeholt, das die Reproduktion eines Gemäldes von Gozzoli enthielt, welches die Mutter auf Rainers Bitte für ihn bei ihrem Florenz-Aufenthalt erstanden hatte. Das Geschenk Phias unterm Arm, betraten sie das Grundstück, schritten über einen schmalen Weg durch den Garten, der, wie auch das Haus selbst, in gutem Zustand schien.

Es war ein typisches Bauernhaus in dieser Gegend. Nicht sehr groß. Gemauert, mit Efeu bewachsener Fassade und einem Dach aus Stroh – Reetdächer gab es in dieser ärmlichen Gegend nur wenige. Auf dem Erdgeschoss befand sich das Satteldach, darunter die Mansardenzimmer. Dahinter lugte halb verdeckt ein zweites, kleineres Gebäude hervor, das Claras Atelier werden würde. Das Haus hatte viele Fenster, jeweils vier im Erdgeschoss und vier kleinere im Dachgeschoss an der Vorderfront. Die schönste Überraschung war die Laube. Man betrat diese, wenn man durch die Küche kam, um in den hinteren Teil des Grundstücks zu gelangen, wo auch ein Gemüsegarten angelegt worden war.

Rainers Augen strahlten, und weil Clara sah, wie seine Augen strahlten, begannen auch ihre Augen zu strahlen. Sein Glück würde nun immer ihr Glück sein. Vom Unglück galt das Gleiche. Jetzt war Glück. Unwillkürlich strich sie sich über den Bauch, in welchem das Kind heranwuchs. Spüren konnte sie noch nichts; aber es war auf eine seltsame Art schon da.

Rainer rannte durch die Zimmer wie ein kleiner Junge. Er rief: »Ah, großartig! Sehr schön. Alles.« Trapp, trapp nahm er die schmale Treppe hinauf. Sie hörte wieder Ausrufe des Wohlgefallens. Er rief: »Das wird mein Arbeitszimmer!«

Wieder unten, gingen sie gemeinsam in die Laube. Es war dort genau wie in Claras Wohnung beim Bauern, schattig und heimelig. An Spalieren rankten Weintrauben. Natürlich musste das Holz gestrichen werden. Grün. Ja, grün, da waren sich beide einig. Und Möbel mussten her. Ein fester Tisch und daran eine Bank. In Rot. Rostrot. Im Farbton einer Kastanie. Auf der schmalen Fenstereinfassung lag eine dicke Staubschicht. Auch die Fensterscheibe war fast blind vor Staub. Claras Finger malte ein Herz hinein. Dazu die Buchstaben R und C. Rainers Finger wischte an den Buchstaben herum, bis dort C und R stand. Clara lächelte und dachte: Ach, wenn doch alle Gesten so einfach wären und alles durch einfache Gesten mitteilbar.

Sie sagte: »Wir wollen immer ehrlich sein zueinander.«

»Aber ja, du, Einzige.«

In diesen Momenten erschien ihnen ihre Liebe wie neu

erwacht, die der Alltag in einen Schlaf versetzte. Und Rainer sagte: »Lass uns unsere Liebe wachhalten.«

Sie gingen einmal ums Haus herum, fanden da und dort Stellen, die ausgebessert werden mussten. Sie begutachteten den Gemüsegarten und den kleinen Blumengarten, der hinter dem zweiten Gebäude lag. Clara öffnete die Tür zum Atelier. Staub flimmerte in der Luft. Sie breitete die Arme aus und drehte sich herum wie bei einem Tanz, umspielt von Licht und etwas, das aussah wie Goldstaub.

»Hier werden deine Werke entstehen. Für weitere Ausstellungen«, bestimmte Rainer stolz. Stolz durfte er sein, denn Clara hatte auf einer großen Ausstellung in Dresden gleich drei Figuren darbieten dürfen. Jede dieser Bronzefiguren war mit ihrer Liebe verknüpft. Der Knabe, auf dem ihre Hände sich fanden in einer Sommernacht. Und die beiden Mädchen. Das hockende Mädchen und das stehende Mädchen, nun voneinander getrennt. Mit Hammer und Meißel hatte sie die beiden voneinander gelöst, die doch miteinander nichts anzufangen wussten. Doch das war ihre Schuld, sie wusste es und es nagte an ihr.

Nach der Besichtigung des Gartens und dem Streicheln einiger Schafe, die sich von einer angrenzenden Wiese her genähert hatten, gingen sie zurück ins Haus. Rainer nahm die Gozzoli-Reproduktion und hielt sie mal an diese, mal an jene kahle Wand und prüfte, welchen Effekt es hätte. Dann begriff er, dass alles noch zu früh war. Zunächst mussten die Möbel her. Er stellte die Reproduktion beiseite. Sie gingen noch einmal, nun ganz langsam, gemeinsam durchs Haus. So viele Ideen kamen ihnen, wie sie es einrichten könnten, aber es würde dauern. Rainers Möbel standen alle noch in der Wohnung in Schmargendorf. Er platzierte sie jetzt mit gestikulierenden Händen hierhin und dorthin, korrigierte sich und wies ihnen neue Plätze zu. Clara besaß nicht allzu viele Möbelstücke, diese waren beim Bauern untergestellt worden. Zudem hatten die Westhoffs schon angezeigt, das eine oder andere Möbelstück zu spenden. Ausbesserungen am Haus waren auch nötig; je genauer sie schauten, desto mehr fiel ihnen auf, wo nachzubessern war. Man musste neu streichen, es brauchte neue Tapeten. Jede dieser Aufgaben, die noch zu erledigen waren, um dies Haus in etwas zu verwandeln, was ihr gemeinsames Heim sein würde, erschien nicht als Last, sondern als ein Geschenk, als eine Möglichkeit, ihre Zukunft selbst zu gestalten.

Für einige Tage kamen sie wieder in der Lübecker Straße bei den Eltern unter. Die Aussicht, schon in wenigen Tagen das eigene Haus zu beziehen, machte es ihm einfacher, mit Claras Eltern auszukommen. Sein Blick auf das Familienleben wurde allerdings noch schärfer. Er nahm eine gewisse Gereiztheit war, etwas Untergründiges in den Beziehungen zwischen ihrem Vater und der Mutter und der Beziehung der beiden zu Clara. Der Vater war ein nervöser Tyrann, wie ihm schien. Die Mutter ein Häufchen Unglück, das immerfort lächelte. Clara wiederum ignorierte all das. Einmal nahm er sie beiseite und sagte, er komme sich vor wie bei Strindberg. Clara sah ihn an, ihr Gesicht zur Maske erstarrt.

Aufgrund der Verzögerungen, mit der seine Möbel aus Berlin eintrafen, lebten sie zunächst in einem Provisorium. Auch neue Möbel mussten angeschafft werden – Claras Mobiliar entsprach nicht Rainers Ansprüchen, wie sich bei näherer Betrachtung herausstellte. Handwerker gingen ein und aus, machten Lärm und kamen zu spät oder verschwanden zu früh. Rainers Stimmung sank schon wieder. Erst als endlich sein Mobiliar angekommen, sein Arbeitszimmer eingerichtet und auch sonst das meiste geschafft war, hob sie sich wieder. Paula besuchte sie. Heinrich schaute mehrmals vorbei und brachte immer eine Besonderheit mit, einmal einen Tisch, den er selbst geschreinert hatte.

Sie veranstalteten ein Fest zur Einweihung des Hauses. Es kamen alle, die sonst zu den Sonntagabendveranstaltungen im Barkenhoff erschienen. Es war ein warmer Juniabend. Man saß draußen, da das Haus zu klein war. Die Stimmung war wie an jenem Abend im September, als sie einander zum ersten Mal begegneten. Viel wurde gegessen und getrunken. Für eine üppige Tafel hatte der großzügige Heinrich gesorgt.

Heinrich erhob sich, nachdem er seinen Freund Rainer vergebens gebeten hatte, ein paar Worte zu sagen. Er ließ auf seinem Weinglas einen Ton erklingen, alle richteten ihre Aufmerksamkeit auf ihn, er räusperte sich und sprach.

»Drei Ehen«, rief er, »drei wunderbare Ehen wurden gestiftet in diesem wunderbaren Jahr. Es scheint entgegen der Annahme von Geologen und Landökonomen eine fruchtbare Gegend zu sein.«

Er wartete das artige Gelächter ab, das nach seinem Dafürhalten auch stärker hätte ausfallen können, und fuhr fort: »Heute sind wir bei der Familie von Rainer und Clara, wenn ich so sagen darf. Ein Bund zweier Künstler, wie ja auch im Hause Ottos nun zwei Künstler zusammenwohnen. Ich freue mich, dass ihr beiden, Sie, Clara, und Sie,

Rainer, euch entschieden habt, euer Heim hier zu errichten, hier in Worpswede, inmitten der schönsten Landschaft, die man sich vorstellen kann, und vor allem inmitten von Freunden. Ja, von echten Freunden. Deshalb wollen wir einen Toast aussprechen auf euch beide, die ihr bald drei sein werdet, wie ich hörte. Clara und Rainer, leben Sie hoch, hoch, hoch!«

Jetzt war der Moment für die beiden, sich zu erheben und den Dank zu empfangen. Rainer machte keine Anstalten. Clara aber stand auf, nahm seine Hand und zog daran, sodass auch er sich erhob, widerwillig, Schüchternheit vortäuschend, aber es kam nur ein Gesicht wie sieben Tage Regenwetter heraus. Nun wurde Heinrich klar, dass er gerade im Begriff war, gegen eines der so vielen unbekannten Gesetzte des Dichters zu verstoßen, und deshalb setzte er sich, nahm die Hand seiner jungen blonden Frau und strahlte aus seinem runden Gesicht.

Hauptmann erhob sich nun ebenfalls. Er hatte bereits ein wenig getrunken. Auch er wolle dem Paar alles Gute wünschen, zumal er ja nicht ganz unschuldig an der glücklichen Fügung sei, die diese beiden so hoffnungsvollen Menschen zusammenschließe. »Wie dies? Wer von den Anwesenden weiß denn noch von dem Disput damals zwischen mir und dem jungen Dichter? Ich will gar nicht näher darauf eingehen, aber wer weiß denn, ob die beiden sich überhaupt kennengelernt hätten, wenn es diesen Disput nicht gegeben hätte? Manchmal ...«

Hier unterbrach Heinrich den älteren Mann. »Ja, viele haben einen Anteil an dem Glück der beiden; aber man soll es nun gut sein lassen und feiern. Die Tafel, die einiges zu bieten hat, sie ist eröffnet.«

Als nun alle beim Essen und Trinken waren, nahm Rainer die Gelegenheit wahr zu erklären, sein Buchprojekt sei vom Verlag genehmigt und er freue sich darauf, noch einmal intensiv in die künstlerischen Welten der bedeutenden Künstler einzudringen. Clara war froh, dass Rainer auf diese Weise einen guten Ton gefunden hatte.

Otto gab, wie so häufig, einige Dönekens und Schnurrpfeifereien zum Besten. Köstlich amüsierte er sich über eine Spinne. Diese Geschichte vermeinte Rainer schon einmal gehört zu haben. Alle lachten herzlich. Otto nahm danach seine Frau, Paula, in die Arme und drückte sie. Es war wie eine Belohnung. Für ihn? Für sie? Clara beobachtete die beiden. Sie hatte recht behalten mit ihrer Vermutung, dass Paula sich für Otto entscheiden würde. Doch erst auf Claras Fahrt nach Berlin wurde die Sache klar. Paula hatte ihn erwählt. Auf der Brücke im Tiergarten hatte sie ihr Glück über den Landwehrkanal geschrien. Und doch war eine Skepsis geblieben, ein Bangen. Was würde die Ehe für sie bedeuten? Welche Einschränkungen mussten sie hinnehmen? Otto jedenfalls zeigte in jeder Geste, in jedem Blick, dass Paula seine Angetraute war, und Paula nahm es stolz hin. Anders Rainer. Er vermied jeden Kontakt mit ihr, selbst den Blickkontakt. Zwar sprach er über »seine Frau, die Clara« mit jener Beseeltheit, die ihm eigen war, doch zeigte er es nicht in dem stummen Spiel der Zugehörigkeit und Vergewisserung, das Paare auszeichnete, zumindest in Claras Vorstellung. Ja, es war gerade so, als ginge sie seine Beseeltheit nichts an, da sie nur der Gegenstand dieser Gefühlserhebung war.

Der Abend endete im Gesang. Da es kein Piano oder gar einen Flügel gab, sang man zur Gitarre. Zum Schluss stimmten alle das Lieblingslied von Jean Paul an. Und wie damals sangen sie es wieder und wieder, lachten am Ende und wären sich am liebsten um den Hals gefallen vor großer Allsympathie, aber das gehörte einfach nicht zum guten Ton.

Am nächsten Tag war Rainer in sich gekehrt. Mehrmals kam er von oben herabgestiegen. Er verbrachte sehr viel Zeit oben in seinem Arbeitszimmer und auch in den beiden kleinen angrenzenden Zimmern, die er für seine Ruhepausen aufsuchte. Er kam herab, ging wieder hinauf. Clara ahnte Böses. Schließlich sagte er: »Wir müssen uns von nun an von der Gesellschaft fernhalten.«

Sie verstand nicht, erwartete eine nähere Erklärung. Doch er stapfte die steile Stiege wieder hinauf.

Erst am nächsten Tag sprach sie ihn darauf an. Jetzt fiel es ihm leichter, sich zu erklären. Er sprach mit ihr, als sie in der Laube an einem festen Tisch saßen. Alles war grün gestrichen und der Tisch in der Farbe der Kastanie. Sie modellierte sein Gesicht. Die schöne Nase, die hohe Stirn, das wunderbare weiche Haar, den männlichen Kinnbart. Sie wollte die Schönheit dieses Menschen, der nun ihr Ehemann war, zum Ausdruck bringen.

»Clara, wir beide sind Künstler. Für uns gilt unser Werk mehr als alles andere. Um unserer Kunst willen benötigen wir Einsamkeit. In der Gesellschaft der anderen verlieren wir uns. Ich halte mich schon immer von der Gesellschaft der anderen fern. Mir sind ein paar Gefährten, einige wenige Vertraute genug.«

»Aber damals kamst du zu Besuch in unsere Gemeinschaft. Da war es dir nicht zu viel?«

»Es war doch nur eine Stippvisite, ein Besuch, mehr

nicht. Aber dauerhaft einer Gemeinschaft anzugehören – und bestehe sie auch aus so guten Leuten wie Heinrich, Otto und Paula –, verkrafte ich nicht, verkraftet meine Kunst nicht. Und auch deine nicht. Wir sind Einsame. Jeder wahre Künstler ist einsam. Solange Paula für uns Paula ist, als Einzelne, ist es gut. Aber als Teil einer sogenannten Künstlergemeinschaft verliert sie alles, was sie ausmacht. In ihrem Atelier beim Bauern Brünjes suchte ich sie und fand sie als Einzelne. Jetzt, ich habe es gestern beobachtet, verschwimmen all die großen Einsamen zu einer warmen Gemeinschaftsbrühe, die mir nicht schmeckt. Freunde wehren nicht unsere Einsamkeit, sie beschränken nur unser Alleinsein. Wir sind aber nicht allein. Es wird wieder andere Zeiten geben.«

Clara wusste nichts mehr zu entgegnen. Es war auch nur eine weitere Bestätigung dessen, was ihr im Weißen Hirsch aufgefallen war. Für ihn gab es immer nur zwei. Mehr war von Übel. Zwei. Vielleicht, so beschlich sie eine Befürchtung, war es auch nur eine Eins. Es gab nur einen.

»Ich fürchte ja besonders um dich«, sagte er von seinem Folianten aufschauend, in welchem er blätterte wie in einem Konvolut aus Notenblättern.

»Um mich?« Wie kam jetzt diese Wendung zustande?

»Ja, um dich. Wir hören unsere Stimme nur in der Einsamkeit. Hörst du deine Stimme?«

Nein, sie hörte ihre Stimme nicht. Warum auch?

»Ich bin keine Dichterin. Meine Hände lauschen dem Ton oder dem Stein.«

»Gewiss … gewiss. Ich wundere mich nur manchmal, dass in dir keine Bedrängnis zu sein scheint. Mir scheint, deine Werke, deine wunderbaren Werke, kommen aus dem Nichts.«

»Ich verstehe nicht.« Sie verstand wirklich nicht, und es schien ihr, dass ein Nichtverstehen sie niemals so geschmerzt hatte wie dieses.

»Ich kann es nicht besser sagen, als ich es sagte. Lass es wirken auf dich. Es kann dich nur berühren, wenn es etwas trifft.«

Was sagte er gerade zu ihr? Was meinte er?

Sie sah ihn an. Verblüfft. Mit vollkommenem Unverständnis. Es traf sie, verletzte sie. Sie hätte ihm in einem Moment des hochschießenden Jähzorns am liebsten die Figur an den Kopf geworfen. Seine Nase steckte schon wieder im Folianten. Er notierte sich etwas. Ihre Hand rutschte ab vom Material. Plötzlich war er ihr fremd. Sie konnte ihn nicht sehen. Weder im Ton noch in Fleisch und Blut. Er verschwamm. Sie zitterte. Ein Widerwille, ihn überhaupt zu modellieren, ergriff sie. Er bemerkte es, sah aber durch sie hindurch.

»Ich brauche eine Pause«, sagte sie mit unterdrücktem Zorn, stand auf und wischte sich die Hände ab. Sie hatte ihm nichts entgegnet. Und er hatte wohl keine Antwort erwartet. Einer spricht und eine schweigt, dachte sie. Es war ihr, als hätte er sie gefüttert mit einer Nahrung, von der sie nicht wusste, ob sie vergiftet war oder im Gegenteil sehr gesund. Da war er plötzlich wieder bei ihr.

»Lass uns einen Spaziergang machen. Danach machen wir uns einen schönen Brei.«

Sie liebte es, wenn er das Wort »Brei« sagte.

Rainer tat nur das Nötigste, um den Verkehr mit den Hiesigen aufrechtzuerhalten. Was er tat, tat er für das Buch.

So ging er reihum in die Ateliers, studierte fachmännisch die Werke, ließ sie sich erklären, mal weitschweifig, mal eher mundfaul, versicherte jedem, dass er natürlich besonders dessen Werk in seinem Buch herausstellen werde, und kehrte zurück nach Westerwede ins kleine Haus im Moor.

Zu Hause beklagte er sich. Er bereue bereits dieses Projekt. Es würde ihn ablenken von wichtigeren Arbeiten, wobei Clara nicht wusste, um welche es sich handeln sollte. Natürlich, er schrieb am »Buch der Bilder«.

»Dieser Mackensen ist ein großer Tropf!« Er deutete mit den Händen den wohlgezwirbelten Bart des Malers an. »Aber gut, wirklich gut. Die anderen sind medioker. Einzig Otto und Heinrich sind bedeutend.«

»Was ist mit Paula? Du hast doch einige ihrer Werke gesehen.«

»Ja, Otto war so nett und zeigte sie mir. Paula selbst sprach immer noch davon, sie sei erst im Werden. Aber das sind wir immer. Es ehrt sie. Ich finde ihre Arbeiten sehr gut. Sie sind anders. Wirklich anders. Sie zeugen von einem tiefen Verständnis, nicht nur der Farben und Formen, sondern vom Sehen. Sie sieht! Die anderen verstehen nicht, was sie sieht. In deren Augen ist auch eine Blödheit. In Frankreich gibt es Maler, die ähnlich malen. Bei ihr ist noch ein spezifischer Ton darin.«

»Warum nimmst du sie nicht auf?«

»Das würden die anderen nicht wollen. Sie halten doch nichts von Paulas Malerei.«

»Ich verstehe dich nicht, Rainer. Einerseits willst du gar nichts mit der Künstlergesellschaft zu tun haben, andererseits fürchtest du dich vor ihrer Kritik.«

»So einfach ist es nicht. Sie hat noch keinen Namen.«

»Dein Buch könnte es ändern.«

»Du beschäftigst dich viel zu sehr mit Paulas Werk. Wir sollten uns um unsere Werke kümmern. Ich habe nun das Material zusammen. Es gibt keinen Anlass, sich nun mehr als nötig auf diese Leute einzulassen.«

Clara erhob sich schnell, ging aufgeregt hin und her. Ihr Bauch war schon kugelgroß. »Es sind meine Leute! Verstehst du?«

Rainer war überrascht von der Heftigkeit ihrer Reaktion. Er sprach nun absichtlich leise: »Wir haben keine Leute. Wir sind Künstler. Wir haben einzig uns und bald ein Kind.«

Ja, das Kind. Sie strich über die wohlgeformte Wölbung und ihre Hände lauschten dem Wesen, das bald erscheinen würde. Er hatte recht. Das war das Wichtigste. Sie waren eine Familie. Nur das zählte – und ihre Kunst. Warum konnte sie das nicht akzeptieren? Warum nur dachte sie immer an Paula, an Heinrich, an Otto?

In dem Maße, wie Rainer die Künstlergemeinschaft ausschloss, lud er andere ein. Freunde, Bekannte. Manch einer stand ihr Modell für eine Büste. Sie hatte das Gefühl, sie wäre es nicht nur sich selbst und ihrer Kunst schuldig, produktiv zu sein, sondern auch Rainer.

Dann sagte sich Phia an.

Ja, Phia. Tagelang beschäftigte sich Rainer mit der Speisenauswahl, da er versuchte, die diätische Strenge, die im Hause herrschte, mit ihren Essgewohnheiten, die wiederum sehr besonders waren, in Einklang zu bringen. Nachdem er den Speiseplan bis ins Einzelne ausgetüftelt und schon Bestellungen bei den hiesigen Läden und sogar in Bremer Feinkostgeschäften vorgenommen hatte, was die dürftige Haushaltskasse arg strapazierte, da sagte Phia ab. Es gehe nun doch über ihre Kräfte. An eine Reise in dieses Moordorf sei gar nicht zu denken.

Und dann kam sie doch! Rainer telegrafierte ihr von Lilienthal aus, einen Weg, den er zu Fuß ging, um ihr nur ja das Gefühl zu geben, er erwartete sie schon sehnsüchtig und stünde auf dem Bahnhof rechtzeitig bereit. Sein Eifer war enorm, wie Clara fand. Sie hatte die abfälligen Bemerkungen ihres Vaters über Phia teilweise mitbekommen. Desto mehr wollte sie der Mutter ihres Gatten frei von Vorurteilen begegnen.

Er holte sie vom Bremer Bahnhof ab. Clara wartete nervös. Sie trug ein dunkelgrünes Musselin-Kleid, das sie für diesen Anlass angemessen fand. Eka, eine junge Frau aus dem Dorf, und eine Köchin vom Barkenhoff bereiteten das Essen zu. Der Besuch, so wusste Clara, würde heikel werden. Die Dame musste man wie ein rohes Ei behandeln. Clara trat mehrmals vors Haus, weil sie die beiden schon an der Gartenpforte empfangen wollte. Es war heute ein kalter, windiger Septembertag, der sich aus dem Oktober oder gar dem November hierherverirrt hatte. Sie ging wieder zurück ins Haus, nur um kurz darauf wieder hinauszugehen. Endlich kamen die beiden. Rainer und ein hilfsbereiter Bauer schleppten die vier Koffer.

Die Schwiegermutter verharrte eine Weile vor der viel größeren Clara. Phia war altmodisch, durch und durch. Sie trug eine Krinoline und eine große Haubenschleife und sah zu ihr auf, mit einem festen Blick und einem seltsam breiten Mund. Sie sagte nichts. Clara schwieg ebenfalls. Es war ihr unangenehm, ihr allein gegenüberzustehen, aber Rainer musste sich ja um die Koffer kümmern.

Die Dame hatte einen schwarzen Samtmantel an. Clara fror in ihrem dünnen Musselin-Kleid. Und was ihr nun auf eine ungewisse Art gleich bewusst wurde: Diese Frau war alles andere als kränklich und schwach. Nein, im Gegenteil. Sie strahlte eine Robustheit und Zähigkeit aus, die selten war. Die Westhoffs hatten Rainers Mutter völlig falsch eingeschätzt. Clara begriff nun auch, weshalb sie nicht zur Hochzeit kommen konnte, eine beschwerliche Reise durch Italien aber kein Problem schien: Sie wollte es so.

Schließlich sagte Phia: »Prächtig bist du, Clara. Prächtig. Brr, und nun hinein ins Haus, es ist recht ungemütlich in diesen Breitengraden.«

Das Essen verlief reibungslos. Es mundete allen. Die Mutter hatte einen gesegneten Appetit, der im Gegensatz zur Zartheit der Person stand. Claras Urteil, die Schwiegermutter sei alles andere als schwach und kränklich, wurde zusätzlich bestätigt. Rainer hatte Phias kulinarische Vorlieben auf den Punkt getroffen, ohne allzu große Abstriche an den diätischen Regeln Dr. Lahmanns machen zu müssen, denen das Ehepaar folgte – Clara hatte sich in dieser Hinsicht ganz angepasst. Danach zog sich Phia in eines der beiden kleinen Ruhezimmer zurück, das ihr während des Aufenthalts als Gästezimmer diente.

Die Besucherin hatte, wie gewünscht, Fotos mitgebracht. Eine ganze Mappe. Sie saßen um den Tisch herum. Jedes einzelne Foto wollte begutachtet werden. Rainer hielt sich zurück und überließ den beiden Frauen das Feld, damit sie einander kennenlernten. Sie hatten einen erfüllenden Gesprächsstoff, dieser Stoff war: er. Phia fiel zu jedem Foto eine eigene Geschichte ein. Sie nahm alles sehr ernst. Das Foto, auf dem der kleine René mit Hund abgebildet war, lud sie zu einer längeren Geschichte ein, die eigentlich nichts mit einem Hund zu tun hatte, sondern von Renés kränklicher Konstitution handelte und davon, dass er immer schon ein Einzelgänger gewesen war. Der Hund? An den könne Sie sich gar nicht mehr erinnern.

Es gab auch ein Foto, auf dem Rainer wie ein Mädchen gekleidet war. Clara drängte es, die Frage nach dem Warum zu stellen, getraute sich aber nicht.

Sie wisse, dass ihr Sohn sich jetzt nicht mehr René nennen würde, das habe eine Frau mit schlechtem Einfluss zu verantworten, aber für sie, die Mutter, bleibe er immer »ihr René«.

»Verstehe, liebe Clara, René trägt keine Schuld. Dieses Frauenzimmer hatte es ihm eingeredet. Soll ich nun meinen Sohn mit fremdem Namen ansprechen? Ich, die Mutter? Das kann niemand von mir verlangen. So ist es doch, oder, René?«

Wenn Rainer anfangs noch hin und wieder etwas kommentiert hatte, so verstummte er nach und nach. Er saß den beiden gegenüber in einem Sessel, versank immer tiefer darin und tat so, als läse er in einem Buch, nickte jetzt in dieses Buch, in welchem er blätterte, hinein, direkt in die aufgeschlagene Seite. Der Mutter war sein Gebaren Bestätigung und Genugtuung, und sie nickte wie ein pickender Vogel. Clara wurde die Situation immer unangenehmer. Natürlich durfte sie Phia nicht vor den Kopf stoßen, Rainer würde es nicht gutheißen. Er war schließlich in der Lage, für sich selbst zu sprechen.

»Hier war er ein fescher Kadett. Ich hätte ihn gerne beim Militär gesehen. Aber das war doch nichts für ihn. Er ist ein Künstler, ein Dichter. Ich bin stolz auf ihn.« Sie sprach nun eine Weile über ihn, als wäre er gar nicht im Raum und als hätte sie, Phia, die Aufgabe, Clara ihren Sohn zu erklären.

»Du musst wissen: René und ich, wir sind ein Herz und eine Seele. Als ich ihn mit dem Zug nach St. Pölten brachte, da hatten wir noch ein paar Stunden Zeit, ehe er in die Kaserne musste. Er muss ungefähr elf Jahre gewesen sein. Wie wir in diesen Stunden aneinanderhingen! Wir gingen in eine Speisewirtschaft und René aß seine Lieblingsgerichte. Danach machten wir einen Spaziergang, Arm in Arm wie ein Liebespaar. Anschließend kehrten wir in ein Café ein und René bekam Kuchen. Er stopfte sich regelrecht voll und ihm war übel, glaube ich. Auf mein besorgtes Fragen hin – er war weiß im Gesicht – verneinte er es. Es gehe ihm sehr gut, sagte er. Ja, so war er. Er wollte nicht, dass ich mir Sorgen mache. Tapfer ging er schließlich durchs Tor, wo ihn ein grober Soldat anschnauzte … Die künstlerische Ader hat er im Übrigen von mir geerbt, und ich habe ihn von frühester Kindheit an gefördert. Ich kann mir keinen liebevolleren Sohn wünschen. Er schreibt mir wunderbare Briefe. So viele Briefe. Auf diese Weise nehme ich an seinem Leben teil. Jetzt hat es ihn also hierher verschlagen.«

Die Mutter sah sich demonstrativ in der Stube um. »Klein. Wie heißt es doch so treffend: Raum ist in der kleinsten Hütte. Eine Hütte im Moor.« Sie klatschte in die Hände, als drückte sie damit eine besondere Freude aus.

»Es ist ein Haus, ein schönes Haus im Moor«, sagte ihr Sohn mit gehauchtem Protest.

»Bald seid ihr zu dritt. Dann wird es irgendwann eng. Die Gegend ist auch ziemlich unwirtlich, oder? Kann denn ihr Vater«, sie richtete sich direkt an ihren Sohn, statt an die Schwiegertochter, die es doch vorwiegend betraf, »kann denn ihr Vater euch nicht großzügiger unterstützen? Die Familie besitzt doch eine Kaffeefabrik, wie ich hörte. Liebe ist etwas Feines. Ich weiß ja, dass du so romantisch veranlagt bist, René. Aber bedenke: Als mein Sohn erhoffe ich mir schon, dass du ein Leben mit Komfort führst, von Luxus will ich ja gar nicht reden, aber es muss kommod sein und nicht so von der Hand in den Mund.«

Rainer war von der Rede offensichtlich nicht konsterniert oder überrascht. Er schien derartige Diskussionen schon geführt zu haben und wusste, wie man sich ihrer entledigte. Clara war kurz davor aufzubrausen. Was bildete sich diese Frau ein? Ihr Vater besaß im Übrigen keine Fabrik! Dann besann sie sich und überließ es Rainer, der offensichtlich mit Ausfällen dieser Art vertraut war, zu antworten.

Er sagte: »Es ist vor allem eine schöne Gegend. Nirgendwo sonst wollen wir wohnen.«

»Ja, ja, das ist ja auch der Grund, warum hier eine Künstlerkolonie entstanden ist. Die Landschaft ist es. Der Himmel. Ein regelrechtes Schauspiel, welches die Wolken manchmal aufführen. Jedenfalls sagen das viele. Und das Licht ...« Clara sprach voller Eifer.

»Ja, es ist eigentlich keine Landschaft, mehr eine Lichtschaft«, nahm Rainer enthusiastisch den Ball auf.

»Soso, eine Lichtschaft. Da spricht mein kleiner Dichter. Aber ich hatte eine beschwerliche Reise. Ich will nun zu Bett gehen. Das habe ich mir verdient.« Damit erhob sie sich.

Clara rauschte nach oben, hantierte und strich noch einmal das Oberbett glatt.

Rainer schlief diese Nacht bei Clara, seit Langem einmal wieder. Sie flüsterten wie Kinder, die zur Schlafenszeit heimlich Geheimnisse teilten. Er sprach, als müsste er all die Worte seiner Mutter korrigieren oder gar auslöschen. Er sprach von seiner Zeit in der Kadettenanstalt. Und er sprach von ihr, die für ihn als Kind niemals eine mütterliche Seite gezeigt habe. Er habe sich als Kind einmal in Mädchenkleidern seiner Mutter als »Isme« vorgestellt.

»Stell dir vor. Ich wollte ein Mädchen sein, um meiner Mutter zu gefallen. Und sie, sie klatschte Beifall. Ich sagte zu ihr in der Rolle der Isme: ›Den René, den habe ich fortgeschickt. Der ist ein Nichtsnutz. Wir Mädchen sind viel lieber …‹ Und sie reizte das Spiel aus, indem sie in die Wunde bohrte und nun mit mir – ich war ja Isme – Schlechtes über den abwesenden René sprach und ihn aller bösen Eigenschaften bezichtigte, die er angeblich habe. Natürlich war es kein Spiel für mich. Es war ernstester Ernst, der ernsteste Überlebensernst.«

Rainer musste mehrmals schlucken. Sie lagen Kopf neben Kopf. Es war ein seltsames Geräusch, ein beinahe unterdrücktes Wimmern. Über ihnen war die Holzdecke und darüber lag das Zimmer von Phia.

»Die Wege, auf denen sie mich erwartet, sind wie in einem … Spiegel, und wenn man sich noch so klein macht oder sich irgendwie verstellt, man kann sie nicht gehen. Verstehst du?«

Clara verstand nicht, was er sagte, zu dunkel waren jetzt seine Worte, aber sie ahnte, sie spürte sein Leid, auch die Verzweiflung.

»Ich … ich kann nicht die geringste meiner Wirklichkeiten bis zu ihr bringen … sie sieht mit ihrer Vorstellung von mir geradezu ein Loch in mich hinein. Ich werde zur Leere, aus mir schwindet mein Ich. Ich habe das Gefühl, in einer Puppenhauswelt zu leben, auf der alles nur aufgemalt ist, die Türen, die Fenster, alles nur aufgemalt, eine Kulisse aus Pappmaché.«

Sie erlebte Rainer zum ersten Mal schwach, nicht eine vorübergehende Schwäche, durch Überanstrengung oder Krankheit hervorgerufen, die kannte sie nur allzu gut, sondern die Schwäche, die aus einer tiefen seelischen Wunde resultierte. Sie wusste, dass es das erste Mal war, denn sie hatte immer darauf gewartet – wieso, wusste sie nicht –, jetzt war es geschehen. Sie hielt ihn an, seinen Kopf in ihre Armbeuge zu betten. Er rutschte geradezu ohne Anstrengung, hinein. Sie hatte das Gefühl, ihm noch nie so nahegekommen zu sein. Trotz des Anlasses empfand sie es als angenehm. Ihm etwas zu geben, das war es, was sie verlangte. Er atmete schwer und ließ es einen Moment geschehen. Sie atmete unwillkürlich im Gleichtakt, dann entwand er sich schließlich. Er rollte sich zur Seite, den Kopf ins Kissen gedrückt. Sie getraute sich nicht, sich zu ihm hinzudrehen und ihn noch einmal zu berühren. Sie lag auf dem Rücken mit der ballonförmigen Erhebung ihrer Leibesmitte. War sie zu weit gegangen? Oder hatte er sich zu weit hinausgewagt? Sie wusste, dass es verschlossene Menschen gab, die, wenn sie ausnahmsweise eine Schwäche zeigten, einen dann umso stärker zurückweisen mussten. Sie fürchtete diese Zurückweisung. Sie legte ihre Hände auf die Bettdecke. Sie lauschte. Doch dann drehte er sich zu ihr hin. Die Bettfedern knarrten, es klang fast wie ein Seufzen. Er kam seitlich etwas hoch und sah sie an. Es war dunkel und sie sah nur seine Augen. In seinem Blick war Dankbarkeit.

Am nächsten Morgen war alles wie immer. Rainer tänzelte um seine Mutter herum und heischte nach Aufmerksamkeit, und die Mutter ließ es sich gefallen. Clara war anfangs befremdet davon, dann akzeptierte sie es. War es nicht bei ihr und ihren Eltern ähnlich?

Man zeigte der Mutter die Gegend. Der Weyerberg mit seinen fünfzig Metern Höhe nötigte ihr ein nachsichtiges Schmunzeln ab. Clara wollte sie mit zum Barkenhoff nehmen, aber Rainer untersagte es ihr. Phia hatte wohl auch kein Interesse daran. Lieber wanderte sie in der Landschaft, die allerdings tagelang eher trostlos ausschaute, da es regnete und auch sonst recht trüb war. Sie war insgesamt sehr wankelmütig. Einmal wollte sie hinaus an die frische Luft, ins Freie, und zwar sofort, dann wieder wollte sie schnell nach Hause. Auch im Haus lief sie beständig herum. Sie war umtriebig und ein regelrechter Unruheherd. Sie hatte zudem viele Ideen, wie man die Hütte im Moor verschönern könnte. Kam sie darauf zu sprechen, war auch Rainer in seinem Element. Sie habe einige hübsche und besonders wertvolle Möbelstücke in Prag, die ausgezeichnet hier in diese Moorhütte passten und ihr etwas Glanz verliehen. Glanz könne die Moorhütte ja durchaus gebrauchen. Sie machte eine Liste. Zusammen hockten die beiden um den Tisch. Jedem fiel etwas ein. Die feine Tasse etwa, an die Rainer sich erinnerte. Oder ein besonderes Besteck, das unbedingt den Weg aus Prag an die Nordseeküste nehmen wollte.

»Da ist viel Geschirr, das ich dir schicken werde, René. Ein kleiner Tisch, der dort in die Ecke passt. Sehr hübsche geschwungene Beine.«

Die Vertrautheit der beiden am Tag stand im strengen

Kontrast zu der Schilderung ihrer Beziehung in der einen Nacht. Clara wurde nicht recht schlau daraus. Doch Beziehungen, so sagte sie sich, sind nie bloß schwarz oder weiß.

Phia nahm auch Clara zur Seite und sprach mit ihr über die beste Küche der Welt. Welche das sei? Das sei allgemein anerkannt: die böhmische Küche natürlich. Sie schrieb Rezepte auf und erläuterte bis ins Einzelne die Zutaten. Clara verstand oft nicht, wovon sie redete, weil sie die Wörter nicht kannte, etwa, wenn sie von Schmetten-Kren sprach. Besonders auch die Maßeinheiten, von denen die Dame schwatzte, klangen in Claras Ohren wie böhmische Dörfer: Seitl, Loth oder Deka.

Natürlich war des Öfteren die Rede von den Westhoffs, und Phia drängte immer wieder zu einem Besuch in Bremen. Sie wolle auch den Roland sehen. Clara hätte gern auf ein Kennenlernen der beiden Familien verzichtet, befürchtete sie doch Schlimmes. Sie konnte zwar nicht sagen, was passieren sollte, gleichwohl erwartete sie eine Katastrophe.

Auch die Eltern von Clara bestätigten, dass sie sich auf ein Treffen freuten. Es war nicht zu verhindern. Im Oktober, Phia war bereits drei Wochen zu Besuch, begegneten sich die Familien zum ersten Mal.

Clara stellte bei Phia einen Hauch von Nervosität fest. Sie wusste, dass auch ihre Eltern nicht völlig gleichgültig dem Kennenlernen gegenüber waren. Man begrüßte sich im großen Wohnzimmer. Es gab einen Aperitif. Man prostete sich zu. Man setzte sich an den Tisch, der drapiert war mit einer steifen Tischdecke aus weißem Damast. Zunächst kam die Konversation nicht so recht in Gang. Rainer, der als Conférencier ein Totalausfall war, tat nichts, was dem Gelingen der Zusammenkunft zuträglich gewesen wäre.

Clara war auch mehr als verlegen und fürchtete, etwas Falsches zu sagen, welches entweder die Eltern oder Phia oder beide missverstehen könnten.

»Ihre Briefe sind ungewöhnlich. Sie duften immer so schön«, sagte schließlich Frau Westhoff aus heiterem Himmel. Es wurde bereits das Kompott gereicht. Rainer hatte sich schon an den Bremer Dialekt gewöhnt, den die Eltern stärker sprachen als Clara. Doch jetzt, da er den Klang gewissermaßen mit den Ohren seiner böhmischen Mutter hörte, fiel es besonders auf. So sagte die Mutter »ümmer« statt immer. Und beide Eltern sprachen das »S« sehr spitz aus, wie es hier üblich war.

»Ja, es ist mir wichtig. Mit den Briefen senden wir einen Teil unserer Persönlichkeit in weite Ferne. Natürlich schicke ich nicht jedem x-beliebigen solche Briefe. Nein, nur meinem geliebten Sohn René. Nicht, René?« Sie warf ihm einen geradezu koketten Blick zu. Rainer lächelte so schief, dass es einem Grinsen glich.

Phia revanchierte sich für das Kompliment: »Ihr Haus! Wunderbar. Exquisit. Und überall arbeitet es. Unten im Comptoir sitzen aufgeweckte Herren mit Ärmelschonern und schreiben wichtige Zahlen ins … Hauptbuch. Und draußen, der … zum Speicher führt … Wie nennt man es?« Sie machte eine Geste, von der man nicht wissen konnte, was sie meinte.

»Der Flaschenzug«, rief Herr Westhoff stolz, stolz entweder darüber, dass er ihre Geste erraten hatte, oder darüber, dass der Flaschenzug sie beeindruckte.

»Was transportieren Sie da hinauf auf den Speicher?«

»Teekisten und Kaffeesäcke. Manchmal auch Kakao. Schauen Sie …« Er ging nach nebenan und kam wieder.

Er trug ein Tablett, darauf waren zwei messingfarbene Schälchen.

»Riechen Sie unseren Darjeeling-Tee. Der Kaffee kommt aus Brasilien. Kakaobohnen habe ich gerade keine.«

Die feine Dame hielt ihre kleine Nase über die Schälchen, mal über das eine, mal über das andere Gefäß. »Wie das duftet!«

»Ja, das sind die Wohlgerüche Asiens und Südamerikas.«

»Sehen Sie, wie seltsam. Ich schicke mit meinen Briefen Wohlgerüche *in* die Welt, und Sie erhalten in Säcken die Wohlgerüche *aus* aller Welt.«

Herr Westhoff lachte auf. »Das ist ja famos ausgedrückt!«

Clara und Rainer saßen inzwischen auf einem Sofa und sahen dem eigenartigen Geplänkel erleichtert zu. Jedenfalls galt dies für Clara; möglich, dass Rainer eher befremdet war.

Anschließend machten sie sich auf zum Freimarkt oder genauer »Freimaak«, wie der Hausherr ausführte. Herr Westhoff ließ es sich nicht nehmen, einen kleinen Vortrag über die Geschichte des Volksfestes zu halten, während sie auf dem Osterdeich entlang der Weser spazierten.

»Neunhundert Jahre existiert dieser Markt schon!«

Vorn ging der Vater, seine Gattin am rechten Arm, Phia am linken Arm. Von hinten sah sie neben dem großen Mann wie ein Kind aus. Dahinter Clara und Rainer. Je näher sie dem Marktplatz kamen, desto deutlicher wurde die Musik. Unter den beiden Türmen des Doms hatte man Buden, Stände und Karussells aufgestellt, darin und darum herum tummelte sich eine große Anzahl Menschen. Ein Leierkastenmann spielte in Konkurrenz zu einer kleinen Musikkapelle.

Clara empfand ein unangestrengtes Glücksgefühl oder anders ausgedrückt: das Glück der Beiläufigkeit. Sie fragte sich, woher es kam, und glaubte es darin zu entdecken, dass sie bloß Zuschauer waren. Die ganze Verantwortung hatten sie an die Eltern abgegeben. Clara konnte regelrecht fühlen, wie leicht und locker Rainer zumute war, jeder Last ledig. Es waren Phia und Herr Westhoff, die das Geschehen bestimmten, und sie schienen sich gut zu verstehen. Er konnte Phia sogar überreden, mit ihm ein von einem drallen Pferd gezogenes Karussell zu besteigen. Von überall erschollen die Rufe: »Ischa Freimaak!« Die Marktfrauen riefen. Geräucherte Aale wurden samt Kopf und Augen von oben in den Mund gesteckt. Clara erinnerte es an ihre Kindheit. All die Gerüche, der Trubel, die Lebensfreude. Rainer war nicht pikiert, sondern staunte über den Rummel. Er sagte ihr ins Ohr: »In Russland war ich auf einem ähnlichen Fest. Freilich war es nicht so profan. Aber die Menschen waren ähnlich fröhlich.«

Man naschte und griff zu. Lebkuchen, Honigkuchen, Pfeffernüsse, Schmalzgebäck, Türkischer Honig und eine Bremer Spezialität, die »Babbeler« hieß. Bei Letzterer handelte es sich um zuckrige und nach Pfefferminz riechende Stangen, an denen zu schlecken dann doch zu weit ging. Herr Westhoff schenkte sie einem Mädchen, das neben ihm in der Menge stand. Es war schon später Abend, und man musste den Omnibus nach Worpswede nehmen.

Die Westhoffs wurden zum Abschied nach Prag eingeladen und versprachen, auf jeden Fall zu kommen. Vielleicht schon im nächsten Jahr.

Die ersten Tage nach ihrer Abreise war Rainer geradezu ausgelassen. War er froh darüber, dass sie wieder fort war? Clara jedenfalls war froh darüber, dass der Aufenthalt keine Katastrophe geworden war.

Andere kamen. Rainer ging es dabei immer um das Ausloten von Arbeitsmöglichkeiten, denn die finanzielle Lage des Paares war angespannt. Sie waren beinahe ganz auf die Zuwendungen von Claras Familie angewiesen, was Rainer wurmte und Clara immer peinlicher wurde. Unablässig schrieb er Bittbriefe. Jeder dieser Briefe kostete ihn Kraft, mehr, als man glauben sollte ... mehr, als er glauben machen wollte. Doch Clara verstand, wie sehr er sich verbog. Anfangs hatte sie gedacht, es sei eine Eigenschaft von ihm, die ganz natürlich zu ihm gehörte. Sie hatte schließlich mitbekommen, wie er sich bei den Malern beliebt machte, ihnen schmeichelte. Nun aber erkannte sie, dass es ihn Überwindung kostete und der puren Not entsprang. Dennoch war sie verblüfft, wie gut er das Spiel spielte. Allerdings waren die Umstände gerade gegen ihn. Sie brauchten Geld! Und es kam nicht genug hinein in die Kasse. Und wenn es danach aussah, so folgten Enttäuschungen.

Mit großer Spannung erwartete er die Uraufführung seines Dramas »Das tägliche Leben«. Eine zweite Inszenierung stand danach in Hamburg an.

»Warum fährst du nicht nach Berlin?«, fragte Clara. »Ich sehe doch, wie du dem Termin entgegenfieberst!«

»Nein, nein, ich bleibe hier in unserem Haus im Moor. Um ehrlich zu sein: Ich stürbe vermutlich vor Aufregung, wäre ich anwesend. Aus der Entfernung ist es leichter.«

Tage später trudelten Rezensionen ein. Diese verhießen nichts Gutes. Das Drama wurde nicht ernst genommen. In manchen Szenen wurde gelacht. Das Stück: Es wurde ausgelacht. Und nun nahm man auch in Hamburg Abstand von einer Aufführung. Rainer war tagelang betrübt und zog sich zurück. Clara überlegte, wie sie ihn aufheitern oder wenigstens ablenken könnte. Sie klopfte an seine Tür. Schlurfend kam er heran und öffnete, sie spürte ein Zögern. Sie schlug vor, mit den anderen Worpswedern eine Tour zu machen, in einer Kalesche, so wie damals, als sie zusammen nach Hamburg gefahren waren.

»Ja, damals. Erinnerst du dich der Rosen, die ich dir und Paula schenkte?«

»Ja natürlich.«

»Ach. Das Stück von Hauptmann war auch nicht gerade der große Erfolg.«

Jetzt, zu spät, fiel ihr ein, dass sie ja wegen der Uraufführung des Stücks zusammen hingefahren waren, um Hauptmann beizustehen und ihn zu feiern. Vielleicht wäre es besser gewesen, den Ausflug nicht zu erwähnen. Nun musste sie das Beste daraus machen.

»Aber deine Laudatio war schon großartig.«

»Mag sein. Aber wieso fängst du wieder mit dem leidigen Thema an? Kalesche! Zusammen hinausfahren! Du weißt, wie ich darüber denke. Mein Leben reicht nur für zwei und bald für drei Menschen. Es ist gerade so groß wie dieses Haus im Moor. Im Übrigen haben wir keine Zeit, wir müssen arbeiten, schaffen, erschaffen! Die Zeit ist kurz und unser Werk soll groß werden.«

»Ich dachte, es würde dich aufmuntern.«

»Aufmuntern! Ich benötige keine Aufmunterung!« Er sprach das Wort so aus, als wäre es etwas Verwerfliches oder unerhört Banales. »Mir ist all das so bekannt. Schon in meiner einsamen Knabenzeit lief das Gelächter hinter mir her.«

Clara bekam einen Stich ins Herz. Wie gern hätte sie ihm geholfen, ihn gestützt. Und sie erinnerte sich an den Disput mit Hauptmann im Barkenhoff. Ging es da nicht auch um Gelächter? Es war schwer, ihm zu helfen. Und es war auch nicht ihre Stärke. Doch wie schön wäre es, wenn sie aneinander eine Stütze fänden. Sie mussten es üben. Ihnen blieb dafür viel Zeit: ein ganzes Leben. Für dieses Mal klappte hinter ihr jedoch die Tür traurig zu, und als sie die Treppe hinab ins Wohnzimmer ging, glaubte sie, seine Traurigkeit würde ihr mit schweren Schritten folgen.

Rainer kam bald wieder hervor, mit neuen Plänen und neuem Eifer. Zudem hatte er einen Brief des Berliner Theaterdirektors erhalten.

»Hör dir das an, Clara«, sagte er freudestrahlend. Er las den Brief vor. »Man glaubt also weiterhin an mein Stück.« Vor Freude umarmte er sie.

Er schrieb erneut Briefe. Oft saßen sie zusammen in der Laube und arbeiteten. Sie war mit einer weiteren Rainer-Gipsbüste beschäftigt. Rainer schrieb sehr viel. Er hatte Zeitungsaufträge erhalten, sogar für eine Bremer Zeitung, was nicht viel einbrachte, aber Rainer das Gefühl gab, es wäre nicht alles umsonst.

»Dieser Roman ist außerordentlich. Ich werde eine begeisterte Kritik schreiben. Wir sollten ausschließlich begeisterte Kritiken schreiben. Alle anderen dienen nur der Eitelkeit des Kritikers.«

»Worum geht es in dem Roman?«, fragte sie. Sie schabte an der Figur, um den Kinnbart mehr hervorzuheben. Sie war bei den diffizilen Feinheiten angelangt.

»Es geht um eine Lübecker Kaufmannsfamilie. Über mehrere Generationen. Dieser Mann – so heißt er: Thomas

Mann – ist stark beeinflusst von den nordischen Romanciers. Aber auch von Huysmans. Er überflügelt sie alle. Es kommt übrigens eine skurrile Lehrerfigur vor namens Herr Modersohn.« Er kicherte, was sehr selten vorkam, und wenn es vorkam, dann war es klein. »Hat natürlich keinerlei Ähnlichkeit mit unserem Otto.«

Rainer erzählte sehr ausführlich weiter von dem sehr dicken Roman, und plötzlich erschien es ihr, als spräche er über ihre Familie. Sie war sich selbst nicht klar, wie sie sich verhalten sollte. Die Kritik am Kaufmännischen, die die Seele erdrücke, wie er ausführte, konnte sie einerseits durchaus mittragen, andererseits fasste sie es als Kritik an ihr auf, als wäre sie ein Teil davon.

»Gefällt dir der Roman so gut, weil du darin auch meine Familie gespiegelt siehst?«

Rainer verzog das Gesicht. War ihr Gedanke so abstrus? Oder hatte sie ihn ertappt? Jedenfalls spürte sie eine Kränkung. Sie wollte ihn ermahnen, still zu bleiben und das Gesicht nicht zu verziehen, andernfalls würde sie ihn gerade so darstellen mit dem verzogenen Gesicht, als die Glocke an der Haustür ihren hellen Ton abgab.

Rainer ging zur Tür, geradezu froh, der Situation zu entkommen. Clara arbeitete weiter. Sie lauschte aber sehr genau. Es war die Bassstimme Ottos zu hören. Dann die Stimme Paulas. Wie lange hatte sie ihre Stimme nicht mehr gehört! Die Stimme der Vertrauten. Clara erhob sich, wischte die Hände rasch und oberflächlich ab und eilte zur Tür. Wieso ließ Rainer die beiden nicht herein?

Die Tür klappte gerade zu. Rainer drehte sich um.

»Das waren doch Otto und Paula!«

»Ja.«

»Warum sind die beiden nicht hereingekommen?«

»Sie wollten nur Guten Tag sagen.«

»Ich … verstehe nicht.«

»Wir wollen doch unter uns bleiben. Das haben wir so beschlossen.«

»Du hast es so beschlossen!« Sie schrie es heraus.

»Clara, beruhige dich.«

»Ich bin … empört.« Sie dämpfte ihre Stimme. Ihre Wut war so groß und ihr Jähzorn kurz vorm Ausbruch. Ihr zitterten die Knie. Clara wankte an Rainer vorbei, zur Tür, öffnete sie, trat hinaus, hinaus in den Garten. Lief ein paar Schritte. Es lief sich nicht mehr so leicht mit dem Bauch. Sie umklammerte die Wölbung. Sie kam zum Gartentürchen. Sie sah die beiden Freunde auf dem Weg, der zur Dorfstraße führte. Sie wollte rufen. Doch sie konnte nicht. Es kam kein Laut aus ihrer Kehle. Sie war wie zugeschnürt. Sie fasste sich an den Hals. Ihr wurde schwindelig. Sie hielt sich am Gartentürchen fest, es wackelte, gab nach, Clara drohte zu stürzen.

Rainer stand hinter ihr und hielt sie fest. »Was machst du nur für Sachen?«

Sie umklammerte nun seinen Hals. Er führte sie vorsichtig zurück ins Haus.

»Siehst du! Es ist nicht gut für uns. Du musst dich schonen.«

Es war nur eine kleine Schwäche, wie sie bei Schwangeren vorkommen konnte. Sie hatte sich doch zu sehr aufgeregt. Er hatte wohl recht. Sie musste jetzt in erster Linie auf sich aufpassen. Mit Paula und den anderen könnte sie später, wenn das Kind erst einmal geboren wäre und überhaupt eine gewisse Anspannung nachließe, wieder in Kontakt treten. Sie war eben nicht mehr ungebunden, und das war gut so, so hatte sie es gewollt. Gattin und Mutter zu sein, das wog mehr als alle Freundschaft. Sie musste das Haus hüten. Rainer hingegen fuhr nun öfter nach Bremen. Meistens in die Zeitungsredaktion, manchmal traf er aber auch Leute vom Theater oder von der Kunsthalle. Er war in dieser Hinsicht umtriebig, wenn auch die Erfolge noch auf sich warten ließen.

Als er wieder einmal in Bremen war, überkam Clara die Lust, ins Dorf zu gehen. Zudem benötigte sie einige Materialien für das Atelier. Diese würde sie im Laden von Netzel erhalten. An Fahrradfahren war nicht zu denken. Rainer hatte es ihr im Übrigen strikt untersagt. Sie marschierte los. Als sie bei Heinrich vorbeikam, zögerte sie kurz, ob sie ihm einen Besuch abstatten sollte. Seit er verheiratet war, war er beschäftigter als früher. Die Sonntagabendveranstaltungen fanden wohl auch nur noch unregelmäßig statt. Clara kam am Lilienatelier vorbei. Paula arbeitete nun entweder draußen bei den Menschen oder im eigenen Haus, in Ottos Haus. Am Modersohn-Haus ging sie in einem weiten Bogen vorbei. Schließlich erreichte sie den Laden, beschloss dann aber, doch nichts einzukaufen. Etwas unschlüssig stand sie davor, als sie eine Stimme hörte. Es war Paula.

Paula begrüßte sie zurückhaltend. Clara überkam ein unbändiges Gefühl von Freude, und am liebsten hätte sie die Freundin umarmt wie damals in Berlin, doch alles an Paula signalisierte Abwehr.

»Hat Rainer Ihnen Ausgang aus Ihrem Gefängnis gegeben?« Um Paulas Mundwinkel spielte ein Lächeln, das die gemeine Sottise konterkarierte. Sie trat auch auf Clara zu, und Clara spürte nun, dass es ihr genauso ging, auch sie wollte die Umarmung und auch sie scheute sich davor. Dann blieb Paulas Blick an Claras Bauch hängen, als wäre er es, der zwischen ihnen stand. Nein … es war etwas anderes. Und jetzt kam die Schwäche, als hätte Paulas Blick ihr erst bewusst gemacht, welch weite Tour sie unternommen hatte, hierher.

»Kommen Sie, Clara. Wir gehen zur Kirche.«

Paula bot ihr den Arm an, sie hakte sich ein. Ihr Gang kam ihr nun unbeholfen und schlurfend vor, so neben der behänden Paula. Sie sprachen nichts, bis sie bei der Kirche ankamen, wo sich neben dem Luther-Denkmal eine Sitzbank befand.

Es war kühl, ein leichter Wind wehte. Der Himmel schien ohne Sonne, war gewellt und zinkfarben wie ein Waschbrett.

»Verzeihen Sie meine spitze Bemerkung von eben.«

»Vielleicht haben Sie recht …«

»Sie wirken abgespannt, auch ein wenig traurig. Warum ziehen Sie sich vor uns anderen zurück? Haben wir Ihnen etwas getan?«

»Nein. Es ist nur alles sehr schwierig. Gerade jetzt.« Sie strich über ihren Bauch und ließ die Hand dann ruhen.

»Ich verstehe. Und ich beneide Sie so sehr! Darf ich?«

Clara nickte. Sie knöpfte den Mantel auf. Paulas Hand berührte beinahe ehrfürchtig ihren Bauch.

»Warum beneiden Sie mich?«

»Ich hätte auch gerne ein Kind. Ich träume davon.«

»Es wird sicherlich bald etwas werden.«

»Nein. Ich fürchte nicht.«

»Warum?«

»So ein Gefühl.«

»Liegt es an ihm, Otto?«

Paula nickte. Clara glaubte, schon zu viel erfahren zu haben. Sie schaute zur Kirche hin, zum Kirchturm hinauf, zum Glockenturm.

»Es kommt mir vor, als wären viele Jahre vergangen. Dabei war es erst letztes Jahr. Im Sommer«, sagte Clara traurig.

»Ja, mir scheint es auch fast wie in einer anderen Epoche. Sind wir so schnell gealtert? Ach was! Wir sind beide noch jung. Nichts hat sich geändert. Gut, wir sind nun verheiratet. Die Väter haben gewonnen. Erinnern Sie sich, wie wir über die Ehe sprachen? Otto und ich hatten uns gerade verlobt. Ich machte den Hauswirtschaftskurs in Berlin. Wir fürchteten beide die Ehe. Und dennoch, wir freuten uns auch darauf. Sie, Clara, waren ja noch ungebunden ... Wie auch immer. Otto und ich, wir verstehen uns so gut. Er lässt mir meine Freiheit. Er verteidigt sogar meine Bilder gegen die anderen. Es ist schön mit ihm.«

»Ja, schön«, seufzte Clara.

»Wer hätte denn daran gedacht, dass Sie und Rainer ... Ich war überrascht. Alle waren überrascht.«

»Sie ahnten nichts?«

»Einmal vielleicht, aber ich konnte es nicht glauben. Nicht ihn, nicht Rainer. Er ist nicht für die Ehe gemacht, das dachte ich damals. Ich habe mich geirrt!«

»Vielleicht nicht.« Clara hörte diesen Satz aus ihrem Mund wie von einer fremden Stimme. Das war nicht sie. Und plötzlich kam sie sich wie ein Verräterin vor. Ihr wurde übel. Was tat sie? Hier? Mit Paula? Sie war nun mit Rainer verheiratet. Ein Traum war in Erfüllung gegangen. Und sie saß hier und sprach schlecht über ihn. Nein. Sie musste wieder zurück. Nach Hause.

»Ich muss gehen.« Sie stand von der Bank auf, schwankte ein wenig.

»Der Weg zurück ist viel zu anstrengend. Warten Sie, setzen Sie sich, meine beste Freundin, meine Schwester.«

Paula war so beflissen, lief hinab zur Straße. Clara wartete. Sie sah sich und Paula die Glocken läuten und wie sie sich davonstahlen, sie hatten sich geradezu in die Büsche geschlagen. Sie lächelte. Aber, so dachte sie weiter, das ist vorbei. Es war nun etwas Ernsthaftes geschehen. Mit Rainer war das Leben ernst. Das wusste sie doch. Wie er von diesem Ernst sprach! *Wenn zwei Menschen sich wirklich begegnen, so kann es nur im Ernst sein.* Sie hatte ihm innerlich zugestimmt.

Der Pfarrer trat aus einem scheunenhaften Gebäude, das sich vor der Kirche befand und an den Friedhofzaun angrenzte. Er sah sich um. Er schien unschlüssig zu sein. Er hatte sie bemerkt und überlegte wohl, ob er sich zu ihr hinbegeben sollte. Sie schaute schnell weg. Im selben Moment kam Paula.

»Glück gehabt. Sie können beim Bauern Brünjes mitfahren. Habe ihn eben getroffen. Kommen Sie. Er bringt Sie im Wagen nach Hause.«

Aus den Augenwinkeln bekam sie mit, wie der Pfarrer ihr verdutzt nachsah. Sie gingen zusammen hinunter. Der Bauer grüßte. Er half ihr in den Wagen und auf den Bock. Paula winkte. Clara konnte nur mit Mühe die Tränen unterdrücken. Sie ahnte, dass sie beide vielleicht nie wieder so miteinander reden würden. Und zugleich, während der Wagen hinabfuhr, freute sie sich auf Rainer.

Kapitel 3

Nach der Geburt des Mädchens, das sie Ruth nannten, war Rainer beständig um sie beide, kümmerte sich liebevoll, las Clara jeden Wunsch von den Augen ab. Die Eltern Claras gewährten dem jungen Paar großzügig eine Haushaltshilfe. Sie nahmen eine junge, anstellige Frau aus dem Dorf namens Eka, die schon gelegentlich ausgeholfen hatte. Die Großeltern ließen sich mehrmals sehen, brachten immer nützliche Geschenke mit. Auch Phia, Rainers Mutter, schrieb beinahe täglich parfümierte Briefe.

Ruth war groß und kräftig. Sie hatte das Gesicht von Rainer und die Konstitution von Clara, da waren sich in der Familie alle einig. Phia war auch überglücklich. Sie sagte sofort ihren Besuch zu, musste ihn aber in letzter Minute absagen, da sie krank wurde.

Obgleich Rainer alles tat, um es Clara bequem zu machen, wie er sich ausdrückte, und ihr jede Aufregung ersparen wollte, kam es dennoch zu einem kleinen Disput. Der Pfarrer hatte seine Aufwartung gemacht. Clara freute sich und war ihm gegenüber sehr freundlich. Rainer gab seinen Missmut kund, indem er sich nach kurzer Zeit auf sein Zimmer zurückzog. Als der Geistliche gegangen war, kam der Dichter wieder hinabgestiegen.

»Mit dem Taufen hat es ja keine Eile.«

»Ja, im Sommer reicht.«

»Unser Mädchen wird nicht von diesem ... unsympathischen Mann getauft.« Er sagte es scharf, ja hart.

»Aber er ist doch unser Pfarrer ...«

»Findest du ihn sympathisch?«

»Das ist doch egal.«

»Nein, keineswegs.« Er setzte sich auf den Bettrand. Die Kleine schlief. Am liebsten hätte er den Mann hinausgeworfen. Allein der Umstand, dass er mit seinen dicken Fingern Ruths Köpfchen gestreichelt hatte, war ihm zuwider.

»Bedenke, wie er dich behandelt hat. Dich und Paula. Ekelhaft!«

»Nun ja, man muss verzeihen können.«

»Nicht alles. Und nicht jedem. Es gibt kein Gesetz, das uns verpflichtet, gerade in seiner Kirche unser Kind taufen zu lassen.«

Clara machte Anstalten, sich zu erheben. Das Mädchen erwachte. Sie ließ sich wieder ins Kopfkissen sinken. »Wenn du willst, Rainer. Entscheiden wir es im Sommer.«

Rainer beugte sich über die beiden und küsste erst Clara auf die Stirn und dann das Kind auf die Wange.

Während Clara im Wochenbett lag – sie war schon nach ein paar Tagen wieder aufgestanden, aber natürlich noch nicht ganz auf dem Damm und brauchte viele Ruhezeiten –, las Rainer ihr aus eigenen Werken, aber auch aus dem Roman von Thomas Mann vor. Er las den Schluss des Romans. Ein Tag im Leben des Hanno Buddenbrook, voller Ängste in und vor der Schule, und dann diesen überraschend-schrecklichen Schlussakkord, bestehend aus einer medizinisch-poetischen Beschreibung der brutalen Wirkung einer Typhuserkrankung. Rainer las, als beträfe es ihn selbst.

»Erinnert dich Hanno an dich selbst?«, fragte Clara. Sie saß in einem bequemen Schaukelstuhl, eingehüllt in mehrere Decken, da sie nach der Geburt leichter fror. Ruth wurde im Nebenraum von Eka gewickelt. Sie hörten Lallgeräusche, die nicht vom Kind kamen, sondern von Eka.

Rainer, noch erschüttert von der Lektüre, schien die Frage nicht gehört zu haben. Oder wollte er nicht reagieren? Ging die Romanpassage ihm zu nahe? Dann war ihre Frage töricht und unbedacht.

Doch er regte sich und sagte ruhig: »Ich war ja auf der Militärschule. Es war im gewissen Sinne viel schlimmer. Hanno hatte einen Freund und er hatte die Musik. Ich war in St. Pölten. Wir mussten morgens um vier bereits raus aus dem Bett, winters wie sommers. Dann schlossen sich allerlei Turnübungen an. Körperliche Ertüchtigung war fast alles. Ich lag nachts in einer finsteren Bettstatt umringt von fünfzig Schläfern, indes die Schritte des Unteroffiziers Gobec tönten ... um dann aufgeschreckt zu werden von einem Horn oder einer Trommel in ein unkenntliches Wachsein. Als der Schwächste unter den Schwachen war ich das Opfer all der Gewalttätigkeiten ratloser Knaben. Es ist deshalb auch eher die Meisterschaft des Schriftstellers, die mich berührt. Sie beglückt mich. Schüchtert mich auch ein, da ich selbst einmal einen Roman schreiben möchte. Vielleicht sollte ich dir die kürzlich fertiggestellte Prosaarbeit von mir geben, die den Titel ›Die Turnstunde‹ trägt und in einer Militärschule spielt, wie ich sie selbst erlebt habe. Das Thema beschäftigt mich sehr und ich überlege sogar, einen Militär-Roman zu schreiben. Romane sind eben heutzutage am besten verkäuflich. Mein Verleger, der Herr Kippenberg, drängt mich dazu. Vielleicht wäre das eine Lösung unserer finanziellen Misere.«

Eka kam herein. Rainer unterbrach, vielleicht hatte er auch alles gesagt für den Moment. Er drehte sich zu Eka um und nahm ihr das Baby ab, und mit einer Herzlichkeit, wie sie Clara so noch nie bei Rainer gesehen hatte, liebkoste er Ruth, sog ihren Duft ein, wiegte sie in seinem Arm und summte sogar eine Melodie, die vielleicht ein böhmisches Kinderlied war.

Weihnachten 1901 verbrachten sie zu dritt im neuen Haus. Rainer hatte es strikt abgelehnt, nach Bremen zur Familie zu fahren. Clara widersprach: »Ich bin längst wiederhergestellt und fühle mich gut. Meine Eltern würden sich so sehr freuen.«

Ruth hing an ihrer Brust und nuckelte.

»Wir sind nun eine Familie. Ein Weihnachtsfest zu feiern im trauten Heim ist ein großer Traum von mir. Wir haben dieses wunderbare Haus im Moor. Mein Traum kann sich erfüllen und du willst zu deinen Eltern? Das verstehe ich nicht.«

Clara begriff. Sie legte ihre Hand behutsam auf den Rücken des Kindes. »Das wusste ich nicht … Du hast natürlich recht.«

»Schon lange male ich mir aus, wie ein Weihnachtsfest sein sollte, das mir gemäß wäre. Mir und jetzt auch euch. Wir wollen dieses heiligste Fest so feiern, dass wir bis an unser Ende daran erinnert werden.«

Und endlich schneite es. Nicht viel. Aber genug, damit die Welt im weißen Glanz lag. Rainer trat hinaus. Das Knirschen unter seinen Schuhen war ihm angenehm. Die

Welt war wattiert. Lautlos fiel der Schnee in schönen Flocken. Es war windstill und der Himmel über ihm von einem weißen Grau mit einer Sonne, die fahl hinter einer Art Glasschicht glomm. Er ging den Weg von Westerwede hinunter ins Moor. Die wenigen Häuser waren schneebestäubt und nun braun-weiß gescheckt. Rainer ging ziellos. Rauch stieg aus jedem Haus auf. Die Luft war vom torfigen Geruch der Herdfeuer erfüllt. Ihn erfasste endlich eine feierliche Stimmung. Es war mehr, es war – heilig. Er erinnerte sich eines Gedichts, das er vor langer Zeit geschrieben hatte: *Es gibt so wunderweiße Nächte, drin alle Dinge Silber sind.* Silberdurchwirkt waren jetzt die Birken und die Luft selbst. Er verharrte. Es war ihm, als müsste er nun ganz Teil der Welt werden. Er breitete die Arme aus, sah hinauf in den wunderweißen Himmel. Der Gedanke, vollständig mit der Welt zu verschmelzen, ganz in der Welt zu sein und zugleich zu wissen oder doch zu ahnen, dass diese Welt in der Hand eines Schöpfers ruhte – all das durchströmte ihn mit heißem Glück.

Nach einiger Zeit stapfte er weiter und dann drehte er sich um. Er sah zurück und sah sein Haus in der Ferne. Für einen Moment konnte er nicht glauben, dass es sein Haus und dass es wirklich war. Der Weg, den sein Leben genommen hatte über all die vielen Stationen, hatte ihn nun hierhergeführt. In dem Haus waren seine Frau und sein Kind. Haus, Frau, Kind. Es erschien ihm geradezu fantastisch, dass es so war. Er betrachtete sein Leben als etwas Fremdes und Schönes. Alles hätte auch anders sein können und doch war es eben so, wie es war. Es war vielleicht Zufall, aber es war *ihm* zugefallen. Es war übermächtig. Es war groß. Er erschauerte. Das Haus war ein Sinnbild. Nie zuvor hatte er sich geborgener gefühlt. Dieses Gefühl der Geborgenheit wölbte sich in die Landschaft hinein. Die Stille rieselte sanft, bis ein paar Krähen, wie in einem Spiel, hüpften und seine Aufmerksamkeit auf sich zogen. Sie befanden sich jenseits eines zugefrorenen Kanals und riefen sich heisere Laute zu, als kratzten sie mit ihren schwarzen Schnäbeln Zeichen in das weiße Eis. Jetzt habe ich es schwarz auf weiß, dachte Rainer und schmunzelte. War es das Glück, das er gesucht und nun gefunden hatte? Jetzt, ja. Was morgen war, das wusste er nicht und wollte es nicht wissen. Vor ihm lag die Verheißung eines Weihnachtsfestes im trauten Kreis mit den Seinen. Er freute sich wie ein Kind darauf. Er begann, den Krähen gleich zu hüpfen, er hüpfte in Richtung seines Hauses im Moor, das nun der Schnee mit Glanz und Stille bedeckte.

Mit größter Sorgfalt und langsam, geradezu genießerisch schmückte er den Christbaum in der Diele. Manchmal trat er zurück, um sein Werk zu begutachten, erkannte Missklänge und setzte eine Kerze oder eine Schmuckfigur um. Clara und das Mädchen lagen im Bett. Eka kümmerte sich um sie. Rainer dekorierte nun den Gabentisch. So viel hatte die Mutter ihm geschickt. Hinzu kamen die Geschenke der Schwiegereltern. Besonders wichtig war ihm die Lahmann'sche Leibwäsche für Ruth, die ganz nach den Maßgaben der diätischen Blutentmischung hergestellt worden war, wie man einem beigefügten Gütesiegel entnehmen konnte. Die Kleine sollte von Anfang an nur das Beste auf ihrer Haut spüren. So würde sie ein gesundes und starkes Kind werden.

Zudem bereitete er das Weihnachtsessen vor. Es sollte nicht das übliche Mahl geben, welches aus zu viel Fleisch bestand. Er hatte einen genauen Speiseplan und machte sich daran, den Tisch zu decken. Die Vorfreude war so groß, dass er fast drohte zu zerspringen. Schließlich war es so weit. Eka hatte bereits das Haus verlassen, um bei den Ihren zu feiern. Die Dunkelheit umhüllte das Haus, sanft und heilig wie ein Engel. Im Haus war es zwar hell, aber nicht strahlend, das wollte er nicht. Nur eine verhüllte Lampe spendete Licht neben den kleinen Lichtern des Christbaums. Die anheimelnde Nacht draußen sollte nicht aus dem Haus ausgesperrt werden, sondern sich eingeladen fühlen, hereinzukommen.

Er führte Clara, beinahe wie eine Blinde, ins Zimmer. Ihre Augen leuchteten wie die Kerzen. Er war erregt und zugleich ganz still, selbst von innen her leuchtend. Sie verharrten eine Weile vor dem Baum. Dann zeigte er ihr all die Geschenke. Ihre Rührung ging schnell in Begeisterung über. Jedes Geschenk wurde begutachtet.

»Schau nur, wie reich beschenkt wir wurden von unseren Lieben.«

»Ja, das ist wunderbar.« Sie berührten alles. Erst glitt ein Geschenk durch seine Hände, dann durch ihre.

»Sieh nur, diese herrliche Wäsche für unsere Ruth. Das ist echte Lahmann-Wäsche.« Er überreichte sie ihr zur Begutachtung mit einer geradezu heiligen Scheu.

Schließlich ging er in die Küche und brachte herein, was er bereits vorbereitet hatte, mit großem Stolz. Es servierte Gemüse mit Grütze – sein Leibgericht, das auch Clara zu schätzen gelernt hatte. Da er unsicher war, ob ihr das Essen weihnachtlich genug erschien, erklärte er: »Wir müssen uns nicht mit ungesundem Essen vollstopfen wie die anderen, nur um das Gefühl zu haben, es sei Weihnachten.«

»Aber ja, Rainer. Es schmeckt köstlich.«

Er brachte nun auf einem Glasteller Butter, daneben lagerten moorschwarzes Brot und blasser westfälischer Schinken.

»Sieh nur den herrlichen Schinken. Die wunderbaren Streifen weißen Fetts. Sehen sie nicht aus wie lang gezogene weiße Wolken an einem Abendhimmel?«

»Ja, als ob man in einen Abendhimmel schaute.«

Er schenkte Tee in Gläser ein – es handelte sich um Westhoff-Tee. Dann legte er große Scheiben Zitronen daneben.

»Wir wollen die Scheiben wie Sonnen in die goldene Abenddämmerung des Tees versenken.«

Gleichzeitig, dabei einander anschauend, ließen sie eine große Zitronenscheibe in den Tee gleiten.

Der Tisch war zudem dekoriert mit Rosen, zwei große Vasen schwer. Zum Schluss bekam jeder eine Mandarine – die zu erstehen ihn nicht nur viel Geld, sondern einen weiten Weg gekostet hatte.

Sie schälten die Früchte, der Duft entfaltete sich wie ein Sommer, den die Früchte in sich aufbewahrt hatten.

»Es schneit!«, rief er, während sie noch an den Früchten kauten.

Sie stellten sich zunächst ans Fenster, dann traten sie hinaus in die Nacht, Clara hatte das Baby im Arm. Über ihnen spannte sich der Himmel wie eine weiße Decke. Rainer hielt sein Gesicht den kleinen Flocken entgegen und streckte gar die Zungen heraus als Landeplatz für die eine oder andere torkelnde Flocke. Clara übergab ihm Ruth und begann, mit wiegenden Schritten vor dem Haus zu tanzen. Es war kein Tanz nach den üblichen Regeln. Sie breitete die Arme aus, sah zum Himmel hinauf, drehte sich.

»Nicht zu schnell und stürmisch!«, rief Rainer besorgt.

»Du sprichst wie Dr. Hauptmann.«

Sie lachte und dann wirbelte sie umso schneller herum. In ihr war eine Kraft, die Rainer immer noch geradezu einschüchterte, dennoch wollte er sich daran erfreuen. Einmal, so dachte er jetzt, das war wohl am Anfang, damals im Barkenhoff, da war ihm die Kraft Claras aufgefallen und der Unmut darüber, keinen Anlass zur Kraft zu haben. Jetzt hatte sie einen Anlass. Es war wie ein Tanz um eine Mitte. Ihr Wille, so fürchtete und befürchtete er zugleich, war jedoch gehemmt. Seit sie hierhergezogen waren, in dieses Haus am Moor, beobachtete er eine Verwandlung an ihr. Die Maßgaben ihres Zusammenlebens hatte er, wie selbstverständlich, formuliert, und sie bemühte sich, diesen zu genügen und sie zu leben, gleichwohl spürte er unablässig einen geheimen Widerwillen, einen Widerwillen, so leise, dass nicht einmal sie ihn hörte, und doch, jetzt hörte er ihn, sah er ihn. Wieso? Er lag in diesem fließenden, kreiselnden Tanz, in welchem sie ganz bei sich war, aus ihrer Mitte heraus, für einen Moment ungebändigt und frei. Ein seltsam zwiespältiges Gefühl befiel ihn. Einmal war da die Freude darüber, etwas gefunden zu haben, was er an ihr anziehend gefunden hatte; dann aber auch der Schmerz über den Verlust. War er ihr Käfig? Und wie wäre es zu ändern? Oder sah er in ihr bloß seinen eigenen Käfig? Käfig, jetzt, da er am Gipfelpunkt einer Sehnsuchtsbewegung war: dem eigenen Weihnachtsfest? Was würde kommen?

Sie kehrte mit einem Lächeln zurück, das ihn geradezu bestürzte, samten, rot, umleuchtet von ihrem Gesicht.

Sie nahm ihm Ruth ab, und Rainer spürte die Leere seiner Arme und es drängte ihn, sie wieder zu füllen. Er umarmte sie beide in einer einzigen Bewegung, hielt sie und wurde gehalten. Über ihnen schimmerte weiß die Schneenacht.

Nach der Geburt von Ruth und jenem traulichen Weihnachtsfest rückten die beiden Liebenden noch enger zusammen. Das Neugeborene wirkte wie ein Magnet, der sie beide zu sich zog und so einander näherbrachte. Die Phasen der Nähe unterbrach Rainer immer wieder abrupt. Meistens zog er sich zurück oder er stürmte hinaus in die kalte, karge Winterlandschaft. Sie wusste nicht, wann er wiederauftauchte. Bald schon kehrte er zurück und suchte nun die Nähe der beiden umso intensiver. Clara vermeinte darin auch ein schlechtes Gewissen zu spüren, was ihr Glück trübte.

Sie dachte nun nicht mehr an die alten Gefährten, an Paula, Heinrich und Otto. Beständig war sie umgeben von Ruth, von Rainer und den vielen Verpflichtungen, die mit dem Kind und dem Haus einhergingen. Und der Arbeit. Einmal, als Rainer sich zurückgezogen hatte – »Die Arbeit, die Arbeit!«, entschuldigte er sich, wenn er sich entschuldigte – und dann wieder herunterkam vom Olymp, drängte er sie dazu, ebenfalls zu arbeiten.

»Was? Du hast keine einzige Stunde gearbeitet?« Und es fehlte nicht viel, er hätte darauf verwiesen, wie fleißig er da oben im Dichter-Olymp gewesen war.

»Wie denn? Mein Tag ist ausgefüllt mit den Dingen des Alltags.«

»Man findet immer Zeit. Ich verstehe dich nicht!«

»Dann nimm sie.«

Clara, die Ruth im Arm hatte, drückte ihm das Kind geradezu grob auf die Brust, sodass er schnell zufassen musste, damit das Kind keinen Schaden nahm.

»Ich gehe jetzt arbeiten«, schrie sie. Dabei hatte er recht. Sie war nur manchmal so müde und in ihr loderte das Feuer der Inspiration kaum noch. Und wenn es schien, als würde es gerade wieder entfacht, dann kamen die Anforderungen des Alltags und traten es aus.

»Aber Clara … Liebste«, stammelte er,

Sie gingen gemeinsam ins Atelier. Sie stampfte voran, er schlich hinterher und sprach murmelnd mit dem Kind. Die kleine Scheune war kalt. Die Kälte kam ihnen wie ein Anhauch entgegen. An den Fenstern blühten zart und durchsichtig Eisblumen. Beinahe trostlos standen dort die angefangenen Arbeiten. Nur die Rilke-Büste war fertig. Clara versuchte, den kleinen Ofen in Gang zu bringen. Es qualmte aber nur, schnell füllte sich der Raum mit Rauch. Sie zogen sich zurück.

»Geh, Rainer. Geh«, befahl sie, an der Tür stehen bleibend. Rainer machte Anstalten, etwas zu sagen, aber ihm fiel nichts ein, und er zog sich mit dem Kind im Arm zurück. Glücklicherweise kam Eka gerade durch den Garten und nahm ihm Ruth ab. Clara ging zurück ins Atelier. Bald schon entstieg dem Schornstein des kleinen Gebäudes Rauch. Doch konnte sie kaum unter diesen Umständen arbeiten. Sie hatte niemals unter Druck gearbeitet, ja, damals in München bei Klinger vielleicht, dort hatte sie sich zu beweisen. In den letzten Jahren allerdings hatte sie in den Tag hineingearbeitet und sich ganz dem Anflug der wankelmütigen Inspirationen überlassen. Nun unter Druck, vor allem unter Zeitdruck zu arbeiten, das funktionierte nicht. So saß sie vor einer Figur und wusste nichts anzufangen damit, dachte zugleich, wie erbärmlich es war, keine Idee zu haben und dermaßen unproduktiv zu sein. Es lag an ihren Händen, wie ihr schien. Die Hände hatten keine Idee, als wären sie gerade zu sehr mit anderem beschäftigt. Er, Rainer, kannte solche Zustände nicht. Er schwamm beständig in einem schier endlosen Fluss, dem er sich nur hinzugeben brauchte. Immerzu war es da, das unerschöpfliche Reservoir seiner künstlerischen Potenz, und er musste nur schöpfen. Sie saß nutzlos in ihrem Atelier, immerhin wärmte der kleine Ofen, und sie wartete, bis sie meinte, es sei Zeit, wieder ins Haus zu gehen.

Es war im Februar, als Clara mit Schrecken einfiel, dass sie den Geburtstag von Paula völlig vergessen hatte. Sofort schrieb sie einen Brief voller Entschuldigungen. Rainer schaute über ihre Schulter. Er hatte ein untrügliches Gespür dafür, was im Haus vor sich ging.

»Ich will der lieben Freundin am Ende des Briefs ein paar eigene Zeilen schreiben.«

Anderntags kam ein Brief von Paula an. Clara fühlte die Dicke des Briefes, es handelte sich nicht um eine Karte zu einer Einladung. Nein, es war ein richtiger Brief. Sie war eben dabei zu überlegen, ob sie den Brief vor Rainer verstecken sollte – warum, warum nur? Doch Rainer hatte sich die Treppe hinunterbegeben und stand neben ihr, lautlos wie ein Geist.

»Ein Brief. Von wem?«

»Stell dir vor, von Paula.« Es schien ihr, als ob Rainer nicht so überrascht wäre wie sie.

Sie gingen wie selbstverständlich zum Stubentisch.

Clara reichte den Brief an Rainer weiter, damit er ihn öffnete, doch der schüttelte den Kopf.

»Öffne ihn ruhig«, beharrte sie.

»Nein, er ist an dich gerichtet.«

»Ja, das ist er wohl.« Sie schaute demonstrativ auf den Briefumschlag, auf dem nur ihr Name als Empfänger stand.

»Soll ich dich allein lassen?« Er drehte sich schon zum Gehen um. In diesem Moment begann Ruth in der Wiege zu schreien. Sie wussten beide, was dies hieß. Clara holte das Baby, setzte sich auf den Schaukelstuhl und machte ihre Brust frei.

»Lies ihn mir bitte vor. Wir wollten doch keine Geheimnisse voreinander haben. So besprachen wir es während der Zugfahrt von Dresden.«

Rainer verzog das Gesicht, nahm den Brief aber sofort und setzte sich seiner Frau gegenüber an den Tisch. Er faltete ihn sorgfältig auseinander, las zunächst stockend und so, als ob er aufpassen müsste, dann aber sehr gut, mit Betonung und wie bei einer Rollenprosa.

»Muss Liebe knausern. Muss sie Einem alles geben und andern nehmen … Aus Ihren Worten spricht Rilke zu stark und zu flammend. Fordert das denn die Liebe, dass man werde wie der andere?«

Nach dieser Passage hielt Rainer inne. Er legte den Brief beiseite, wischte sich über die Augen und starrte dann zu Clara. Clara ließ sich nichts anmerken. Sie konzentrierte sich ganz auf die Kleine an ihrer Brust. Ihr Gesicht aber war zur Seite gewandt, sodass er ihren Gesichtsausdruck nicht erfassen konnte.

»Soll ich weiterlesen? Es scheint wirklich ein Brief nur für dich zu sein, Liebste.«

»Nun hast du schon so viel gehört, als dass du nicht auch alles hören könntest. Wir sind eine Familie. Wir wollen alles teilen. Hören wir, was die Gute noch zu sagen hat. Dann besprechen wir uns.«

So las er weiter. Seine Stimme war nun beinahe gepresst, dann wieder, als besinne er sich, wurde sie lauter, klarer, dann wieder leiser, in Verzagtheit versiegend, nur um erneut aufzusteigen und in einem seltsamen Zwiespalt zu tönen, der gleichzeitig den Protest der Briefautorin wiedergab und seinen eigenen gegen sie.

»Ich weiß wenig von Ihnen Beiden, doch mir scheint, haben Sie viel von Ihrem alten Selbst abgelegt und als Mantel gebreitet, auf dass Ihr König darüber schreite …«

Das Kind begann zu weinen, als wäre es ganz und gar nicht einverstanden mit alldem, sei es mit den Vorwürfen Paulas oder dem Schweigen Claras oder Rainers Verunsicherung.

Der Brief endete, und Rainers Stimme nahm nun einen versöhnlichen Klang an: *»Ich bin Ihre alte Paula Becker und bin stolz, dass meine Liebe so viel dulden kann und von gleicher Größe bleibt.*

Ich danke Ihnen, mein lieber Freund, sehr für Ihr schönes Buch …«

Nun sprach sie also ihn an, in der Gewissheit, dass er, obgleich der Brief an Clara adressiert war, dennoch mitlesen würde.

Für Minuten sagte niemand etwas. Auch Ruth hatte sich beruhigt. Schlief sie gar wieder? Es schien, als ob jeder auf den anderen wartete, dass er das Schweigen bräche. Der Brief war ein Affront gegen Clara, mehr aber noch gegen ihren Mann. Oder? Was wog schwerer: die Klage gegen ihre alte Freundin, sich zu sehr an ihren Mann angepasst und gar das eigene Selbst aufgegeben zu haben? Oder doch der Vorwurf an Rainer, seiner Frau den Platz zum Atmen zu nehmen? In Rainer war sofort der Protest erwacht, und er hielt ihn wach. Clara jedoch war überwältigt, wie von einem Hammerschlag getroffen. Sie konnte ihre Gedanken nicht ordnen. Rainer begann, sie zu beobachten. Sie fühlte sich wie ein Tier in einem Käfig. Angestarrt von ihm. Gefordert – aber wodurch? Was erwartete er? Und war nicht ihre sofortige innerliche Abgabe der Verantwortung an ihn der Beweis, dass Paula recht hatte?

Nun sag doch etwas!

Jeder dachte es für sich. Es stand im Zimmer, hoch aufgerichtet, ein Ausrufezeichen. Die Situation war nicht auszuhalten. Clara bewegte sich heftig, unwillkürlich, ohne Ziel. Dies veranlasste Ruth, wieder zu weinen.

»Sie weint«, sagte Rainer, der normalerweise nicht auf Offensichtliches hinwies.

»Ja, sie weint«, antwortete Clara.

»Ich werde einen Brief an … Frau Modersohn schreiben. Ist es dir recht?«

Nichts war Clara weniger recht und zugleich wollte sie nichts mehr. Sollte er schreiben. Sie war unfähig dazu. Sie ging nun mit dem Kind auf und ab, um es zu beruhigen.

»Ich werde die richtigen Worte finden.«

»Ja.« Natürlich würde er, der Wortakrobat, die richtigen Worte finden. Wie auch anders? Ihr wurde klar, dass dies der endgültige Bruch war. Sie, ihre Schwester im Geiste, die liebste Gefährtin, war nun nicht mehr ihre Freundin. Dies war der Preis, den zu bezahlen Clara bereit war. »Ja, schreib du den Brief für uns.«

Rainer brauchte nur wenig Zeit und sie beide unterschrieben ihn. Er lief auch gleich zum Briefkasten. Wie albern! Sie schrieben sich Briefe und waren doch nur wenige Kilometer voneinander entfernt. Warum gingen sie nicht aufeinander zu? Warum? Die nächsten Tage traute Clara sich kaum aus dem Haus. Zu sehr fürchtete sie, auf Paula zu treffen. Womöglich fing sie sie ab, bis ihr aufging, es war keine Furcht, es war doch nur der Wunsch, sie mochten sich treffen und alles aussprechen, alles, für immer, und sich wieder in den Arm nehmen, so wie damals in Berlin auf der Brücke, die über den Landwehrkanal ging.

Anfang April machten sie einen langen Spaziergang: Clara, Rainer und die kleine Ruth. Mal hatte Rainer die Kleine auf dem Arm, mal Clara. Sie gingen erst entlang eines Weges, vorbei an Katen und Höfen. Dann wagten sie sich weiter vor, ins Moor. Clara betrachtete das Land, maß es ab, spähte in die Ferne.

»Ich denke, hier in der Nähe muss es sein. Wir müssen da entlang.«

Rainer folgte Clara, im Arm die gemeinsame Tochter, die den Kopf an seine Brust geschmiegt hatte. Er wurde langsamer.

»Ist es nicht zu gefährlich? Wir haben die Kleine.«

»Nein, gefährlich ist es nicht.«

»Wohin führst du uns denn?« Er stupste mit der Nase an die Nase des Babys. »Wohin führt uns die Mama?«

Clara begann zu wimmern. »Siehst du, Ruth möchte auch nicht weiter.«

»Hier ist es doch schon.« Clara strahlte wie lange nicht mehr. Sie begann zu hüpfen, nur leicht, kaum über dem

Boden, aber es war ein Auf und Ab. Und Rainer durchfuhr ein Schreck.

»Was ist das?«

»Eine Schwingbodenwiese.«

Der Untergrund schwang in der Tat. Durch Claras Sprünge wurde er in Bewegungen versetzt, die sich Rainer mitteilten und ihn nötigten, ebenfalls mitzuschwingen. Clara hüpfte zu ihm hin und übernahm das Kind. Clara lachte. Rainer, immer noch skeptisch, wippte aber mit. Nachdem er sich in die Schwingung hineinbegeben hatte, hüpften nun beide im Gleichklang. Es war wie ein Tanz.

»Siehst du, es gefällt ihr«, rief Clara laut aus, als müsste sie gegen eine Musik anreden. Dabei war es eine lautlose Musik, wenn es sie denn gab. Für Rainer war es schwer, sich einem Rhythmus hingeben zu müssen, zumal unterhalb des Wiesenbodens nun Wasser hervortrat und den Tanzboden zu überspülen begann. Ihre Füße wurden nass. Der Boden seufzte und die Schuhe sanken etwas ein, sodass jetzt ein Ruck nötig war, um sie wieder herauszuziehen. Nach kurzer Zeit war Rainer ganz erschöpft.

Sie wanderten wieder zurück. Weit hinten sah man die tiefbraune Einöde der Torfstechereien. Dazwischen Kanäle, vereinzelt die niedrigen Hütten mit ihren moosbedeckten Dächern, die bis fast auf den Boden reichten. Der Himmel darüber seltsam saphirblau funkelnd. Es war kühl, aber alles begann zu blühen. Die hängenden Zweige der Birken waren voller Kätzchen und zartgrüner Blätter.

Sie gingen nun ganz dicht beieinander und warfen sich Blicke zu. Die Schwingungen waren noch in ihnen. Ihr Blut, die Muskeln waren erfüllt vom Schwingbodentanz.

Rainer trug wieder die Kleine. Clara war voller Überschwang. Sie breitete die Arme aus und rief: »Hiersein ist schön!«

Der Kontakt zu den anderen war inzwischen fast zum Erliegen gekommen. Heinrich war in den letzten Monaten nur ein- oder zweimal vorbeigekommen. Man hatte sich nicht allzu viel zu sagen. Er war angespannt. Man spürte, wie die Ehe ihm zusetzte. Als er fort war, sagte Clara: »Ich glaube, er ist nicht mehr so glücklich wie früher. Und er arbeitet nun noch mehr.«

Rainer wurde nachdenklich. Er benötigte einen Moment für seine Antwort. Er meinte schließlich, es falle doch niemandem ein, von einem Einzelnen zu verlangen, dass er glücklich sein müsse, heirate aber einer, so sei alle Welt erstaunt, wenn er es nicht sei! Glück würde überhaupt überschätzt, sowohl für den Einzelnen als auch für Verheiratete.

»Sind wir denn glücklich?«, fragte sie ängstlich.

»Es geht nicht darum. Wir haben doch nicht geheiratet, um glücklich zu sein. Das ist die Lüge! All diese Liebesgeschichten, an deren Ende dann ein Paar glücklich vor dem Traualtar steht. Ich frage dich: Und was ist dann? Dann beginnt doch erst das Abenteuer. Lass die Ehe ein Abenteuer sein. Dann ist man jenseits von Glück oder Unglück. Ist sie kein Abenteuer, so lasse sie meinetwegen glücklich sein – aber sie wird es in den meisten Fällen nicht sein. Es wird, wie bei deinen Eltern, eine Gemütlichkeit ins Leben Einzug halten, ein Sich-Wegducken, ein Verleugnen, eine große Illusion. Du kennst doch auch die Stücke von Ibsen. Die Lebenslüge und die Ehe. Wollen wir wie unsere Eltern werden?«

Clara stand dieser mit so großer Entschiedenheit vorgetragenen Rede Rainers hilflos gegenüber. Er hatte recht, natürlich sollte ihre Ehe anders sein. Aber sollte das Glück keine Rolle darin spielen? Sie wollte etwas antworten, etwas genauso Überzeugendes. Sie suchte nach einer passenden Entgegnung. Seine Eltern hatten sich früh getrennt. Das hatte ihn und sein Bild von der Ehe geprägt. Sie wollte nun antworten. Doch sie hörte, wie er bereits müde die schmale Stiege hochstapfte. Ein Murmeln kollerte von der Treppe herunter: Er brauche Ruhe, Ruhe. Es war wohl mehr zu sich selbst gesagt. Sie sah nur seinen Rücken verschwinden, dann die Beine, es blieb eine Treppe mit leeren Stufen.

Nach einem halben Jahr entschieden die Eltern Claras, die Haushaltshilfe wieder fortzuschicken. Von nun an könne Clara wieder vollständig den Haushalt übernehmen. Hin und wieder kam Besuch, den Rainer mit der Absicht eingeladen hatte, entweder ihre Werke zu präsentieren und damit ihre Verkaufsmöglichkeiten zu erhöhen oder für sich Aufträge zu akquirieren. Manchmal klappte es. Meistens nicht. Die Besuche nahmen Rainer dermaßen in Anspruch, dass er oft nicht mehr ansprechbar war. Er begann mit sich zu hadern, mit der ganzen Situation. Oft sprach er nun davon, dass sie unbedingt eine finanzielle Lösung bräuchten, und machte dann eine hilflose Geste, die anzeigte, wie wenig er selbst daran glaubte. Dabei hatte er keinen Überblick über die finanzielle Situation. Hatte er anfangs noch zu rechnen versucht, Kolonnen von Zahlen aufgeschrieben, sich in Addition und Subtraktion geübt, so ließ er bald selbst diese rudimentäre Buchhaltung schleifen. Clara versuchte dagegen, einigermaßen den Überblick zu behalten, was schwierig war, denn weder informierte er sie über seine Ausgaben noch über alle Einnahmen. Im Gegenteil, sie hegte den Verdacht, er unterschlage sogar Einnahmen.

Sein Interesse an dem Kind erlahmte. Clara nahm es deutlich wahr. Anfangs hatte ihn sein erster Weg nach dem Aufstehen – sie schliefen nicht mehr zusammen – zur kleinen Ruth geführt. Er liebkoste sie, er flüsterte mit ihr. Jetzt kam er vor allem zu den Mahlzeiten herunter. Knuddelte die Kleine eher oberflächlich. Er machte nur den Anschein. Sein Blick, anfangs voller Stolz und Liebe, wurde nun zerstreuter, er nahm sie wahr, aber wie mechanisch. Hatte er anfangs immer von »unserer kleinen Ruth« gesprochen, so nannte er sie nun »das Kind«. Clara war gekränkt. Jeder Blick, den er der Kleinen vorenthielt, hinterließ eine Lücke, eine Leere, die sie, die Mutter, immer mehr umgab. Auch sie berührte er nur selten. Ihre Hände fühlten sich so oft leer und kalt an.

Die Rede, die er gehalten hatte, über das Glück in der Ehe, erschien ihr nun als eine Art Dogma, so als könnte es Glück in der Ehe grundsätzlich nicht geben. Wieso hatte er dann geheiratet? Ihre Versuche, ihn zu einem gemeinsamen Spaziergang zu bewegen, stießen auf gewundene Ablehnung, bis sie es überhaupt unterließ, ihn zu fragen. Dafür hatte sie den ganzen Haushalt zu erledigen. Nur die Einkäufe wollte er selbst machen, ansonsten lag nun alles in Claras Hand. Neben Putzen, Kochen, Waschen und Gartenarbeit war da noch ein kleines Kind zu versorgen. Allein das Auskochen der Windeln! Das Füttern, das Spielen, das Versorgen, das Spazierengehen.

Clara kam kaum mehr dazu zu arbeiten. Und je größer der Abstand zur Arbeit wurde, desto schwerer fiel es ihr, ins Atelier zu gehen. In ihr wuchs der Unmut. Es brodelte in ihr. War es anfangs immer ein Glücksgefühl gewesen, die Tür zur kleinen Scheune zu öffnen, so musste sie die Tür nun beinahe gegen einen Widerstand öffnen. Dabei kam ihre Kreativität zurück, sie spürte es.

Er zog sich immer mehr zurück in seinen Olymp. Dort verfügte er über drei Zimmer. Eines Tages, im Juni, kam Rainer freudestrahlend ins Haus. Es war ein Brief angekommen. Ein bekannter Kunstkritiker wollte die Arbeiten von Clara sehen. Er würde in einer bekannten Kunstzeitschrift einen Artikel über sie schreiben. Die »unbekannte Worpswederin«.

Mit Entsetzen stellte Rainer fest, wie wenig Clara in der letzten Zeit angefangen oder fortgesetzt hatte. Sie standen im Atelier, das in einem verwahrlosten Zustand schien. Es war nicht richtig aufgeräumt, offene Tiegel, in denen etwas vertrocknete. Da und dort eine Figur, in einem beklagenswerten unfertigen Zustand. In den Holzkästen für die Gipsabgüsse staken abgebrochene Arbeiten. Rainer beschwerte sich.

Clara hatte Ruth auf dem Arm, setzte sie auf den Boden ab und es brach aus ihr heraus: »Was soll ich denn noch alles machen? Den Haushalt, Ruth und nebenbei Kunst schaffen? Bildhauerei ist harte Arbeit. Ich setze mich nicht in einen Lehnstuhl und dichte. Ich brauche Material, ich brauche Abgüsse. Selbst bei einem Maler genügen nur Farbe und Leinwand. Mein Werk entsteht durch einen komplizierten Produktionsprozess. Ich bin auf Werkstätten angewiesen. Ist dir klar, dass wir offene Rechnungen bei der Gießerei haben? Sie weigern sich, weiterhin Bronze für mich zu gießen. Nein, mein feiner Rainer, das ist nicht möglich. Ich kann das alles nicht. Du lässt mich allein. Du lässt uns allein.«

Ruth krabbelte auf allen vieren wacker, aber noch sehr wackelig über den Boden und wollte gerade eine Figur von einer niedrigen Etagere reißen – Clara war geistesgegenwärtig genug und fing sie mitten im Fall auf.

Rainer war zurückgeschreckt, überrascht von der Heftigkeit ihres Ausbruchs, vielleicht sogar eingeschüchtert.

»Aber Clara …«

»Ja, was denn?« Sie schrie, die Figur wie eine Waffe in der Hand.

Er kannte diese Zustände bei ihr. Meistens von einer lammhaften Sanftheit, konnte der Jähzorn urplötzlich aus ihr hervorschießen.

Die kleine Ruth begann zu weinen.

»Aber Clara, dann siehst du es selbst ein. So geht es nicht weiter.«

»Was soll das bedeuten?« Sie stellte die Figur auf einen anderen, höheren Tisch.

Ruths Weinen wurde lauter.

»Ich weiß es selbst noch nicht. Wir werden sehen. Ich habe ein Angebot bekommen, vom Bremer Theater. Ich soll dort einen Maeterlinck inszenieren. Du weißt, was mir gerade dieser Autor bedeutet. Es käme auch Geld in die Kasse.«

Sie hatte keine Ahnung, was ihm Maeterlinck bedeutete! Gerade dieser Autor! Sie wollte wissen, was es für sie bedeutete, wenn er sagte, sie wisse selbst, dass es so nicht weiterging. Wollte er sich mehr am Haushalt beteiligen? Mehr um Ruth kümmern? Sicherlich nicht!

»Wenn ich dann schon in Bremen bin, dann kann ich es gut kombinieren mit meinen Stunden.«

»Ich verstehe nicht. Von welchen Stunden sprichst du?«

»Französisch.«

»Wozu brauchst du Französisch?«

»Für Paris.«

»Was, Rainer, willst du in Paris?«

Er holte einen Brief aus der Gesäßtasche hervor, reichte ihn ihr. Dann schnappte er sich Ruth, als müsste er sie vor irgendetwas in Sicherheit bringen, und nahm sie auf den Arm. Ihr Weinen ging nun in ein Wimmern über.

Clara las. Es war offensichtlich ein Brief. Ein Brief, den Rainer geschrieben hatte. Er ging an Rodin. Wenn sie richtig verstand, diente sich Rainer als dessen Biograf an. Von ihr war auch die Rede. Von der vielversprechenden Bildhauerin, die ihm gern ihre Arbeiten zeigen möchte. Sie stellte ein paar Fehler im Französischen fest, die aber unerheblich waren. Wollte Rainer diesen Brief wirklich abschicken? Wollte er wirklich nach Paris zu Rodin?

»Was hältst du davon?« Er schaukelte das Kind leicht, um es zu beruhigen. Das half. Ruth hörte auf zu schluchzen. Er gab ihr einen Kuss. Das hatte er schon lange nicht mehr getan.

»Du willst fort?«

»Wir zusammen.«

»Aber wir wollten uns doch hier ein Leben aufbauen, in der Nähe unserer Freunde?«

»Du hast es vorhin selbst gesagt. So können wir nicht weitermachen.«

»Aber fortgehen … Wir sind doch kaum ein Jahr hier.«

»Es gibt keine Vorschrift, wie lange wir hier sein müssen. Das ist das Leben!«

»Aber Ruth …«

Der Name war wie ein Hilferuf und ein Peitschenhieb zugleich. Rainer fuhr zusammen und duckte sich. Clara erschrak. Das hatte sie nicht gewollt. Für einen Moment saßen beide hilflos da und sahen voneinander weg. Schließlich fasste sich Rainer.

»Ich sehe nachts einen Engel vor meiner Türe stehen. Ich erwache und sehe ihn. Groß und unendlich schön. Schrecklich schön.«

Clara überlegte, was er ihr sagen wollte, und wartete auf eine weitere Erklärung. Aber es war nur ein Bild. Jenseits der Erklärung. Sie wollte zunächst fragen, ob er es geträumt habe oder ob er es metaphorisch meine, aber das war sinnlos. Das Bild des Engels an der Tür war so wirklich wie alles, wirklicher als alles. Was immer es bedeutete, sie war glücklich darüber, dass er es ihr anvertraut hatte, denn sie ahnte, es war von großer Bedeutung für ihn und damit für sie, und sie ahnte, dass dieses Bild aus der Mitte der Kunst ihres Mannes kam und damit aus der Mitte seines Wesens.

Er fuhr in einem anderen, nüchternen Ton fort, hatte sich auch wieder aufgerichtet und sah sie an, so wie nur er sie anschauen konnte. »Ich sehe doch, wie auch du dich quälst. Du vernachlässigst deine Kunst und damit dich selbst. Wir sind Künstler. Für uns zählt nur unser Werk, eines, das uns übersteigt.«

Sie wollte spontan widersprechen, denn es machte einen Traum zunichte. Hatten sie beide nicht davon geträumt, vom Haus im Moor? Aber er hatte recht. Diese Worte, die hatte sie schon einmal ähnlich gehört. Von Paula nach dem Gespräch mit dem Vater. Und hatte Paula damals nicht recht gehabt? Wie konnte dann Rainer jetzt unrecht haben? Ihr Blick glitt etwas wirr durch den Raum. Als er bei Ruth landete, beruhigte er sich. Ein Stich ging ihr durchs Herz. Etwas war zerbrochen, und niemand hatte es getan. Es war einfach zerbrochen. Sie flüsterte: »Zerbrochen …«

»Aber Liebste, liebste Clara. Nichts ist zerbrochen. Etwas ist aufgebrochen. Etwas kommt an die Luft. Etwas wird neu sprießen.«

Sie suchten einander und umarmten sich, sie vielleicht, weil sie sich fürchtete und Halt suchte, er vielleicht, weil er sich freute und die Freude mit ihr teilen wollte.

Frühmorgens setzte sich Rainer in dem Postomnibus, der ihn nach Bremen bringen sollte. Es ging über Lilienthal, Borgfeld und Horn in die Hansestadt hinein. Die Reise forderte seinem Steiß einiges ab. Er schaute unter dem Schaukeln zu, wie die Landschaft gemächlich an ihm vorbeizog. Die Landschaft, die ihm einst so anziehend vorkam, wirkte jetzt nur leer und öde mit Menschen, die darben und also beschränkt waren, genauso leer und öde wie die Landschaft, aus der sie gleichsam geknetet waren. In Lilienthal wurden die Pferde gewechselt. Es war Viehmarkt und Rainer sah dem Treiben zu. Männer mit Ferkeln unterm Arm, die mit anderen verhandelten. Er schloss die Augen und lauschte dem Singsang des Plattdeutschen, das er nicht verstand. Dann machte er ein paar Schritte durch das Treiben. Ihm wurde bewusst, wie wenig er bisher mit den Menschen des Moores zu tun gehabt hatte. Er war ja nur unter seinesgleichen. Selbst die Maler, die schon lange hier weilten, hatte mit ihnen keinen Kontakt. Für sie war alles Landschaft, eine herrliche Landschaft, die Menschen darin dekorative Elemente. Mehr noch als ihr Leben zählten den Künstlern deren Behausungen, an einem Rain gelegen, inmitten einer Birkengruppe, umgeben von Morast oder wie verloren in einer braun getönten Einöde, über die der Himmel sich so weit entfernt erhob in seinen wechselvollen Gestalten. Jetzt sah Rainer die Menschen, die sich an ihm vorbeidrängten. Er sah hustende Gestalten. Manche waren gebückt. Er hatte gehört, dass Menschen, die im Torfmoor arbeiteten, oft von der Schwindsucht heimgesucht wurden. Anders als die armen Menschen in Russland, deren Armut ein Glanz von innen war, herrschten hier stumpfe Eintönigkeit und zugleich ein strenges, beinahe brutales Arbeitsethos. Dabei hatte er doch diese Gegend ins Herz geschlossen, gerade weil sie ihn an Russland erinnerte: diese endlosen Reihen von Birken. Was war nur los? Alles hier erschien ihm geduckt und schwindsüchtig, so wie die engbrüstigen Hütten in Torf und Moor in die Erde geduckt waren und so wie Arbeiter in die Erde hineinkrochen, um aus ihr Brennstoff zu machen. All dies Lastende. Deshalb erschien der Himmel oft so schwer und drückend, so als spiegelte sich die Landschaft in ihm. Er begriff, dass er unbedingt das Buch erweitern musste zu einer allgemeinen Darstellung dieser Gegend und der Landschaftsmalerei als Genre überhaupt. Er musste über die reine Malerei der Worpsweder hinausgehen, damit sein Buch überhaupt einen Sinn hätte.

Rainer wurde unterbrochen in seinem Räsonieren. Aus dem Augenwinkel heraus sah er einen Jungen, hoch aufgeschossen und die Wange blühend von Pubertätspickeln.

Er trug eine Schürze und war vielleicht eine Art Ladenschwengel. Rainer schaute schnell weg. Drei Frauen vor einem Marktstand tratschten fröhlich miteinander und lachten. In ihnen war eine seltsame Helle. Die Frauen trugen weite Glockenröcke und bunte Tücher. Eine sagte etwas auf Plattdeutsch zu ihm. Dann, als sie begriff, dass er nicht verstand, wiederholte sie ihren Satz auf etwas, das dem Hochdeutschen ähnlich war: »Nun machen Sie doch kein Gesicht wie sieben Tage Regenwetter.«

Bald ging es weiter. Als Rainer zurückblickte, bemerkte er wieder den langen Jungen, der ihm unbeholfen oder wie zufällig zuwinkte. Noch als der Omnibus bereits entlang der blühenden Gärten in Horn fuhr, sah er diesen Jungen vor sich, als hätte er sich, eigentlich mehr noch dessen Gebärde, auf die Innenseite seiner Lider geschrieben. Erst auf der Schwachhauser Chaussee verblasste das Bild des Jungen. Hier fuhr eine elektrische Straßenbahn. Sie hielt an einer Haltestelle an und die Postkutsche musste hinter ihr warten. In diesem Moment kam eine Radfahrerin vorbeigeschossen und fuhr beinahe in die ein- und aussteigenden Fahrgäste hinein. War das Clara? Er zuckte zusammen. Nein, natürlich nicht.

Die Theaterproben begannen unmittelbar nach der Vertragsunterzeichnung. Die Schauspieler waren nicht schlecht. Sie ließen sich seine Einfälle gefallen. Es machte Spaß, mit ihnen und dem wunderbaren Text zu arbeiten, zumal ihn auch nicht mehr die häusliche Situation belastete. Clara hatte nachgegeben und schließlich sogar dem französischen Brief den letzten Schliff verliehen, was ihm nur noch deutlicher machte, wie sehr er die Sprachstunden benötigte. Sie hatten den Brief gemeinsam zum Postamt in Worpswede gebracht und gemeinsam eingeworfen. Glücklicherweise waren sie niemandem von den Malern begegnet. Nun hieß es warten. Warten auf Rodin. Rodin war ihre einzige Chance.

Rainer hatte die Termine so gelegt, dass er im Anschluss der Theaterproben zur Berlitz School wechseln konnte, die sich in der Nähe des Theaters befand. Die Französischstunden waren teuer, aber wie sollte er der Biograf von jemandem werden, dessen Sprache er nur leidlich sprach? So hieß es für ihn büffeln und sich anstrengen. Sprachen zu lernen, fiel ihm nicht schwer. Gleichwohl hatte er es im Russischen nicht weit gebracht, wenn er auch Tschechow übersetzt hatte. An der Konversation haperte es. Als er mit Lou bei Tolstoi in Jasnaja Poljana war, da hatte er an dem Gespräch im großen Garten kaum teilgenommen. Gern hätte er Tolstoi von seinen Gedichten erzählt, vom »Stunden-Buch«, aber er getraute sich nicht, in radebrechendem Russisch von seinen sublimen Gedichten zu stümpern. Das hätte alles zunichtegemacht.

Kurz vor der Premiere zog sich die Probe länger hin. Es galt aber, den Termin bei der Berlitz School zu halten. Schließlich – es war schon zehn vor drei – brach er die Proben ab, denn die Schule bestand auf Bezahlung der Stunden, auch wenn er sie ausfallen ließ. Er eilte also hinaus.

Da stand sie.

Sie stand direkt vor dem Eingang, beschattet von einer der Säulen. Sie trug ein himbeerrotes Kleid und einen extravaganten Sonnenhut. Dies war nicht so sehr ihr Stil. Sie, die das Schlichte kultivierte. Sie sah ihn schon, bevor er sie gesehen hatte. Was machte sie hier? Hier in Bremen? Es war so unglaublich, sie hier anzutreffen, dass sie eine Erscheinung sein musste. Er blinzelte mehrmals, aber sie verschwand nicht.

Sie kam auf ihn zu, während er auf sie zukam. Sie reichten sich die Hände. Ihr fester Händedruck ähnelte dem Claras.

»Komm, wir gehen spazieren.«

Es hatte keine Sekunde gedauert und die Beziehung mit ihr war wieder da. Alles. Alles war wieder da. Es war beinahe wie am Anfang. Er war so schüchtern. Ein einziges großes Herzklopfen. Und dann war da auch der Moment, damals im Hotel nach der Dampferfahrt auf dem Dnjepr, als sie ihm befahl zu gehen. Sie könne ihn nicht mehr ertragen. Er blieb. Sie fuhr fort nach Finnland zu Verwandten, einen großen Schmerz zurücklassend, den sein Besuch in Worpswede lindern sollte, immerzu auf einen Brief hoffend. Bis der Brief dann endlich kam. Sie sahen sich nur noch zwei Mal. Und jetzt?

»Wie geht es dir?«, fragte sie. Sie gingen entlang eines Wallgrabens. Mütter mit ihren Kindern waren unterwegs. Auf dem Wasser waren Enten und Schwäne. Jemand verkaufte Luftballons.

»Sehr gut, Lou. Was machst du hier?«

»Dich treffen.«

Sie blieb stehen. Ihr großes und schönes Gesicht lag im Schatten der Hutkrempe. Sie lächelte ihn an. Mit einem Schlag wurde ihm klar, dass er einen Fehler begangen hatte.

»Zufällig?«

»Nein. Du weißt, ich mag Zufälle nicht. Zumeist sind es Unglücke oder Ausreden. Nein, ich habe schon ein wenig nachgeholfen. Ich habe in Hamburg zu tun. Zog Erkundigungen ein. Erfuhr, dass du Regie führst, et voilà, da bin ich.«

Jetzt fiel ihm ein, dass die Französischstunde schon begonnen hatte. Er würde sie versäumen und bezahlen müssen.

»Wie geht es dir?«

»Ausgezeichnet, Rainer, ausgezeichnet. Ich schreibe, ich reise, ich lebe.«

»Und du liebst?«

»Nein, aktuell nicht.«

Sie überquerten eine Brücke, die über den Wallgraben ging. Hier in der Nähe gab es ein Café. Er führte sie in die Richtung.

»Wie lebt es sich in einer Ehe?«

»Du bist doch verheiratet, also weißt du, wie es ist.«

»Meine Ehe zählt nicht. Wir haben eine Abmachung, wie du weißt. Ich bin frei. Im Übrigen willst du ablenken.«

»Du hast recht. Wir haben ein Kind.«

»Ich hörte davon.«

»Sie heißt Ruth.«

»Ruth … So wie meine Ruth?«

»Ja. Aber es hat nichts damit zu tun.«

»Gerade dann hat es damit zu tun. Hast du von Sigmund Freud gehört?«

»Nein. Er ist Autor?«

»Wissenschaftler. Arzt. Er untersucht die Träume und das, was er das Unbewusste nennt. Weshalb wir handeln, wie wir handeln, ohne zu wissen, weshalb. Die Antriebskräfte gewissermaßen.«

Sie waren an dem Café angekommen. Rainer ging voran, sie folgte ihm. Sie nahmen einen Tisch am Fenster mit Blick auf eine Gasse. Sie legte den Hut ab. Als hätte der Hutschatten ihre Schönheit verdunkelt, enthüllte sie sich nun im strahlenden Glanz und überwältigte ihn geradezu. Ein Kellner trat heran. Rainer bestellte Café für die Dame und für sich selbst einen Tee, ohne den Kellner anzusehen, nur sie, sie sah er an. Ihm kam wieder der Gedanke, dass er einen Fehler begangen hatte. Eine Weile lag sein bewundernder Blick auf ihr, und sie zeigte sich ohne Scham und schien es zu genießen.

»Dir geht es also gut in diesem Moordorf?«

»Ja, es ist großartig.« Er wollte gerade schwärmen, da kam der Kellner und brachte die Getränke. Beide nippten an ihren Tassen. Lou musterte ihn über den zarten Rand der Tasse hinweg. Es gab ihm einen Stich.

»Erzähl mir von Ruth.«

Er stockte. Gerade eben hätte er noch schwärmen können, von der Landschaft, von den Malern, dem Himmel über Worpswede, doch nun über Ruth zu sprechen, fiel ihm schwer.

»Sie ist allerliebst. Weißt du, sie sieht aus wie ich. Alle sagen das.«

»Und deine Arbeit … wie geht die voran?«

»Hervorragend. Ich bin dabei, ein Buch über die Worpsweder Maler zu schreiben. Und natürlich schreibe ich meine Gedichte. Der große Band kann als abgeschlossen gelten.«

»Das freut mich. Ich befürchtete schon, deine Schaffenskraft könnte leiden durch die Ehe und du wärest unglücklich. Ich hätte sogar darauf gewettet. Umso mehr freut es mich, dass es anders gekommen ist.«

Für einen Moment herrschte eine Art Pattsituation. Ihren Fragen, die ihm etwas entlocken wollten, setzte er Lügen entgegen. Er hatte das Gefühl, keiner bekam, was er wollte. Doch was wollte er denn? Er wollte etwas anderes. Er wollte …

»Lass mich zurückkommen«, sagte er. Er sagte es in Richtung der Tischplatte, auf der eine blau-weiß karierte Tischdecke lag. In der Mitte stand eine kleine Vase mit einem Veilchen darin. Auf der weißen Vase war die Miniatur einer Stadt abgebildet.

»Rainer. Nicht.« Sie schreckte beinahe zurück.

Plötzlich ergriff ihn eine schmerzende Sehnsucht. Wie schön hatten sie es beide gehabt. Warum war es nicht auf Dauer gestellt?

»Nicht dieses Gespräch. Wir hatten es zur Genüge an den verschiedenen Orten in Russland. Wir hatten es, als du aus … diesem Moordorf kamst. Wir hatten es, als sie dich in deiner Wohnung besuchte. Ich habe es satt. Nicht deswegen bin ich gekommen. Was vorbei ist, ist vorbei. Wir dürfen nicht festhalten. Das lähmt nur. Öffne dich für Neues.«

Jeder Satz war ein Schlag ins Gesicht. Oh, wie er jeden Schlag genoss! Und dann, als sie geendet hatte, ergriff ihn eine seltsame Ermattung. Als würde er krank werden.

»Weshalb bist du hier?«

»Ich kenne dich, Rainer. Ich kenne dich so gut. Vielleicht ist das auch unser Problem. Du bist ein offenes Buch für mich. Es ist mir, als ob ich dich schon hundert Mal gelesen hätte. Zu oft. Und doch bleibst du mir ein Vertrauter, eine verwandte Seele. Ich habe niemals jemanden so sehr geliebt wie dich. Ich möchte dich nicht verlieren – als Freund.«

»Was willst du?«

»Ich will wissen, wie es dir geht. Keine Ausflüchte. Keine Lügen. Aber ich glaube, ich habe schon alles erfahren. Du musst da heraus, aus diesem düsteren Dorf, aus der Enge der Beziehung. Du musst dich befreien, sonst gehst du ein. Sei wieder du selbst. Rainer, besinne dich. Du musst dein Leben ändern!«

Sie sprach eindringlich, wie immer. Sie schien ihre Rede auch vorbereitet zu haben. Sie wusste alles. Seine Lügen vorhin waren nur eine Bestätigung für sie. Wie lächerlich er sich vorkam.

»Ich habe Rodin geschrieben.«

»Sehr gut. Paris. Weit fort. Sie geht mit?«

Lou vermied es, den Namen Claras auszusprechen. Daraus schloss er, dass sie es der anderen etwas übel nahm. Eine Genugtuung! Freilich bloß eine schale. Als sie sich das letzte Mal trafen – das war nach der ersten Nacht mit Clara in Schmargendorf –, war Rainer zu ihr gerannt. Er wusste, er hatte einen Fehler begangen. Er war außer sich. Nicht bei Sinnen. Lou ging mit ihm in den Wald, wie sie es so oft getan hatten. Es beruhigte ihn, doch sie wies auf die möglichen Konsequenzen hin. Er sei letztlich nur seinem Werk verpflichtet, niemandem sonst. Er müsse eine Verabredung mit »ihr« finden, die ihm die Freiheit lasse. Auch »ihr«. Sie sei doch eine Künstlerin und wisse, worauf es ankomme. Das Schlimmste, was geschehen könne, wäre eine Ehe, womöglich ein Kind. Und schlimmer noch wäre alles, wenn sie sich zurück aufs Land in eine Mooreinöde begeben würden. Und je mehr sie ausmalte, wie verfehlt dies alles sei, desto mehr regte sich in ihm ein Widerstand dagegen. Warum nicht eine Ehe? Warum kein Kind? Warum nicht gerade dort, wo er sie kennengelernt hatte, wo er bleiben wollte, überwintern wollte, um etwas Großes auszutragen?

Jetzt saß er da, nippte an der Tasse – der Tee war längst kalt – und wusste, sie hatte mit allem recht gehabt. Sie war eben seine große Lehrmeisterin, in allem. Alles hatte er von ihr.

»Du hältst mich für kalt, für rücksichtslos?«, fragte sie und seine Antwort schien ihr etwas zu bedeuten.

»Nein. Du hast in allem recht und hattest mit allem recht.«

»Ich sehe in dir einen großen Dichter. Er schlummert. Dein Talent ist exorbitant. Doch manchmal bist du noch mein Kind. Jetzt musst du erwachsen werden. Nicht bürgerlich. Nicht spießig, nicht ihrer Moral folgen. Folge deinem Talent. Rodin ist bedeutend. Was willst du für ihn tun?«

»Ich werde eine Monografie über ihn schreiben. Er hat zugestimmt. Vielleicht werde ich sein Sekretär.«

»Du? Ein Sekretär?« Sie lächelte vieldeutig. »Aber die Idee mit dem Buch ist sehr gut.«

»Ja. Ich habe etwas erfahren durch sie.« Auch er vermied es nun, ihren Namen auszusprechen. Sie sollte nicht Teil des Gesprächs werden. »Die Bedeutung der Gebärde. Dahin will ich dichten, der Gebärde nach. Mein Vorbild ist die bildende Kunst. Sie hat es mir gezeigt.«

»Du willst also von Rodin lernen.«

»Ja, in Wörter meißeln, wozu er den Stein braucht.«

»Das ist gut. Du betrittst einen neuen Weg … Es ist Zeit. Mein Zug nach Hamburg fährt bald.«

Sie verließen das Café. Sie gingen nebeneinanderher durch die Straßen der Stadt in Richtung Bahnhof. Von dort würde auch sein Omnibus abfahren. Neben ihr zu gehen, ließ ihn ein letztes Mal ahnen, was er verloren hatte. Und in dem Abstand des Verlustes, den er spürte, zwischen ihr und Clara, lag der ganze Unterschied. Angst ergriff ihn. Er rückte näher an die starke Lou heran, die so wenig Angst hatte. Angst vor dem, was ihm bevorstand. Er sah eine einsame Allee im Herbst, der Wind wehte Blätter durch diese Allee. Das war der Abschied. Und ein junger, dünner Mann machte eine winkende Geste.

Kapitel 4

Sie hatte Rainer zum Zug gebracht. Die kleine Ruth auf dem Arm, kam sie aus dem Bahnhofsgebäude. Clara hatte nicht geweint, obgleich die Tränen hinter den Augen drückten. Es war schon sehr lange Zeit her, dass sie geweint hatte. Vor Freude, ja, oder aus Rührung, aber nicht aus Kummer. In ihrer Familie weinte man nicht. Niemand weinte. Man packte die Dinge an. Man zeigte keine Schwäche. Sie musste stark sein. Rainer hatte auch nicht geweint. Männer weinen nicht, und sosehr Rainer sich manchmal, in bestimmten Situationen, dem Männlichen widersetzte, dieses Weinverbot befolgte er. Sie richtete den Blick auf den Bahnhofsplatz. Männer in dunklen Anzügen und steifen Hüten eilten zielstrebig zum Bahnhofsgebäude hin oder von dort fort. Sie hatten offenbar alle ein Ziel. Auch sie hatte ein Ziel. Mehr als ein Ziel. Es erwartete sie die aufregendste Stadt der Welt: Paris. Und es erwartete sie Rainer. Zum Abschied hatte er ihr gesagt, dass er nicht fähig sei, das Haus abzubrechen, sie aber hätte diese Größe. Er hatte es mit ehrlicher Bewunderung und Dankbarkeit gesagt. Sie richtete sich bei seinen Worten unwillkürlich auf. Ja, dachte sie, sagte es aber nicht: Ich werde die Last auf mich nehmen. Ich werde das Haus abbrechen.

Sie fuhren mit der elektrischen Straßenbahn bis zur Endstation. Dort holte sie ihr Vater mit einer Kutsche ab. Clara verbrachte einige Tage im Haus der Familie in Oberneuland, beschäftigte sich mit Ruth und lebte unter der Unausweichlichkeit, ihre Tochter bald verlassen zu müssen. Gern hätte sie Ruth alles erklärt, doch sie war noch viel zu klein. Vielleicht war es gut, denn was hätte sie sagen sollen? Würde sie die Worte finden? Clara nahm sich vor, ihr eines Tages Rechenschaft abzugeben. Dann gelänge es ihr, alles zu sagen. Dieser Entschluss machte es leichter. Ja, eines Tages, sagte sie sich, eines Tages … Außerdem ging sie mit Ruth durch den Garten, sprach mit ihr. Auch wenn Ruth noch nicht verstand, was sie sagte, so vermochte ihr vielleicht der bloße Klang ihrer Stimme Vertrauen zu geben. Sie zeigte ihrer Tochter die Stelle, an der sie einmal vor vielen Jahren eine Kakaobohne vergraben hatte. Jedenfalls musste die Stelle irgendwo in der Nähe sein. Wäre daraus ein Baum entsprossen, wie groß er jetzt wohl wäre? Sie nahm Ruth auf den Arm und herzte sie.

»Ach, meine liebe Ruth. Manchmal ist das Leben schwer.«

Halt! Sie durfte dem Kind keine Last aufbürden, indem sie klagte. Klagen änderten nichts. Vielmehr musste sie sich die schönen Kindheitstage, die sie selbst hier verbracht hatte, vorstellen, damit Ruth sie fühlen konnte. Der Herbst hatte Einzug gehalten. Er war ihr die schönste Jahreszeit. Sie stellte Ruth ab und griff in einen Haufen Kastanien. Sie drückte der Tochter eine Kastanie in die Hand. Ihre Tochter hatte gute Hände, gesund und stark. Sie steckte eine Kastanie, die besonders glatt und glänzend war und von einer guten Größe, in ihre Jackentasche. Diese eine wollte sie mit nach Paris nehmen.

Ihr Vater rief sie. Hoch aufgerichtet, das Kinn von der Erde fortgereckt, stand er da, vor dem Haus auf der Veranda, mahnend, ein mahnender Pfeiler.

»Es ist Zeit, die Versteigerung.«

Ein paarmal musste sie noch ins Haus zurück. Der schlimmste Tag war die große Versteigerung, bei der all die Dinge, die sie gemeinsam mit Rainer ausgesucht hatte, veräußert wurden. Viel Geld kam nicht zusammen. Nur Heinrich half ihr. Otto und Paula kamen nicht.

Nachdem das Haus leer war und alle fort waren, ging sie noch einmal hindurch. Sie hatte das Gefühl, das verwaiste Haus zeuge von einer überstürzten Flucht. Die Zimmer waren unerträglich leer. Jetzt kam es ihr vor, als hätte man dem Haus … dem Haus im Moor Gewalt angetan, als hätte man es ausgeplündert, einen Traum in ihm zerstört. Es geradezu ausgeweidet. Was hatten sie getan? Was hatten sie ihm angetan? Dies Haus hatte sie so freundlich aufgenommen, der Familie Schutz und Wärme gegeben. Sie nahm sich vor, so bald wie möglich wieder ein solches zu bewohnen.

Hatten sie einen Fehler gemacht? Ja. Nein! Sie musste Rainer recht geben. Sie hatte sich all die Jahre nicht so weit emanzipiert, um als Hausfrau und Mutter zu enden. Wieso aber ging nicht alles zusammen? Hausfrau, Mutter, Ehefrau, Gattin, Geliebte und Künstlerin? Warum sollte man sich entscheiden?

Es klopfte an der Tür. Das Klopfen klang unendlich hohl. Sie drehte sich um, voller Schuldbewusstsein und schlechtem Gewissen, als wäre sie bei einer bösen Tat ertappt worden. Sie sagte: »Herein.«

Es war Paula. Paula trat mit jenem Schwung ein, der ihr eigen war, und bremste ihn ab, als sie im Zimmer stand, und dann wurde sie etwas verlegen. Zwischen ihnen türmte sich monatelanges Schweigen auf. Es war kaum überbrückbar. Paula sah sich um.

»Wie geht es Ihnen, liebe Schwester?«

»Stellen Sie sich vor, wir sind viele Dinge für einen guten Preis losgeworden.« Sie log nicht mit Absicht, schon gar nicht in einer bösen, sondern es schien ihr in dem Augenblick die Wahrheit, die einer Art Gerechtigkeit entsprang.

»Ach ... das freut mich. Rainer ist in Paris?«

»Ja.«

»Und die kleine Ruth?« Sie sah sich um, als müsste das kleine Kind irgendwo in der Nähe sein.

»In Oberneuland.«

»Ach. Natürlich.«

»Wie geht es Ihnen, Paula?« Clara trat näher an sie heran. »Setzen wir uns.« Sie ging voran und setzte sich auf eine Treppenstufe. Paula folgte und nahm neben ihr Platz. Ihre Schultern berührten sich.

»Es klingt alles so ungewohnt hell.«

»Ja, die leeren Räume, man muss sich an sie gewöhnen«, bestätigte Paula.

»Otto geht es auch gut?«

»Ja, sehr gut. Alles sehr gut.«

»Und? Ihre Kunst? Sie kommen voran?«

»Ja, ich habe immer mehr das Gefühl, auf dem richtigen Weg zu sein. Es sind die Farben. Alles ist eine Sache der Farben. Sie haben ein Gewicht … Wann folgen Sie Rainer?«

»In wenigen Tagen. Er hat eine Wohnung für uns. Und denken Sie, Rodin erwartet mich.«

Paula wollte etwas sagen, hielt aber inne und ergriff plötzlich die Hände der Freundin, drückte sie und streichelte sie dann. »Ich möchte mich entschuldigen. Ich habe mich in Ihre Ehe eingemischt. Das war unlauter.«

Clara ließ es geschehen, überwältigt. »Es ist alles gut, jetzt. Wir wollen wieder Freundinnen sein und uns verzeihen.«

»Ja, das wollen wir. Vielleicht besuche ich Sie schon bald in Paris. Dann wäre es beinahe wie früher.«

»Ja, beinahe.«

»Es war schön. Wir waren frei!«

»Ja, es war schön. Sie, Paula, Sie waren frei. Ich glaube, ich war noch nie frei.«

»Aber gewiss doch, Clara. Sie waren auch frei … und können es auch jetzt noch sein.«

»In Ihren Bildern spürt man diese Freiheit. In meinen Werken fehlt etwas. Ich wusste bisher nicht, was. Es ist diese Freiheit.«

»Aber so reden Sie doch keinen Unsinn, liebe, liebste Freundin.«

»Sehen Sie, nun streiten wir uns schon wieder. Etwas ist anders geworden!«

»Immer ist alles anders. Das ist das Leben. Rainer … er spricht manchmal von Verwandlung. Ein schönes, ein großes Wort. Es gehört Mut dazu, sie zu wollen. Wir fürchten uns. Fürchten Sie sich vor Paris?«

»Ein wenig, vielleicht. Aber ich folge ihm, wohin er auch will.«

»In Ihnen hat er die richtige Frau getroffen. Ich hoffe nur, er erweist sich Ihrer würdig.«

»Ihrer würdig ... Ich bin keine königliche Hoheit. Im Gegenteil. Er ist mir so hoch überlegen in allem.«

»Mag sein, mag nicht sein. Wir wollen aufhören mit alldem und wollen uns vom Haus verabschieden. Kommen Sie, Clara, kommen Sie.«

Paula sprang auf und zog Clara mit sich. Sie rannten Hand in Hand durch alle Zimmer, die Treppe hinauf. Und in jedem Zimmer riefen sie: »Auf Wiedersehen. Auf Wiedersehen. Es war so schön. Jetzt beginnt etwas Neues. Wir fahren nach Paris!«

Sie verließen das Haus und liefen in das Atelier. Auch hier war es leer, und auch hier sangen sie vom Abschied, dem etwas Neues folgen würde.

Schließlich kam der Tag, an dem sie nach Paris fuhr. Sie verbrachte die letzte Nacht bei ihren Eltern, um Ruth ein letztes Mal zu sehen. Ihre Tochter war gut gelaunt. Sie lachte schon. Die Eltern waren in einer Zwickmühle. Clara hatte sie da hineingestoßen. Ihre Dankbarkeit wurde mit Blicken voller Vorwürfen beantwortet. Clara nahm es als eine Art Bestrafung hin, die sie akzeptierte.

Rainer hatte ein paarmal geschrieben. Er war wie ausgewechselt, voller Enthusiasmus und Energie. Er war tatsächlich bei dem berühmten Bildhauer Rodin, und er machte Clara Mut, alles werde nun gut werden. Von Ruth sprach er sehr lieb und davon, welche Sehnsucht er nach ihr habe.

Sie hatte Bremen schon öfter verlassen, hatte auf dem Bahnsteig hier gestanden und auf einen Zug gewartet, der sie in eine andere Stadt bringen würde, sei es München oder Berlin oder Paris. Immer mit dem fröhlichen Flattern des Aufbruchs in der Brust. Doch dieses Mal war es anders. Sie fuhr nicht mit der Freude und in Erwartung eines großen Abenteuers. Dieses Mal zerrten tausend Kräfte an ihr, die sie halten wollten und alles so schwierig machten. Dieses Mal lag sie begraben unter einem Berg aus Vorwürfen und bösen Vorahnungen. Dieses Mal wäre sie lieber geblieben – und dann eben doch nicht, denn ohne Rainer, ohne ihren angetrauten Gatten, fühlte sie sich leer und ausgedörrt. Seit sie zusammen waren, war sie erfüllt von ihm. Nachdem er gefahren war, fühlte sie sich wie ausgehöhlt, beinahe wie das Haus in Westerwede. Zugleich aber freute sie sich gar nicht auf ihn und Paris und Rodin. All das machte ihr Angst. Am meisten machte ihr Rainer Angst. Wie hatte sie dahin kommen können, dass sie ohne ihn nicht leben mochte? Und warum fürchtete sie nun Paris?

Diese Gedanken ratterten im Rhythmus der Schienenschläge. Sie aß kaum etwas auf der Fahrt, ganz untypisch, denn zumeist machte ihr Reisen großen Hunger. Sie ging, um etwas zu tun und den Gedanken zu entfliehen, ins Zugrestaurant. Dort nahm sie eine Suppe und eine Kanne Tee zu sich.

Sie holte den Brief wieder heraus, der sehr ausführlich war. Dieser Brief war so voller Wärme, er entschädigte sie für alles. Besonders ein Satz hatte es ihr angetan:

»Ich danke dir und denke und lebe nahe bei Dir Tag um Tag.«

Ja, so ging es ihr auch. Auch sie dachte an ihn und lebte nahe bei ihm, Tag um Tag. Sie las den Brief mehrmals. Immer wieder. Wie aufmerksam Rainer darin die kleine

Tochter des Bildhauers beobachtete. Rainer drang auch schon sehr in die künstlerische Philosophie des Meisters ein, sprach vom »modelé« und verstand dies als eine Form, Urform, die im gewissen Sinne nicht materiell war und deshalb auch nicht zerstörbar, obwohl sie im Materiellen erschien. Sie sann dem Gedanken nach. Er war sehr schwierig. Rainer hatte zur Demonstration eine Schnecke gezeichnet. Die Form oder das Muster dieser Schnecke wäre da im Großen ihrer ganzen Gestalt, aber auch im Kleinen. Selbst wenn man die Schale zerschlug, blieb das Wesen erhalten, denn auch die noch so kleinsten Splitter enthielten alles. Dann kam Rainer auf die Ehe zu sprechen. Er lieh sich die Worte von Rodin aus. Man müsse sich entscheiden: Kunst oder Leben. So sprach Rodin und so sprach Rainer. In ihrem Kopf hämmerte es rhythmisch: Kunst oder Leben, Kunst oder Leben, Kunst ... Dann schlief sie für eine kurze Weile ein.

Als sie erwachte, kam es ihr so vor, als hätte sie ein altes Leben hinter sich gelassen. Je näher sie dem Gare du Nord kam, desto aufgeregter wurde sie. Als hätte sich ein Schatten oder eine Last von ihr gelöst, freute sie sich unbändig auf ein Wiedersehen mit Rainer. Mit der Vorfreude kam auch der Optimismus zurück. Sie wusste, dass Rainer eine schöne Wohnung gefunden hatte, klein zwar, aber sie würden sich schon einrichten. Ihr kamen Erinnerungen an die erste Zeit im kleinen Haus in Westerwede. Das waren doch schöne Tage gewesen. Endlich fuhr der Zug im Pariser Bahnhof ein. Die große Halle wurde in Dampf gehüllt. Sie lehnte den Kopf hinaus, um seine Gestalt zu erhaschen, während der Zug unter einem mächtigen Quietschen der Bremsen und einem starken Zittern der Waggons den Bahnsteig entlangfuhr. Endlich hielt der Zug mit einem Ruck. Sie hatte zwei Koffer und ein weiterer würde per Expressgut folgen. Sie schnappte sich den schwereren. Ein junger Mann erbot sich eilfertig, den zweiten zu tragen. Als sie die Stufen zum Bahnsteig hinunterstieg, hörte sie ein freudiges: »Endlich bist du da!«

Sein Gesicht stach aus der drängenden Menge heraus. Rainer nahm den Koffer von dem freundlichen jungen Mann entgegen, übergab ihn aber direkt einem Träger, der auch Claras nahm und auf einen Handwagen wuchtete. Sie mühten sich dem Gepäckträger hinterher durch das Gewimmel der Fahrgäste. Da und dort umarmte man sich. Blumen wurden überreicht. Als sie endlich aus dem Bahnhof herauskamen und Rainer eine Droschke gerufen hatte, das Gepäck erneut verstaut war und sie sich in den Kutschenwagen setzten, zückte Rainer zu ihrer Überraschung einen Strauß Blumen hervor. Es waren zehn Rosen.

Die Droschke setzte sich in Bewegung. Sie küssten sich flüchtig, aber hielten die Hände. Rainer sprach schnell, beinahe sprudelnd. Zunächst glaubte sie an ein Missverständnis, doch nach und nach wurde es ihr klar: Sie würden nicht zusammenwohnen – Rainers Wohnung war viel zu klein für zwei Personen. Er habe eine zwar schlichte, aber entzückende Wohnung für sie gefunden, die ihr bestimmt gefallen würde. Ihre Wohnung liege viel näher an Rodins Atelier als seine. Leider habe er gerade nicht allzu viel Zeit. Er würde sie nur bis zur Wohnung bringen und müsse sich dann verabschieden. Alles sei sehr aufregend. Seine neue Aufgabe erfordere seine ganze Aufmerksamkeit. Nun seien endlich die trüben Tage vorbei.

Clara zog also in die kleine Pariser Wohnung ein, in der nur ein Bett und ein Schrank, ein Tisch und zwei Stühle und eine Waschschüssel standen. Sie packte erst einmal die beiden Koffer aus. Dann saß sie auf einem der beiden Stühle. Sie hatte plötzlich das Gefühl, dass, wenn jemand das Zimmer beträte, dieser Mensch sie gar nicht sehen könnte. Sie war unsichtbar geworden. Sie saß in einem leeren Zimmer, welches sie nicht imstande war mit ihrer Anwesenheit auszufüllen.

War sie wirklich hier? Mitten in Paris in einer völlig fremden Wohnung? Und war ihr Ehemann, Rainer, einfach davongefahren?

Sie wusste nicht, wie lange sie so dasaß. Jedenfalls raffte sie sich auf und ging hinaus. Die Bewegung half ihr tatsächlich aus ihrer Lähmung. Sie ging langsam, beinahe schleichend. Sie versuchte, sich an Orte zu erinnern, die sie vor einigen Jahren entlanggegangen war. Tatsächlich fand sie sogar die Straße, in der sie damals gewohnt hatte.

Als sie, es war schon dunkel, in die neue Wohnung zurückkam, die Treppe zum ersten Stock hinaufging, sagte sie sich, er werde ja morgen kommen und dann könnte man einiges besprechen. Vielleicht fände man eine Wohnung für sie beide. Zwar war es äußerst schwierig, eine Wohnung zu finden, das wusste sie, besonders, wenn man über wenig Geld verfügte, aber Rainer hatte bestimmt Beziehungen geknüpft, die ihnen helfen würden.

Sie wurde von der Concierge gerufen, ging wieder hinunter. Die Frau übergab ihr einen Brief, wollte die Gelegenheit nutzen, sie auszufragen, aber Clara ließ sie stehen und ging gedankenverloren wieder hinauf. Sie öffnete die Tür, setzte sich auf den Bettrand und las den Brief. Es waren nur wenige Zeilen, in denen Rainer ihr mitteilte, dass sie morgen bei Rodin eingeladen war! Sie sollte einige Fotos mitbringen von ihren neueren Werken. Sobald die Exponate dann in Paris angekommen wären, könnte Rodin sie ja in Realität sehen. Er habe dem Meister schon viel von ihr erzählt. Rodin sei wirklich gespannt auf sie. In Liebe, dein Rainer. Anschrift und Uhrzeit des Treffens.

Das alles war in seiner fein säuberlichen Handschrift geschrieben auf neuem Briefpapier, das er sich hatte anfertigen lassen. Es wirkte fremd. Wie die Botschaft eines Grafen oder einer anderen Hoheit. Er war ja der festen Überzeugung, aus dem Adel zu stammen. Fremd und unwirklich lag der Brief in ihrer Hand.

Schlimmer noch erschien ihr der Inhalt. Clara las den Brief mehrmals. Angst packte sie. Sie wusste nicht, weshalb. Es war eine Angst, die sie regelrecht würgte. Sie musste sich beinahe übergeben. Dann erfasste sie eine große Müdigkeit. Sie hatte in letzter Zeit nicht viel Schlaf gehabt. Sie war mehr als müde, gelähmt, bleiern. Sie fiel beinahe ins Bett und blieb angezogen liegen. Jetzt hörte sie den Verkehr, als hätte er nur darauf gewartet, dass sie ihm die gebührende Aufmerksamkeit schenkte. Sie schloss die Augen. Ganz Paris schien um ihr Zimmer herumzufahren. Es zog sie in einen Strudel. Das Zimmer wurde zu einem kleinen, zerbrechlichen Boot. Es drehte sich im Kreis.

Am nächsten Morgen ging es ihr besser. Sie fasste neuen Mut. Einzig mit Rainer zusammen zu sein, das zählte. Er hatte so viel für sie getan. Die Wohnung zu finden, war nicht einfach gewesen. Und dass sie schon heute Rodin vorgestellt werden würde – das war doch großartig. Sie dachte an damals, als ihr Vater sie beiseitegenommen und gedroht hatte, sie müsse raus aus Worpswede, und wie Paula darüber erbost war und sie hieß, sich neben sie zu stellen, um ihr zu zeigen, wie groß und stark sie war. Dabei wusste Clara, dass die kleine Paula viel stärker war. Auch in der Kunst. Sie war dabei, einen eigenen Stil zu kreieren. Vielleicht scheiterte sie, bestimmt scheiterte sie, aber sie ging ihren Weg mit einer gewissen Härte. Sie, Clara, hatte diese Härte nicht. Aber dennoch war sie stark. Rainer glaubte an ihre Kunst. Wie sollte sie da nicht daran glauben? Bald würde sie ihn sehen. In ihr stieg eine große Sehnsucht auf. Und ein riesiges Vertrauen.

Sie wandte sich den Fotografien zu, die sie Rodin zeigen könnte. Die Mädchen, der Junge. Die Büste Rainers. Weitere Büsten. Sie hatte in der letzten Zeit doch noch einen Schub bekommen und arbeiten können. Sie betrachtete die Büste von Rainer. Ja, diese Büste war ihr gelungen. Sie würde, was immer geschähe, von ihr bleiben … und Ruth? Daran durfte sie nicht denken. Ruth war in der Obhut ihrer Eltern. Sie hatte alles, was ein Kind brauchte. Und bald schon würde sie ihre Tochter besuchen. Plötzlich hatte sie die Kastanie in der Hand und umschmeichelte sie.

ZWISCHENSPIEL

Es war ihr verboten, dennoch schlich sie sich einmal auf den Dachboden, wo die Ware lagerte: Kaffee in prallen Hanfsäcken und Tee in hellen Holzkisten. Sie wurden über einen Flaschenzug am Giebel des Hauses hinaufgezogen, schwebten am Fenster vorbei, so nah, dass sie die Aufschriften lesen konnte: »Brasilien« etwa oder »Ceylon«.

Am Sonntag wurde nicht gearbeitet und der Dachboden lag unbewacht über dem Zimmer, das sie sich mit ihrem Bruder teilte. Eine Tür, die es nicht sein sollte, war offen. Sie schlich die Treppe hinauf. Niemand bemerkte sie. Die Mutter hantierte in der Küche. Ihr Bruder schlief noch. Der Vater machte seinen sonntäglichen Morgenspaziergang.

Damit hatte sie nicht gerechnet: Der Raum war ungeheuer hoch, vollgestellt mit großen Regalen, die bis zur Decke reichten. Sie kam sich mausklein vor. Ehrfürchtig schaute sie die Regale hinauf bis zu den massiven Schrägbalken. Clara gab sich einen Ruck und ging weiter. Durchs Fenster im schrägen Dach schien die Sonne auf den aufgewirbelten Staub. Staubkörner tanzten wie ein Mückenschwarm in der Mittagssonne. Holzgeruch mischte sich mit dem Staub und dem Hanfgeruch der Säcke. Das Tor, durch welches die Ware ins Lager gehievt wurde, war mit einem eisernen Riegel verschlossen. Sie näherte sich zunächst den Säcken. Kein Sack war offen. Sie fand auch keine geöffnete Kiste. Nur die märchenhaften Namen blieben ihr. Zwar klopfte sie gegen die Kiste und drückte gegen die Säcke, aber nichts geschah.

Clara war enttäuscht. Sie hatte gehofft, irgendwo hineinschauen zu können, denn manchmal erschien es ihr, kurz bevor sie einschlief, als würden über ihr, auf dem Dachboden, Schritte hörbar, wie von Wichteln oder Kobolden, und sie hatte gehofft, dass diese Wesen sich in den Behältnissen versteckten.

Sie hatte fast die Tür erreicht, als sie den Sack sah. Endlich! Er war eingerissen. Ein scharfer Gegenstand musste ihn aufgeschlitzt haben. Der Inhalt war herausgeplatzt und bildete einen Haufen. Es waren keine Kaffeebohnen. Auch keine Wichtel oder Kobolde. Kakaobohnen lagen vor ihr. Sie wusste, wie Kakao aussah. Im Gegensatz zu Kaffee und Tee kannte sie deren Geschmack. Es lagen so viele vor ihren Füßen, da kam es auf eine nicht an. Sie bückte sich schnell und verließ rasch den Speicher, schlich die Treppe hinunter und bald landete sie in ihrem Zimmer, wo gerade ihr Bruder aufwachte.

Die Mutter rief zum Frühstück. Danach würden sie zum Dom gehen, zum sonntäglichen Gottesdienst.

Sie brachte den Schatz mit nach Oberneuland, denn noch am selben Tag bezog die Familie wie jeden Sommer das Landhaus außerhalb Bremens. In ihrer Vorstellung musste es der köstlichste Geschmack der Welt sein. Das Kakaogetränk war ja schon köstlich, um wie viel himmlischer musste der konzentrierte, der ursprüngliche, der in dieser Bohne gefangene Geschmack munden!

Sie aß die Bohne nicht gleich. Nein, sie zögerte es hinaus, das braune Kleinod zu verspeisen. Erst am Abend, als sie schon im Bett lag, stand sie noch einmal auf, tappte auf nackten Füßen zum Kleiderschrank, holte die Kakaobohne voller Vorfreude aus der untersten Schublade, in der sie sie versteckt hatte, heraus. Sie betrachtete sie und befühlte ihre Oberfläche, sie roch daran. Endlich konnte sie sich nicht mehr zurückhalten. Sie schob die Bohne in den Mund und biss hinein. Kaute. Es dauerte einen Moment, da die Glücksvorstellung sich gegen die bittere Realität wehrte. Doch bald war es nicht mehr zu leugnen: Sie hatte noch nie etwas Scheußlicheres gegessen. Sie spuckte die beiden Hälften wieder aus, in die hohle Hand, voller Abscheu und voller Zorn darüber, dass die Bohne nicht das war, was die kleine Clara sich vorgestellt hatte. Sie schmeckte entsetzlich, nicht süß wie der Kakao, den die Mutter machte, sondern bitter, herb, ja giftig. Sie wickelte die zerstückelte Bohne in ein Stück Papier und legte sie wieder zurück in die Schublade. Am nächsten Tag vergrub sie alles im Garten, ganz hinten, weit weg vom Haus. Später fiel ihr ein: Wenn ein Kakaobaum dort wüchse, würde alles herauskommen! Deshalb wollte sie die Kakaostücke wieder ausgraben, fand sie aber nicht mehr. Erleichtert fiel ihr ein, dass sie die Bohne ja mit den Zähnen zerstört hatte.

Erst als sie schon ein Backfisch war, hatte sie noch einmal eine Kakaobohne gekostet, aufgefordert von einem jungen Arbeiter, der ihr schöne Augen machte. Er empfahl ihr, die Bohne nicht zu zerbeißen, sondern im Mund zu behalten und zu lutschen, ganz langsam. Tatsächlich schmeckte sie nun etwas besser und war beinahe süß. »Das kommt von der Spucke«, erläuterte der Arbeiter. Und viele Jahre später sollte Clara sich wieder an diese Kakaobohne erinnern, denn die Geschichte war ihr zum Gleichnis geworden.

Epilog
Das Haus am Fluss

[...]
Das ist der Sinn von allem, was einst war,
dass es nicht bleibt mit seiner ganzen Schwere,
dass es zu unserm Wesen wiederkehre,
in uns verwoben, tief und wunderbar:
[...]
und so geschah Unwichtiges und Schweres,
nur, um für dieses tägliche Erleben
dir tausend große Gleichnisse zu geben,
an denen du gewaltig wachsen kannst.

Vergangenheiten sind dir eingepflanzt,
um sich aus dir, wie Gärten, zu erheben.
[...]

Aus: Der Sänger singt vor einem Fürstenkind (Rainer Maria Rilke)

Der Besuch. Heute. Clara erhob sich mit einem Ruck aus dem Bett, schlüpfte in die Pantoffeln, warf sich den Morgenmantel über und ging die Treppe hinab zur Küche. Als Erstes öffnete sie das Fenster.

Sie griff in einen größeren Weidenkorb, der bis zum Rand mit klobigen Holzscheiten gefüllt war, entfachte ein langes Streichholz. Orangefarben erschien der kreisrunde Widerschein unter der Herdplatte. Sie setzte Teewasser auf, warf Teeblätter in eine große Kanne, die für den Tag reichen sollte. Sie machte sich wie jeden Morgen, seit sie mit Rainer zusammengekommen war, ihren Brei mit Honig. Sie löffelte im Stehen und sah hinaus durchs offene Küchenfenster, atmete die frische Luft ein.

Drüben, auf der anderen Seite des Weges, standen die Bauersleute und sprachen miteinander. Das war selten. Meistens verstanden sie einander wortlos. Wortloses Glück? Wer weiß schon, was Glück in den Augen der anderen bedeutet, dachte sie. Das morgendliche Herbstlicht legte sich auf ihre Gesichter und machte sie schön. Sie sprachen Platt. Er trug eine dunkle Joppe und Gummistiefel, die bis zu den Knien reichten; sie eine grobe Strickjacke. Er, deutlich größer als sie, beugte sich zu ihr hinunter. Clara hörte dem Singsang zu, ohne jedes einzelne Wort akustisch zu verstehen. Es ging um die Apfelernte. Ein Streit? Zum Schluss hatten sie sich irgendwie verständigt und gingen in verschiedene Richtungen ab.

Der Wasserkessel pfiff. Clara schob den letzten Löffel Brei in den Mund. Teearoma stieg mit dem Dampf auf.

Mit der Tasse ging sie ins Wohnzimmer. Auf dem Tisch lag das Buch.

Nur ein Buch.

Nichts weiter. Sie hatte jetzt viele Bücher, eine ganze Bibliothek mit den Klassikern und den nordischen Modernen und natürlich mit seinem Werk. Dies war eines mehr. Ein brauner Einband mit goldenen Lettern. Herausgegeben von ihrer Tochter Ruth mit Doppelnamen. Auf den Nachnamen ihres Vaters legte sie wert. Auch ihr Schwiegersohn. Anfangs hatte sie den Verdacht, er interessiere sich vor allem für den Namen ihrer Tochter. Er hängte sich an Rainer. Selbst heute war der Verdacht nicht ganz ausgeräumt. Die beiden führten nun das Literaturarchiv. Und das Buch gehörte dazu. Es freute sie natürlich, dass Ruth sich dem Werk ihres Vaters verschrieb, obgleich sie befürchtete, es sei eher das Interesse ihres Mannes. Andererseits hatte sie selbst erfahren, wie geschickt es Männer verstanden, sich in den Vordergrund zu schieben.

Das Buch war schon vor zwei Wochen mit der Post gekommen. Zunächst hatte sie es nicht besonders beachtet. Sie hatte auch wenig Zeit. Es gab so viel zu tun. Ein Tagebuch war es. Sie hatte nicht gewusst, dass er damals Tagebuch geschrieben hatte. Was wusste sie schon von ihm? Hätte sie sich ihm gegenüber anders verhalten, wenn sie es gewusst hätte? Gewusst auch, dass es einmal veröffentlicht werden und dass ihre Lebenswege so eng zusammenlaufen würden?

Jetzt war er tot. Ihr Abschied voneinander war ein langsamer gewesen. Am Ende waren andere Menschen um ihn. Eine Zeit lang war ihr die Vorstellung, ohne ihn leben zu müssen, unerträglich. Aber sie, sie lebte noch. Nun ohne ihn. Nicht ganz. Sie konnte Ruth nicht anschauen, ohne ihn in ihr zu erblicken.

Natürlich hatte Ruth sie schon vor einem Jahr darüber informiert, dass etwas anstand. Ob sie Einwände hätte. Hätte sie Nein sagen sollen? Sie wollte keinen Streit. Es war Ruth wichtig. Wichtiger als alles sonst, was sie im Archiv machten und veranstalteten. Sie wollte ihr nicht im Weg stehen. Außerdem hatte sie abgeschlossen mit dem Kapitel.

Erst vor drei Tagen hatte sie begonnen, es zu lesen. Gestern Nacht war sie auf der letzten Seite angelangt. Ruths Bitte im Ohr: »Die Tagebücher von Rainer. Aus dem Jahr 1900. Dem Sommer, du weißt. In Worpswede. Du und er. Lies es, bitte. Weil du darin vorkommst. Und weil es meine Vorgeschichte ist. Ich habe so viele Fragen!«

Sie las es, teilweise befremdet. Vorzukommen in etwas so Intimen wie einem Tagebuch, aber ohne eigene Stimme. Alles nur aus seiner Perspektive betrachtet und in das Licht seines Geistes gerückt. Gerade deshalb zögerte sie anfangs, es zu lesen. Brach immer wieder ab. Es waren auch Momente darin, die Erinnerungen anstießen. Vertrautes, doch immer auch anders als ihre eigene Erinnerung. So musste sie manchmal ihre Erinnerung mobilisieren gegen die Worte, die sie las, sonst wäre sie überwältigt worden. Und das wollte sie nicht mehr, niemals mehr.

Sie ging zurück in die Küche und machte sich noch ein Butterbrot. Sie aß es, während sie in die Stube zurückging. Sie öffnete das Fenster. Sie setzte sich auf das Sofa. Kaute. Trank Tee. Sie hörte das raue Krächzen der Krähen. Schwarze Flecken im gelben Leuchten des Baumes.

Clara schob das Buch bis zum Rand des Tisches. Sie dachte: mein Haus. Sie schloss die Augen, um sich ihres Hauses zu vergewissern. Sie konnte es fühlen. Es war wie ein Kokon. Oder besser: wie ein Schneckenhaus. Sie hatte tatsächlich manchmal das Gefühl, dieses Haus zu tragen. Es war keine Last, sondern ein Schutz, sie war damit verwachsen. Sie hatte es 1918, als der Krieg in den letzten Zügen lag, gebaut. In einer Zeit, da alles zu Bruch ging, nicht nur Materielles, da wollte sie etwas erbauen. Ein Haus ist Ordnung inmitten von Chaos. Ein Schutz. Und wie nötig hatte sie in jener Zeit Schutz.

Das Buch. Nein. Sie musste es zugeben. Es war keines wie die anderen. Es war mehr als ein Buch! Es handelte auch von ihr. Es war Leben. Wirkliches Leben. Ruth würde bald kommen. Sie würde Antworten wollen. Bestimmte Antworten auf unangenehme Fragen? Sie wollte wissen, wer er war. Ihr Vater. Und was damals geschah. Niemals hatten sie darüber gesprochen. Wie von selbst waren die Dinge geschehen, wurden akzeptiert, und man ging weiter, lebte weiter, vergaß. Nun jedoch, das wusste Clara, würde man darüber sprechen müssen, denn nichts war von selbst geschehen!

War sie dem gewachsen? War sie stark genug? Oder dramatisierte sie gerade etwas? Sie zog das Buch wieder vom Rand weg, näher zu sich her. Dabei verrutschte die Tischdecke und warf Falten, die sie mit der flachen Hand glättete. Sie nahm das Buch, blätterte ein wenig darin herum. Es war eine gute Qualität.

Rainer war jetzt wohl eine Art Klassiker, wenn man schon seine Tagebücher druckte. Damals hätte niemand so etwas vorhergesagt. Natürlich hatte er Eindruck gemacht. Ja, auf sie besonders! Niemals aber wäre sie auf die Idee gekommen, ihn zu ehelichen. Sie schlug das Buch wieder zu.

Sie war gekränkt. Sie erinnerte sich nun. Gestern bei der Lektüre. Nicht über das, was er über sie schrieb. Viel Gutes. Sondern darüber, wie wenig es war und wie wenig wichtig folglich sie war. Die Enttäuschung. Jetzt begriff sie, dass sie nahe daran war, in ungutes Fahrwasser zu geraten.

Heute, nein: Gleich würde Ruth kommen. Und sie war nicht vorbereitet. Aber wieso denn nur? Wieso regte sie sich so auf? Was war denn nur los? Ihre Tochter würde bald kommen, in der Tür stehen. Sie würden einander begrüßen. Ruth würde eine überschwängliche Umarmung anbieten und sie, Clara, zögernd und vorsichtig diese erwidern. Dieses Herzliche hatte sie nicht von ihr und auch nicht von Rainer.

Warum nur spürte sie wieder diese Angst und Schwäche? Es war das gleiche Gefühl von Panik wie kurz vor einer Ausstellung. Plötzlich, wenn ihre Exponate in den Raum gebracht wurden und sie ihre eigenen Arbeiten sah, erschienen sie ihr geradezu minderwertig. Eine Ansammlung von Fehlern. Das Schlimmste war: Bald schon würden alle mitbekommen, welch schlechte Künstlerin sie war. Es gab kein Zurück mehr. Ihr brach der Schweiß aus.

Wie jetzt auch. Ein Schweißfilm legte sich auf die Stirn und Tropfen rannen aus den Achselhöhlen. Sie erhob sich, zwang sich, ruhig zu atmen, so wie es ihr Dr. Gebsattel gezeigt hatte. Ein – aus – ein – aus. Seien Sie Atem, meine gnädige Frau. Wie schwer es ihr manchmal fiel. Damals. Sie sind gehetzt, immerzu gehetzt, hatte Dr. Gebsattel gesagt und sich bedächtig durch den Vollbart gestrichen.

Es half. Sie wurde wieder ruhiger. Nur ein Gespräch mit der Tochter, sagte sie sich.

Ihr fielen die Bauersleute ein. Die beiden zeigten ihr, wie einfach es war, sich zu verständigen. Die Dinge lagen so und so, und nun musste man dies oder das tun. Abgemacht. »Dat muck we!«

Doch es gab auch andere Gespräche. Sie hatte sie anfangs mit Rainer geführt. Später wurden sie zunehmend stumm gegeneinander. Sie redeten miteinander, ja. Aber sie sagten sich nichts mehr. Wie oft hatte sie sich gewünscht, noch einmal mit ihm reden zu können, jetzt, da er tot war. Können wir mit Toten reden? Sie dachte an jemanden, der sie einmal gefragt hatte: »Stellen Sie sich vor, er wäre tot. Was würden Sie zu ihm sagen?«

Sie atmete fast prustend aus, so plötzlich überfiel sie die Idee. Ja, das war es! Dr. Gebsattel hatte es ihr in München einmal vorgeschlagen, damals war sie noch nicht so weit gewesen und viel zu verkrampft.

Wie kam sie bloß auf Dr. Gebsattel?

Jedenfalls war es zu erwägen. Für einen Moment schwankte sie zwischen Badezimmer und Atelier. Dann entschied sie sich.

Clara öffnete die Tür zum Atelier. Ging die knirschenden Stufen hinab in die tiefer liegende Ebene. Es war der größte Raum im Haus, dessen viele Fenster und eine große Terrassentür das Licht geradezu einluden. Das Zimmer lag niedriger als der Rest des Hauses. Sie hatte zunächst dem Architekten und später den verständnislosen Handwerkern erklären müssen, was der Sinn war: Auf diese Weise streckte sich das Zimmer gewissermaßen in den Sonnenuntergang hinein, um noch den letzten Sonnenstrahl für ihre Arbeit nutzbar zu machen. Oft wurde das Licht dann orangefarben und ließ das Zimmer erglühen.

Der Raum war nicht tapeziert, sondern lediglich glatt gespachtelt und geweißt. Ein grüner Kachelofen sorgte an kalten Tagen für passable Wärme, die durch ein Rohrsystem in den Wänden hinauf in die Zimmer der oberen Etage geleitet wurden. In jedem der Zimmer im Dachgeschoss endete eine Röhrenöffnung hinter einem Drahtgitter.

Sie stellte die Tasse auf einem runden Tisch ab, der übersät war mit Skizzen und Büchern zur Kunstgeschichte, darunter auch das Buch von Rilke über Rodin. Am Tisch standen Stühle mit herzförmig geschwungenen Lehnen. All dies bis hin zu den Troddeln der Tischdecke war ihr lieb, war ihr Heim, war einzig durch sie gestaltet. Es schien Clara manchmal mehr als eine bloße Inneneinrichtung oder Architektur, sondern nachgerade eine Spiegelung ihrer Innenwelt.

Vor der Fensterfront befand sich eine Staffelei, darauf ein angefangenes Ölgemälde. Es zeigte einen dünnen, vielleicht zwölfjährigen Bauernjungen, der auf einer Treppe hockte, eine Hand auf eine Stufe gestützt, die andere hatte er auf dem knochigen Knie lässig abgelegt. Die Kniestrümpfe reichten hoch bis zu den Knien und berührten beinahe die Enden der kurzen Hose, nur ein schmaler Streifen Haut war zu sehen. Was würde Rainer dazu sagen? Sie senkte die Schultern. Er würde ihre Kunst mit der von Paula vergleichen, und das wäre nicht schmeichelhaft. Sie stümperte in der Malerei und würde es niemals zu der Könnerschaft bringen, die sie in der Bildhauerei erreicht hatte. Doch die Arbeit mit dem Material war zu schwer geworden.

Sie musste sich ablenken. Ihr Blick wurde angezogen von der Natur, denn hinter der Staffelei schimmerte der

Herbst matt. Das Wasser am Ende des Gartens kräuselte sich. Ein Boot dümpelte am Anleger. Dahinter sattgrüne Wiesen. Darüber das Blau des Himmels. Darin ein paar kleine weiße Wolken getupft. Ein Graureiher flog auf.

Alles Ablenkung! Sie musste sich stellen. Jetzt erfasste sie ein Hauch von Angst. Würde es überhaupt klappen? Machte sie sich gar lächerlich? Es gab in ihrem Innern einen starken kaufmännischen Realitätssinn, der alles, was man nicht zählen oder wiegen konnte, für Unsinn erklärte. Gegen ihn hatte sie ihr Leben lang gekämpft. Wie hätte sie sonst Bildhauerin werden können? Gleichwohl war es gerade dieser Sinn gewesen, der ihr geholfen hatte, dies Haus zu bauen. Jetzt meldete er sich. Er hatte die Stimme des Vaters: »Unsinn. Lass es.«

Ihre Stärke war es, dieser Stimme gerade nicht zu folgen und die eigene Stimme hinter dem großen Ton des Vaters zu vernehmen, eine leise Stimme. Und was sagte die? Jetzt?

»Geh zu ihm hin. Probiere es!«

Nun erfasste sie eine Erregung, die bis in die Finger- und Zehenspitzen reichte, sogar in den Zähnen spürbar war. Ein leichtes Vibrieren. Ein frohes Flattern. Es bedeutete Aufbruch. Aufbruch nach Worpswede, Aufbruch nach München. Aufbruch nach Paris. Der Aufbruch zu einer neuen Figur. Aufbruch!

Sie ging die Treppe hinauf in eines der kleinen Nebengelasse und war nun zurück auf der Erdgeschossebene. Der Raum war klein, beinahe nur eine Nische, aber hell, mit Fenster. Es roch etwas muffig. Das Zimmer war fast leer. Fast, denn es war bestimmt für einen besonderen Bewohner.

Hier stand sie.

Auf einem Podest.

Die Büste.

Seine Büste.

Sie würden einiges zu bereden haben, dachte sie. Rainers Kopf wusste noch von nichts, denn ein weißes Tuch nahm ihm die Sicht. Sie war gespannt darauf, was er davon halten würde.

Sie trat nahe an die Büste heran. Jetzt scheute sie doch die Konfrontation. Welche Konfrontation? War das nicht einfach albern? Unter diesem Tuch befand sich ein Gipskopf, modelliert von ihr. Dann der Abguss. Vor Jahren, als er noch lebte. Es war der Kopf des älteren Rainers, des arrivierten Dichters. Das Haar war schütter geworden, vom Bart nur der Schnurrbart geblieben. Der Blick nicht auf eine strahlende Zukunft gerichtet, sondern im Besitz eines erreichten Erfolgs.

Sie sah an der verhüllten Büste vorbei und spiegelte sich im Fenster. Das Spiegelbild zeigte sie ungeschönt: Sie war noch im Morgenrock! So wollte sie ihm nicht begegnen. Rasch verließ sie das Zimmer.

Die Zeit, die eine Frau braucht, um sich für den Tag zurechtzumachen, wird länger mit dem Alter, dachte sie. Sie nahm sich heute noch mehr Zeit als sonst. Zögerte sie die Begegnung mit Rainer hinaus?

Zurück in der Küche goss sie eine Tasse Tee ein. Sie ging wieder in die gute Stube. Das Buch. Wieso gibt man von einem Dichter, der kaum gestorben ist, schon die alten Tagebücher heraus? Man tut es, wenn man die Tochter ist. Ihre Tochter hatte sich wirklich dem Leben und der Dichtung ihres Vaters verschrieben. Sie hatte sie, ihre Mutter, nun darin verstrickt. Sie hatte sie zwar gefragt, aber das war nur rhetorisch gewesen. Niemals hätte Clara es verweigert. Das wusste Ruth.

Sie sah sich auf einer Bergspitze balancierend, ganz unten im Tal lag ihre tiefste Vergangenheit, ein Fehltritt und sie konnte hinunterstürzen, mitten hinein ins – ja, in was?

Entschlossen stand sie wieder vor der verdeckten Büste. Sie riss kurzerhand das Tuch herunter. Ihr erster Eindruck. Gelungen! Sie, die sich selbst gegenüber unendlich kritisch war, fand dieses Werk gelungen. Ja, das war er. Rainer in seinen späten Jahren, als sie eigentlich schon hätten geschieden sein müssen. Die Hürden waren nur zu hoch gewesen, sie protestantisch, er katholisch, ein Stacheldraht aus Kirchenrecht dazwischen. Er hatte es forciert, schließlich aufgegeben. Sie hatte es einfach über sich ergehen lassen. Natürlich wäre es konsequent gewesen. So blieb sie also seine Frau. Für Ruth, die Tochter, eine Illusion.

»Unsere Ehe war kaputt, als du uns damals verließest …« Sie sprach mit der Büste.

Die Büste blieb stumm.

Natürlich blieb sie stumm.

»Du hast uns verlassen. Bist nach Paris gegangen. Ruth und ich blieben zurück. Was sollte ich denn tun? Ich musste sie zu meinen Eltern bringen.«

»Du hättest bleiben können … bei Ruth.«

Clara wich einen Schritt zurück. Hatte er eben tatsächlich gesprochen?

»Ja, ich habe gesprochen. Eine Büste, die sprechen kann. Und diese Büste sagt dir: Du hättest anders entscheiden können. Ich habe dich gebeten. Ich habe Vorschläge gemacht. Du hättest anders handeln können. Gib nicht mir die Schuld. Mache es dir nicht zu einfach.«

Sie musste lachen! Es sah köstlich aus, wie sich der Mund dieser Büste aus Gips bewegte. Sogar der Schnurrbart bewegte sich. Die Augen bewegten sich, sahen sie an.

»Ich war deine Frau. Wo du hingehst, da will auch ich hingehen.«

»Das ist nur ein Spruch, der nichts besagt.«

»Hm. Ich wäre also bei meinen Eltern geblieben. Eingesperrt. Ich hätte doch meine Kunst aufgeben müssen!«

»Du sagst es. Alles hat seinen Preis.«

»Auch nur ein Spruch.«

»Ich will ja auch gar nicht über dich richten, Clara. Du willst über dich richten. Ich habe getan, was ich tun musste. Ich konnte bald nicht mehr atmen in diesem Haus in Westerwede. Ich war kurz davor zu ersticken. Ich musste raus. Paris, das war der Ausweg. Rodin.«

»Ach, Rodin. Er hat uns Unglück gebracht. Von Anfang an warst du entfacht. Ich brauchte nur den Namen zu nennen und schon glühtest du. Ich bildete mir ein, du glühtest meinetwegen. Nein. Es war dieser Name und die Tatsache, dass ich ihn kannte.«

»Ja, und du nanntest den Namen. Setztest den Namen ein, um dein Ziel zu erreichen.«

»Was für ein Ziel?«

»Mich für dich zu gewinnen.«

»Das stimmt …« *Nicht* wollte sie noch sagen, aber in ihr war eine andere Stimme, die sagte: Halt. Er hat recht.

War das ein Klopfen?

Tatsächlich, jemand pochte an die Tür. Schnell warf Clara das Tuch über die Büste und ging zur Haustür. Wie lange wohl schon geklopft worden war?

»Gestatten, mein Name ist Dr. Hetsch.« Er lüpfte den Hut. Sie sah an ihm vorbei. Sein Auto parkte vorm Haus.

»Was wollen Sie?«, fragte sie kurz angebunden.

»Ich komme im Auftrag des Rembrandt-Verlages. Wir möchten ein Buch herausbringen.«

Über sie? Das konnte sie kaum glauben. Gerade jetzt, wo sie ihre Bildhauerphase hinter sich gelassen hatte. Zu anstrengend. Sie war alt und abgearbeitet. Die Kräfte reichten nicht mehr aus … Ach, sicherlich geht es am Ende doch wieder bloß um Rainer.

Er ergänzte den Namen, um ein Missverständnis zu vermeiden, das er bereits erzeugt hat: »Es geht um Ihre alte Freundin!«

Paula!

Sie konnte ihn schlecht abwimmeln. Das Gespräch vor der Haustür zu führen, ging auch nicht. Sie ließ ihn ein. Sie nahm ihm Hut und Regenmantel ab. Dann führte sie den Mann in die Stube. Auf dem Tisch lag das Buch. Sie nahm es schnell und legte es in eine Schublade.

Sie setzen sich.

»Wir zahlen auch ein Honorar«, lockte Dr. Hetsch.

»Soll ich das Buch schreiben?«

»Nein, das nicht. Das Buch wird eine Kompilation sein aus Texten von meiner Wenigkeit und Originalstimmen wie der ihren. Es soll ein würdiges Buch werden für eine große deutsche Malerin.«

Ein Buch über Paula … endlich! Endlich sollte Paulas Werk gewürdigt werden, das lange Zeit so sehr verkannte Werk. Ein solches Buch könnte eine Lanze brechen für andere bedeutende Künstlerinnen in Deutschland, die im Schatten der Männer standen. Sie konnte sich dem Anliegen keinesfalls verschließen, wenngleich der Besuch gerade ungelegen kam. Sie hatte ein wichtiges Gespräch zu führen mit einer ... Büste.

Herr Hetsch war noch jung, keine dreißig, sicherlich gerade erst mit dem Studium und der Doktorarbeit fertig. Rainer hatte niemals seine Doktorarbeit über die russische Kunst fertiggestellt, er hatte, genau genommen, niemals begonnen, wusste aber ausführlich darüber zu erzählen. Die erste Zeit benötigte er diese Idee, um vor sich selbst und den anderen nicht als verkannter Dichter dazustehen. Dr. Hauptmann hatte damals zu ihm gesagt: »Sie sind wohl ein verkannter Dichter, wie?« So jedenfalls stand es in seinem Tagebuch. Sie selbst konnte sich nur vage erinnern. An ihn, ja. Wie er dasaß, auf dem Stuhl, den ganzen Abend über, wie Heinrich hektisch wurde, weil Rainer partout nicht lesen wollte, und wie er dann doch las. Ja, wie er las ... und wie er *las!* Sie war verzaubert von ihm.

Dr. Hetsch breitete ein paar Formblätter aus, in denen es um Vertragliches ging. Er wirkte eher wie ein Jurist oder ein Beamter denn wie ein Kunsthistoriker. Sie musste etwas unterschreiben. Die Summe war lächerlich, wohl nur symbolisch gemeint. Dazu reichte er ihr einen sehr edlen Füller von Montblanc mit goldener Feder, dessen Kappe er bereits abgeschraubt hatte.

»Wollen Sie Kognak?« Clara sah sich bemüßigt, dem Gast etwas anzubieten.

»Sehr gerne, bei der Gelegenheit können wir uns ein wenig über das Werk der Malerin austauschen.«

Sie trat an den Schrank, holte eine Weinbrandflasche heraus, einen Kognakschwenker und stellte dem Herrn das Glas auf den Tisch. Sie schenkte ein.

»Sie nicht?«

»Nein, ich trinke nur selten und schon gar nicht am Tage. Im Übrigen bekomme ich gleich Besuch.« Sie sah demonstrativ auf die Uhr. Jetzt wollte sie ihn doch loswerden.

»Worauf es mir ankommt: die Paula als eine echt deutsche Künstlerin zu porträtieren. Das Wichtigste am Buch sind natürlich die Beiträge der Weggefährten. Ich stelle mir so zehn Seiten vor. Stimmungsvolles, die erste Begegnung, kleine Episoden, auch Anekdoten, Dönekens, wie man hier sagt, durchaus. Für den ernsthafteren Teil bin ich ja zuständig. Aber so ein Buch lebt natürlich von den persönlichen Stimmen. Also, Paula als die echte deutsche Malerin. Sie war ja nie eine Impressionistin, sondern ihr Thema war das schwere Leben und die Seele der Bauern. Wenn die anderen Worpsweder die Weite und die Tiefe der Natur in den Landschaften fanden, so fand sie die Natur in den Menschen. In den Bauern. Dem bäuerlichen Menschen. So wurde niemals je zuvor die dumpf verhaltene Regung des bäuerlichen Geistes begriffen! Diese schicksalsergebene Schwerblütigkeit ihrer Mienen! Die Derbheit der Kraft. Die von schwerer Arbeit gebeugten Körper. Jeder einzelne verschwimmt in ihrem Werk zu einem allgemeineren, höheren Ganzen, nicht? Dem Bäuerlichen schlechthin. Der Mensch und seine Scholle. Es ist kein bloß gegenständliches Abbilden. Nein, all das wird durch eine idealistische Symbolhaftigkeit gesteigert. Ein Motiv erklingt immer wieder in ihrem Werk an.«

Er machte eine abrupte Pause, nippte an dem Brandweinglas, stellte es wieder ab, schaute Clara wie ein Oberlehrer an, als ob er sie fragte, was denn dieses *eine* Motiv sei, um das es der Künstlerin ging. Clara neigte nur den Kopf etwas, als hätte sie nicht verstanden. Was wollte er von ihr wissen?

»Das Motiv der Mutterschaft!«, rief Dr. Hetsch emphatisch aus und fuhr damit in ihre Gedanken hinein. »Natürlich! Das Motiv der Mutterschaft, das erklingt doch im Herzen ihres Werkes. Denken Sie nur daran, dieses gewaltige Selbstporträt: die nackte, auf ihre wesentliche Funktion gebrachte Frau und welcher Stolz und welches Sehnen darin liegt. Na, wie denn auch anders bei einer echten deutschen Frau? Die Verklärung des ewigen Mysteriums von Mutter und Kind ...«

Clara fiel das Gespräch ein, das sie mit ihr geführt hatte, damals nach einem Besuch bei Netzel. Gegen den Willen Rainers. Sie war hochschwanger, und Paula hatte ihr beinahe ehrfürchtig über den Bauch gestrichen. Es war die letzte Geste ihrer Freundschaft gewesen, danach kam der Bruch. Auch wenn sie sich später wieder einander annäherten, es war nicht mehr das Gleiche. Clara bekam einen bitteren Geschmack im Mund. Sie schenkte sich nun doch ein Glas Kognak ein. Dr. Hetsch redete ohne Punkt und Komma. Sie dachte an das Requiem, welches Rainer für Paula geschrieben hatte, und ihr fielen ganze Zeilen ein, die sie nun innerlich memorierte, während Dr. Hetsch von Paulas Kunst schwadronierte, ohne den Kern auch nur zu streifen:

Denn das verstandest du: die vollen Früchte.
Die legtest du auf Schalen vor dich hin
und wogst mit Farben ihre Schwere auf.
Und so wie Früchte sahst du auch die Fraun
und sahst die Kinder so ...

Die Bitterkeit im Mund nahm zu. Sie musste noch einen Schluck trinken. Die jambischen Verse riefen in ihr also Bitterkeit wach. Warum?

»Ihr verstorbener Mann, der große deutsche Dichter Rilke, hat doch über die Künstlerin jenes Requiem geschrieben, oder?«

»Wie gesagt, ich bekomme gleich Besuch von meiner Tochter und muss noch einige Vorbereitungen treffen …«, unterbrach sie den Gast.

Dr. Hetsch erhob sich sofort: »Ich versteh, gewiss. Die Tochter des großen Rilke.«

»Ja«, sagt sie so kurz angebunden, wie es noch ging. Sie brachte ihn zur Tür. Er schüttelte wieder ihre Hand.

»Also, ich kann auf Ihre Mitarbeit zählen?«

»Gewiss. Für die große Paula werde ich sicherlich etwas schreiben.«

»Herrlich!« Die Tür öffnete sich. Er war schon draußen. »Herrlich haben Sie es hier. Schönes Haus. Lieblicher Fluss.« Er lüpfte zum Abschied erneut den Hut, bestieg sein Auto und fuhr los. Eine Staubwolke wurde aufgewirbelt und bewegte sich, kleiner werdend, in Richtung des Dorfes.

Sie zog das Tuch wieder ab. Wartete, ob er anfinge zu sprechen oder sie wenigstens ansah. Nichts dergleichen geschah. Sie betrachtete seine feinen Gesichtszüge. Es war das Porträt des Fünfzigjährigen. Von dem schwungvollen Spitzbart war nur das schmale Oberlippenbärtchen geblieben. Es war auch schon grau. Das Porträt des Erfolgreichen. Des Vollendeten. Es war auch das Porträt der Entfremdung von ihm. Das Porträt des kleinen geckenhaften Herrn in edlen Anzügen. Das Porträt des feinen Pinkels, der er auch sein konnte. Zu der Zeit verband sie nur Ruth noch. Er lebte in anderen Sphären. Berühmt. Anerkannt. Umschwärmt. Sie bückte sich zu der Büste hin und sagte: »Wer bist du? Wer bin ich? Wer sind wir?«

Die Büste blieb noch stumm.

Natürlich blieb sie stumm!

Mit Rainer zu leben bedeutete, in das Leben von Rainer einzutreten, sein Leben mitzuleben. Sie musste sich unter sein Dach begeben, musste in das Rainer-Kloster eintreten, in dem seine Regeln galten. Und es gab ja für sie zunächst auch nichts Größeres, als Teil seines Lebens zu werden. Es war ihr innigster Wunsch. Doch die Klostermauern wurden bald eng, schlossen sich um sie, und sie bemerkte zu spät, dass sie die Regeln nicht verstand und vor allem: dass es nicht die ihren waren. Und erst ganz zum Schluss wurde ihr klar: Dies Kloster sah gar keinen zweiten Bewohner vor, es war nur für einen gemacht.

Sie streichelte sein Gesicht. Seine Augen bewegten sich.

»Du und ich … und Paula. Hast du sie geliebt, damals?«

»Ich glaube nicht.«

»Eben war ein gewisser Dr. Hetsch da, ein Kunsthistoriker. Er schreibt ein Buch über sie. Ich soll auch etwas dazu beitragen. Was hältst du davon?«

»Was du dazu meinst, das ist viel wichtiger.«

»Sie war bedeutend. Du warst bedeutend. Und was ist mit mir?«

»Das kann ich nicht entscheiden. Ich, ich bin dir gelungen.« Er lächelte verschmitzt. Ein seltener Anblick.

»Du Heuchler!«

Er reagierte nicht.

»Du hast mir damals verboten, mit ihr Kontakt zu haben, gerade als ich sie mehr brauchte denn je. Sie hätte mir beigestanden. Wir waren richtige Freundinnen. Echte. Wir nannten uns Schwestern. Schwestern im Geiste. Wir trafen uns heimlich. So, jetzt weißt du es!«

»Ich wusste es doch.«

»Woher?«

»Ich bin ein Teil von dir, vergiss das nicht.«

»Immer hattest du Ausreden. Kluge Sprüche. Oder hülltest dich in Schweigen. Du hast immer nur an dich gedacht.«

»Ich bin ein Dichter. Siehe: Und Paula war eine Malerin. Uns galt die Kunst alles. Galt dir die Kunst auch alles?«

»Natürlich! Aber ich war kein Rodin. Das gebe ich zu. Ist es meine Schuld, kein Rodin gewesen zu sein?«

»Niemand ist Rodin. Nicht einmal Rodin selbst.«

»Aber du wolltest mich dazu machen. Wie du um seine Aufmerksamkeit gebuhlt hast! Wie du mich dafür ausgenutzt hast!«

»Und du? Du gingst als meine Frau mit falscher Aufschrift herum! Ja, du bejahtest mich restlos. Und dann, als du gewahr wurdest, dass ich eben anders bin, als du mich gerne hättest, gingst du auf Abstand und konntest sogar feindselig sein. Das sah ich alles.«

»Das stimmt nicht! Ich habe dir widersprochen. Wie oft haben wir uns gestritten, nachdem wir aus dem Haus ausgezogen waren, jedenfalls nach einigen Jahren. Irgendwann begann ich zu begreifen, in was ich hineingeraten war.«

»Ja, aber immer nur als Contrepart, ohne Eigenes. Die schönen Briefe, die du mir schriebst, gewiss waren sie schön! Aber sie waren wie von mir. In meinem Stil. Ein Stil aus zweiter Hand. Wollte ich nach einer Reise Berichte hören, so kam nichts Rechtes heraus, bloß blasses Genörgel.«

»Wie gemein du bist! Jetzt zeigst du dein wahres Gesicht! Und wenn wir schon dabei sind: Ich habe gehört, wie bei einem der Treffen im Kreise Rodins eine Freundin von dir über mich tuschelte.«

»Was sagte sie?«

»Ich sähe ungeliebt aus. Es traf mich wie ein Blitzschlag!«

»Fühltest du dich denn nicht so? Ungeliebt?«

»Doch. Schaute ich den Spiegel, dann sah ich eine Frau, die nicht geliebt wird, bis in die herabgezogenen Mundwinkel hinein: nicht geliebt. Eine zum Vorwurf an die Welt erstarrte Mimik: Nicht geliebt! Ich vermied bald den Spiegel. Das ist deine Schuld.«

»Hilft es dir wirklich, mich zu beleidigen? Ich bin tot. Mich kann niemand beleidigen. Du kannst nur dich selbst beleidigen, Clara.«

»Ich versinke noch heute vor Scham im Boden. Wir waren bei Rodin eingeladen. Du hattest mir eingeschärft, was ich sagen sollte, wie ich mich bewegen sollte. Wie ich ihm schmeicheln sollte. Wie ich immer wieder das Gespräch auf meine Werke bringen sollte. Mir wurde übel. Ich musste mich auf der Toilette übergeben.«

»Wir brauchten seine Reputation, wenn ich mich recht erinnere. Wir hatten kein Geld und zu wenig Erfolg.«

»Du hattest schon Erfolg. Die neuen Gedichte! Der Panther.«

»Ja, ich korrigiere mich. Ich hatte Erfolg. Aber du nicht.« Er schmunzelte amüsiert. Es machte ihm offensichtlich Spaß, das Gespräch, und es machte ihm Spaß, ein Spaßmacher zu sein.

»Du hast das alles nur für mich getan?« Ihr Gesicht war nahe an seinem. Sie stach mit ihren Augen in die seinen.

Er antwortete nicht. Clara konnte nicht sagen, ob er sich eine gute Antwort überlegte oder ob er nicht antworten wollte oder ob ihn die Stummheit des Todes wieder eingeholt hatte.

»Ich glaube dir kein Wort, Rainer. Nur für dich hast du es getan.« Sie zischte ihm den Satz zu.

»Das stimmt nicht. Wir waren verheiratet. Ich wollte dein Glück.« Er wirkte nun traurig, oder spielte er nur mit ihr?

»Wir waren längst getrennt. Mit dem Verlassen des Hauses in Westerwede war unsere Ehe gestorben ...« Sie holte Luft. »Du wolltest nur dein Gewissen beruhigen.«

»Interessant. Wie denn?«

»Indem du mich zum Erfolg führtest. Mich zu verlassen war eine Sache. Du wusstest, es war falsch. Aber wenn du mir den Erfolg als Künstlerin verschaffen konntest, so hättest du gewissermaßen alles wiedergutgemacht.«

Wieder schwieg er.

»Stimmt doch, oder?«

Ein Schweigen aus Gips.

Clara musste sich beruhigen. Sie verließ den Raum, rannte ins Atelier. Ihr Puls rannte mit.

Es war schon Mittag. Sie hatte aber keinen Hunger. Sie trank Tee, der ihr nicht schmeckte. Sie holte das Buch wieder hervor, das sie in die Schublade getan hatte.

Sie fand die Stelle gleich, wo sie das erste Mal auftauchte. Er sprach von den beiden Mädchen in Weiß. Er schrieb sogar ein Gedicht über sie, sie beide. Sie tat das Buch beiseite, setzte sich und legte die Hände in den Schoß. Sie wollte ganz ruhig sein.

Sie war, ohne es gemerkt zu haben, aufgestanden und

in das Zimmer zurückgegangen. Sie strich ihm über die Nase, um ihn zu necken. Gern hätte sie dies im echten Leben getan, aber er war für so etwas zu … ernst. Er war ein ernster Mensch. Wie wäre es gewesen, gemeinsam alt zu werden? Du und ich? So hatte sie es sich vorgestellt, als sie in das Haus in Westerwede eingezogen waren. Warum ging es schief? Sie hatten niemals darüber geredet. Sobald Rainer in Paris gewesen war, war er fort für immer. Sein erleichtertes Ausatmen in Paris hörte sie bis Worpswede!

Sie dachte an die Worte, die er in seinem Requiem für Paula geschrieben hatte:

Denn das ist Schuld, wenn irgendeines Schuld ist:
die Freiheit eines Lieben nicht vermehren
um alle Freiheit, die man in sich aufbringt.

Clara hatte diese Zeilen auch an sich gerichtet aufgefasst. Rechtfertigte er sich nicht ihr gegenüber? Otto hatte sie einmal vor ein paar Jahren darauf angesprochen und durchblicken lassen, dass sie beide ja die Verlassenen seien. Er habe immer gedacht, dass Rainer und Paula deshalb nicht zusammenpassten, weil sie sich so ähnelten. Er sagte: Man kann auch einander zu ähnlich sein für eine bestimmte Art der Liebe. Clara und Rainer waren einander nicht ähnlich. Sein Credo von der Freiheit bedeutete für sie Einsamkeit. Die Einsamkeit der Liebenden. Seine Freiheit war ihre Einsamkeit. Dabei war sie sehr früh ins Leben aufgebrochen, mit siebzehn. Nach München war sie gestürmt. Allein. Immer allein. Nur ihrer Kunst folgend. Auch als sie ihn traf in Worpswede, war sie allein und wollte nichts weiter als ihre Kunst machen. Sie wollte frei sein. Doch später, als sie zusammen waren, war ihre Einsamkeit seine Abwesenheit. Die Einsamkeit, die sie fühlte in all den Jahren, war seine Erfindung. Vorher kannte sie den Zustand nicht.

Sie hatte Glück, dass sie Dr. Gebsattel traf. Oder wie war das? Sie schaute ihm wieder direkt in die Augen: Sprich zu mir.

»Die Therapie bei Dr. Gebsattel hat mir geholfen, hat mich geradezu gerettet«, sagte sie mit leichtem Triumph, als hätte sie ihm ein Schnippchen geschlagen.

»Du hattest eine Depression.«

»Ja, so nennt man es wohl. Weißt du, wie ich zu Dr. Gebsattel kam?« Sie wartete seine Antwort nicht ab. »Eines Tages bekam ich überraschend Besuch. Ich hatte mich seit Wochen im Haus eingeschlossen. Ich hatte nur Kontakt zu Ruth, die arme Ruth. Es klingelte und vor der Tür stand eine ältere Frau. Sie war wohl das, was man stattlich nennt. Ich ließ sie ein. Es war Lou Andreas-Salomé. Sie wusste von mir und riet mir, mich in eine therapeutische Behandlung zu begeben. Sie selbst sei auch eine Therapeutin und Schülerin von Dr. Freud. Sie schlug mir einen jungen Arzt vor, eben Dr. Gebsattel. Er war wirklich jung, aber strahlte Autorität aus, eine gute Autorität.«

»Siehst du«, sagte der Kopf triumphierend: »Das hast du mir zu verdanken.«

»Was hast du damit zu tun?«

»Ich habe Lou zu dir geschickt. Auf mich hättest du nicht gehört. Wir waren im engen Austausch. Ruth wurde ja auch schon depressiv. Das war ansteckend. Ich musste etwas unternehmen – obgleich ich unsicher war, ob Gebsattel der richtige Arzt für dich war. Aber Lou und er verstanden sich bestens.«

»Ja, du und Lou.« Clara wurde zornig. »Du und Lou!

Und weißt du, dass ich alles weiß? Dass ich weiß, weshalb du Worpswede damals so schnell verlassen hast? Du hattest einen Brief erhalten. Von ihr. Ich las ihn! Ich habe ihn weggeworfen. Ja, weggeworfen!«

»Das war nicht … anständig.«

»Du redest von Anstand. Was unterstehst du dich! Ich hätte nicht übel Lust … Ja, warum nicht?«

In Clara kochte Geifer hoch. Es war eine Form von Lust, die bitter schmeckte. Sie rannte hinaus. Und kam wieder. Rainer ahnte Böses. Als sie wie eine Furie zurückkehrte mit einem wilden Gesichtsausdruck, das Haar seltsam aufgelöst, da wusste er, was kommen würde. Gern wäre er weggelaufen, aber er hatte keine Beine, sein Kopf saß bloß auf zwei Eisenstützen, die in einem Block verankert waren.

Die Furie hatte zwei Mordinstrumente in der Hand. Einen Klüpfel und einen echten Metallhammer.

»Du kannst mich nicht umbringen. Ich existiere noch als Bronzefigur. Dies hier ist nur die bescheidene Gipsfassung.«

»Du bist das Urbild. Um dich geht es.« Sie lachte hell auf.

»Clara, überlege es dir gut … Ich bin schon sehr bedeutend. Man veröffentlicht meine Tagebücher. Du kannst mich später nicht wieder zusammenkleben.«

Sie hob den Hammer und den Klüpfel.

»Halt ein! Du schlägst dich doch selbst. Ich bin dein Werk!«

Sie zitterte. Alles zitterte an ihr. Die Arme, die Hände mit den Werkzeugen. Sie brauchte nur zuzuschlagen. Er würde zerspringen in viele Teile.

»Ich bin dir gelungen! Du hast mich erschaffen. Mit allem, was ich bin. Bitte, bitte, tu es nicht, um deiner selbst willen. Bedenke, am Ende zählt nur ein Werk. Das Werk, dessen Künstler kein anderer sein kann als du selbst. Du selbst bist das Kunstwerk, an diesem Werk, das wir selbst sind, arbeiten wir beständig, ob wir es wissen oder nicht, ob wir wollen oder nicht, wir tun es, denn wir können nicht anders. Dies Werk, das immer kommende Werk, das immer im Werden begriffene Werk. Zerstöre es nicht. Mache es nicht zunichte, indem du mich zerstörst!«

Erst fiel ihr der Hammer aus der Hand, dann der Klüpfel. Sie polterten auf den Boden.

An der Fensterscheibe pochte es.

Waren es Halluzinationen? Sie wischte ihre Hände an der Schürze ab, als wären sie schmutzig. Ottos Gesicht erschien hinter der Scheibe und spähte herein. Der gute Otto. Sie rannte zur Haustür und wartete, dann kam er zur Tür.

»Störe ich? Hast du Besuch?«

»Nein. Ich bin allein.«

»Ach, ich dachte, ich hätte Stimmen gehört.«

Sie war froh, Otto zu sehen. Obwohl sie beide in Fischerhude wohnten, trafen sie sich selten. Freilich war Otto auch oft in Bayern, wo er ein zweites Domizil hatte. Sein roter Bart war durchwirkt von feinen weißen Fäden. Sein verschmitztes Gesicht erschien ihr durch die vielen Falten des Alters noch verschmitzter.

Sie ließen sich auf dem Sofa nieder. Sie gestattete ihm, sich eine Pfeife anzuzünden. Sie liebte den Geruch. Nur nachher, wenn der Rauch erkaltete, wurde es unangenehm. Tee lehnte er ab. Er hatte es eilig, zum Punkt zu kommen.

»War dieser Dr. Hetsch vom Rembrandt-Verlag auch bei dir?«

»Ja, vorhin.«

»Hast du unterschrieben?«

»Selbstverständlich. Paula wird nun endlich Gerechtigkeit widerfahren.«

»Große Worte.«

»Du warst der Einzige, der ihre Kunst erkannt hat.«

»Ja, ich und Rainer. Rainer wusste gleich um ihr Genie.«

Das Wort Genie im Zusammenhang mit Paula tat Clara weh. Umgeben von Genies. Was war sie denn? Zählte sie nicht? Rainer war ihr gelungen. Sie spürte jetzt eine Art Nachbeben. Sie sah sich über der Büste, den Hammer erhoben. Viel hatte nicht gefehlt und sie hätte ihn zertrümmert.

»Ich musste dich unbedingt besuchen. Ich sprach mit Dr. Hetsch über Paula. Als er weg war, tickte etwas in mir. Und dann kam eine Erkenntnis. Ich musste mir etwas Entsetzliches eingestehen.«

Er machte eine Pause, zog an der Pfeife. Clara atmete den Rauch ein, so wie sie als junge Frau den Zigarrenrauch ihres Vaters eingeatmet hatte. Zu ihrer Jugendzeit war es verpönt, dass Frauen rauchten. Einmal in Paris, da hatte sie mit Paula zusammen in einer Tabak-Bar eine Zigarette geraucht. Heute rauchten viele junge Frauen.

»Mir wurde klar, dass ich schon viele Jahre nicht mehr an Paula gedacht hatte. Kannst du das begreifen? Ich habe sie vergessen. Sie, Paula. Meine Paula. Vergessen. Einfach vergessen.«

Er schnippte mit dem Finger, dann sank er irgendwie ins Sofa ein und saß da wie geschrumpft vor der hohen Lehne. Er wirkte alt, er war alt. Hilflos bewegten sich seine Arme angesichts eines Unverständnis.

»Jetzt kommt es mir vor, als hätte ich mein Leben vergessen. Habe ich es überhaupt gelebt?«

»Du hast es vergessen, weil du es einmal gelebt und dann weitergelebt hast. Dein neues Leben hat das alte verdrängt. Das ist gut und natürlich.«

»Hast du denn *ihn* vergessen?«

»Nein ...«

»Siehst du! Warum hast du ihn nicht vergessen?«

»Vielleicht, weil ich etwas nicht gelebt habe, so ist es geblieben, um irgendwann gelebt zu werden. Immerzu ruft es mich an ... Nein ...« Sie lächelte, als wäre es sehr töricht, so zu denken. »Manchmal, in schwachen Stunden.«

»Hm ... ich weiß nicht, warum. Ich muss gerade an Dr. Hauptmann denken und an das, was er mir einmal erzählt hat. Du erinnerst dich an Dr. Hauptmann, den Bruder von Gerhart Hauptmann?«

»Sicher.«

»Er erzählte mir – es war wohl in Hamburg während der Premierenfeier – von einer Idee für ein Theaterstück. Er sah dabei, während er erzählte, manchmal zu Rainer hin. Rainer hatte eine Art Laudatio halten müssen. Gerade er! Die beiden hatten sich ziemlich in der Wolle damals. Na ja, alles vergangen. Also Hauptmann sagte, er hätte eine Idee für ein Stück. Und zwar sollte auf der Bühne jemand sitzen, ein Mann im Halbschatten, auf einem Sessel oder so. Und dieser Mann tut nichts, sitzt einfach so da. Aber die anderen Figuren, die sehen ihn und sehen ihn nicht, beides gleichzeitig. Sie sehen durch ihn hindurch und doch wissen sie, dass er da ist. Fragt sie jemand, ob da jemand sitze, so leugnen sie es rundheraus. Verstehst du? Vielleicht ist es so mit bestimmten Toten. Vielleicht sitzt Paula da.

Ich sehe sie nicht oder, genauer, sehe durch sie hindurch. Aber sie ist da.«

Clara wusste nichts zu sagen. Sie wollte auch lieber zurück zu Rainer. Sie musste etwas mit ihm klären. Jetzt war sie froh, ihn nicht zerstört zu haben. Was war nur in sie gefahren?

»Du bekommst heute Besuch von Ruth, oder?«

Sie nickte.

»Dann hast du sicherlich noch viel vorzubereiten.« Er klopfte die Pfeife in einem Aschenbecher aus, steckte sie in die Jackentasche und erhob sich. Als er zur Haustür ging, drehte er sich noch einmal um. »Wegen des Buchs über Paula: Erzähl die Geschichte mit dem Glockengeläut. Das war witzig.« Er konnte sich nicht aufraffen zu lachen.

»Damals warst du erbost, soweit ich mich erinnere.«

Er überlegte und sagte dann: »Du hast recht; aber in der Erinnerung war es sehr witzig.«

Nachdem er fort war, stand Clara wieder in dem kleinen Zimmer. Rainer hatte auf sie gewartet. Da war sie sicher. Er würde ihr verzeihen.

»Hallo … du«, flüsterte sie leise.

Aber er war erstarrt. Seine Augen waren geschlossen, sein Mund war zugepresst. Seine Mimik eingefroren. Alles an ihm war weiß und tot. Sie erschrak, sie würde ihn nicht mehr zum Sprechen und Zuhören bringen können. Hatte sie ihre Chance vertan? Was hätte sie noch sagen können? Sie bückte sich nach dem Tuch. Sie hob es auf und wollte es gerade über ihn werfen, da fiel ihr etwas ein, was sie ihm unbedingt noch sagen musste:

»Mein Unglück war, du wolltest nicht geliebt werden. Je mehr ich dich liebte, desto mehr entzogst du dich mir.«

Nun regte sich der Gips wieder. Es war eigenartig. Wenn er erstarrt war in seiner weißen Maske, dann konnte sie ihn fast lieben, aber wenn Leben in diese Maske fuhr wie jetzt und sogar das feine, kleine Muskelspiel beinahe Risse in den Gips zu reißen drohte, dann erschien er ihr geradezu dämonisch.

»Und mein Fehler war es, deine Liebe als meine Angelegenheit betrachtet zu haben, obgleich sie mir die entfernteste überhaupt war, etwa wie die Zahnschmerzen eines anderen. Stattdessen spielte ich jahrelang den Zahnarzt, und so verlängerte ich deine Schmerzen.«

»Dein Brief, damals, nachdem du nach Paris gegangen warst, war so voller warmer, liebevoller Worte. Du schriebst: ›Lebe nahe bei dir Tag um Tag.‹ Aber du warst mir immer nur nahe, wenn du fern warst. In deinen Briefen wolltest du nah sein. Waren wir zusammen, dann strebtest du fort. Warum hast du mir nicht widerstanden?«

»Weil es mir so schien, als wärest du im Recht. Deine Liebe sollte mir ein Fenster sein – kein Spiegel. Ein Fenster zum Weltenraum.«

»Da konnte meine kleine, kleinliche Hausfrauenliebe nur verlieren. Wie?«

Sie spürte wieder diese Bitternis und wie sich ihr Gesicht in jenes Gesicht verwandelte, das sie selbst so hasste und auf welchem mit großen, traurigen Buchstaben gemalt stand: Ich bin ungeliebt!

»Eine gute Hausfrau warst du nie. Den Vorwurf würde ich dir nicht machen.« Er kicherte, dieses kleine Kichern. Fältchen sprangen als feine Risse um die Mundwinkel und die Augen auf.

»Was ist dir denn geschehen?«, fuhr er fort. »Alles, was

dir widerfuhr, war etwas Schweres, gewiss, aber ein Schweres, das für dich gemacht war, ein dir gemäßes Schweres. Es mag eitel sein, aber ich muss mich zitieren …« Ein Schmunzeln flackerte auf.

»*Das ist der Sinn von allem, was einst war,*
dass es nicht bleibt mit seiner ganzen Schwere,
dass es zu unserm Wesen wiederkehre,
in uns verwoben, tief und wunderbar …«

Die Worte gingen in Clara ein, und sie hatte für einen Moment das Gefühl, alles zu verstehen. Alles, das ganze Leben. Dieser Moment war so beglückend, dass sie alles vergaß, was kränkend war, und alles, was mit Widerhaken in ihrer Seele Wunden schürfte. Es war das Gefühl einer großen Verzeihung. Und als hätte Rainer in sie hineingeblickt, hinter ihre Lider, flüsterte er: »Du verzeihst dir selbst. Das ist gut.«

»Erinnerst du dich an den ›Sitzenden Knaben‹?«, fragte sie.

»Ja natürlich.«

»Wie wir im Halbdunkel beide zugleich mit den Fingern an seinen Konturen entlangfuhren und wie sich unsere Fingerspitzen trafen. Wie sie übereinanderglitten, immer im Kontakt zur Figur, die ich erschaffen hatte.«

»Ich weiß, wie tief der Eindruck war, den er auf mich gemacht hat. Hast du ihn noch?«

Sie überlegte. »Nein.«

»Dann stellen wir ihn uns vor.«

Da erschien die Figur des Knaben vor ihnen. Eine schmale, zarte Statuette. Die Magerkeit des Knaben war gut herausgearbeitet und auch die Muskeln, die vielleicht schon Männerarbeit verrichten mussten. Sie fuhr an der

Kontur entlang. Seine Hand kam von der anderen Seite. Sie näherten sich an. Gleich würden sie sich berühren … Sie sehnte es herbei. Noch ein Mal, nur ein Mal noch.

Es dunkelte schon. Ein letztes Abendglühen hinter den grünen Wiesen. Wo blieb Ruth? Hatte Clara sich versehen und Ruth käme erst morgen?

Gute Nacht, Rainer, hatte sie eben gesagt. Zu ihm. Zu seiner Büste. Zu ihrem Bild von ihm. Sie scheute beinahe davor zurück, ihm das Tuch überzuwerfen. Er war so nah. Er sah sie bittend an, als könnte sie ein Geschehnis, jenes, das er immer in Betracht gezogen hatte, den Tod, rückgängig machen. Er öffnete die weichen Lippen, die sie gern geküsste hätte, und sagte: »Kurz bevor ich starb, sah ich ein Bild, ein Sehnsuchtsbild. Weißt du, welches?«

Nein, sie wusste es nicht.

»Unser Weihnachtsfest … in Westerwede. Ruth war gerade geboren. Wir waren zu dritt und feierten Weihnachten …«

Jetzt war er unter dem Tuch wieder verschwunden. Behutsam, als könnte sie ihm wehtun, hatte sie das Tuch über ihn gelegt. Sie hatte noch sein Atmen gehört, einen Moment lang, dann hatte der Tod ihn in seine gipserne Form zurückgebannt.

Sie öffnete die Tür zur Terrasse und ging hinunter zum Fluss. Noch eine ganze Weile würde sie brennen. Ihr kleines Licht in die Dunkelheit halten. Weiterarbeiten. Sie hatte trotz allem ein Werk vollbracht. Rainer war ihr gelungen.

Sie schritt über einen goldenen Blätterteppich, den der Herbst für sie ausgebreitet hatte. Es duftete nach frischen, uralten Gerüchen. Sie atmete ein und aus. Ein und aus. Sie schaute auf ihre Hände. In ihren Händen war noch so viel Kraft. Und sie dachte nun an eine alte Geschichte. Uralt war diese Geschichte, wie die Gerüche. Sie handelte von einer Kakaobohne. Lutschen musste man sie, ganz langsam, dann entfaltete sie ihre Süße.

Vom Haus her kam ein Geräusch.

Ruth.

Sie ging am Haus entlang und an der Terrasse vorbei, kam hinunter zu ihr, an den Fluss. Clara drehte sich ihr ganz zu. Ruth lächelte. Gleich würden sie einander umarmen. Ruth sehr überschwänglich und herzlich. Und sie, Clara? Sie würde es in ihrer Art erwidern. Clara dachte: Hiersein ist herrlich.

Nachwort des Autors

Beim Rekonstruieren und Schreiben dieser Geschichte konnte ich mir den Umstand einer glücklichen Dokumentenlage zunutze machen. Rilke hat nämlich ein Tagebuch hinterlassen, in welchem er die Zeit seines »Hierseins« in Worpswede im Jahre 1900 festgehalten hat. Dieses Tagebuch spielt dann im Roman selbst im letzten Teil eine wichtige Rolle. Zudem gibt es eine Fülle von Briefen von ihm und an ihn, die es mir leicht machten, seine Wege nachzuverfolgen. Neben den Briefen von und an Paula Modersohn-Becker, Clara Westhoff und Lou Andreas-Salomé stützte ich mich vorwiegend auf die Unmengen von Briefen, die er an seine Mutter geschrieben hat. All diese Schätze verarbeitete ich in meinem Romantext, ohne sie näher zu kennzeichnen – dies hätte das Buch unlesbar gemacht. Nur die zitierten Gedichte und bestimmte, für den Handlungsverlauf wichtige Briefpassagen werden kursiv im Schriftbild abgesetzt. Alles andere ist durch einen künstlerischen Verarbeitungsprozess gegangen, dessen Ergebnisse zum Teil noch rudimentär mit der Quelle verbunden sein mögen, sich zum größeren Teil aber vollkommen davon abgelöst haben. Herausgekommen ist ein fiktionaler Text, der sich akribisch entlang dokumentarischen Materials bewegt. Da ich seit neun Jahren in Worpswede wohne, unweit des »Hauses im Moor«, war es mir möglich, die Wege, die die Figuren gehen, selbst nachzugehen und mich so in die Zeit zurückzuversetzen. Immer wieder führten mich meine Spaziergänge zur Westerweder Straße oder zum Barkenhoff oder zum Haus von Modersohn, immer wieder ging ich über den Weyerberg und kam an der – inzwischen vollständig eingestürzten – Mackensen-Eiche vorbei, immer wieder durchquerte ich die Marcusheide, auf der in den letzten Jahren im Sommer eine Schafherde weidete, immer wieder ging ich über das Gelände, wo einst die Ziegelfabrik stand, und immer wieder wurde ich begleitet von Clara oder Rainer und manchmal von Versen wie diesen: »Vergangen nicht, verwandelt ist, was war.«

Danksagung

Diesen Roman hätte ich nicht ohne Hilfe schreiben können. Bei all diesen Menschen bedanke ich mich. Insbesondere geht mein Dank an Herrn Hans Hermann Hubert vom Ortsarchiv Worpswede, an Jens Cordes vom Café im Rilke-Haus, der mich mit der Architektur und Geschichte des »Hauses am Fluss« in Fischerhude vertraut machte, und last, but not least bedanke ich mich bei der Fischerhuder Künstlerin Katharina Bertzbach, die mich in Fragen der Bildhauerei beriet.

Ronald Fricke im Gmeiner-Verlag:

Der Tote im Borgward
ISBN 978-3-8392-0683-6

Lebe nahe bei dir
Tag um Tag
ISBN 978-3-8392-0854-0